Ulrich Alexander Boschwitz

O passageiro

Tradução

Gisele Eberspächer

© Ulrich Alexander Boschwitz, 2022

1ª edição

TRADUÇÃO

Gisele Eberspächer

PREPARAÇÃO

Alan Norões

REVISÃO

Pamela P. Cabral da Silva
Débora Donadel

CAPA

Beatriz Dorea

Impresso no Brasil/*Printed in Brazil*

Todos os direitos reservados à DBA Editora.
Alameda Franca, 1185, cj 31
01422-001 — São Paulo — SP
www.dbaeditora.com.br

Dados Internacionais de Catalogação na Publicação (CIP)

(Câmara Brasileira do Livro, SP, Brasil)

———————————

Boschwitz, Ulrich Alexander, 1915-1942

O passageiro / Ulrich Alexander Boschwitz;

tradução Gisele Eberspächer. -- 1. ed. --

São Paulo: Dba Editora, 2022.

Título original: Der Reisende

ISBN 978-65-5826-035-6

1. Alemanha - História - 1933-1945 - Ficção

2. Judeus - Alemanha - História - 1933-1945

3. Nazistas - Ficção I. Título.

22-109269   CDD-833

———————————

Índices para catálogo sistemático:

1. Ficção: Literatura alemã 833
Aline Graziele Benitez - Bibliotecária - CRB-1/3129

A tradução deste livro recebeu o apoio de
um subsídio do Instituto Goethe.

NOTA DO EDITOR ALEMÃO

O manuscrito que serviu de base a este livro começou a ser escrito em novembro de 1938, imediatamente depois dos pogroms que marcaram o começo da perseguição sistemática aos judeus na Alemanha.

O autor, então com 23 anos, já tinha se refugiado a essa altura. Durante algumas poucas semanas em Luxemburgo e, ao que tudo indica, Bruxelas, ele escreveu o romance sobre o negociante judeu Otto Silbermann, que perdeu primeiro os pertences, então a dignidade e, por fim, a sanidade.

Entre vários desvios, o manuscrito original, redigido em alemão numa máquina de escrever, chegou nos anos 1960 a Frankfurt am Main, onde está guardado até hoje no Arquivo do Exílio [Deutsches Exilarchiv 1933-1945] da Biblioteca Nacional Alemã.

Esta é a primeira publicação da obra em alemão. Como as circunstâncias da época não permitiram que Ulrich Alexander Boschwitz pudesse revisar o manuscrito numa editora com os respectivos editores e revisores — como é de costume —, o texto foi editado cuidadosamente, com a concordância da família, somente agora, quase oitenta anos depois de ter sido finalizado. O objetivo é dar a este trabalho tocante e impactante a forma que ele merece.

PETER GRAF
BERLIM, OUTONO DE 2017

1

Becker se ergueu, amassou o charuto no cinzeiro, abotoou o paletó e colocou a mão direita, com um gesto protetor, sobre o ombro de Silbermann. "Então, se cuida, Otto. Devo estar de volta a Berlim amanhã. Qualquer coisa, me liga em Hamburgo."

Silbermann assentiu. "Mas me faça um favor, um só", pediu, "e não vá mais jogar. Você tem muita sorte no amor. Além disso, você acaba perdendo... nosso dinheiro."

Becker deu uma gargalhada zangada. "Por que você não diz logo o seu dinheiro?", perguntou. "Será que alguma vez eu?..."

"Não, isso não", interrompeu Silbermann, apressado. "É só uma piada, você sabe, mas mesmo assim: você é imprudente. Quando começa a jogar, não desiste tão cedo, e se tivesse descontado esse cheque antes..."

Silbermann não terminou a frase e continuou em tom mais calmo.

"Confio completamente em você. Além disso, você é um homem sensato. Mesmo assim, é lamentável pensar em cada marco que você perdeu na mesa de jogo. Para mim, que sou seu sócio agora, é tão desagradável você perder o seu dinheiro quanto seria se fosse o meu."

O rosto de Becker, largo e bondoso, que por um momento assumira um aspecto mal-humorado, iluminou-se.

"Não precisamos fingir, Otto", disse, com tranquilidade. "Quando perco, é claro que perco o seu dinheiro, pois não tenho mais nada." Ele riu.

"Somos sócios", repetiu Silbermann enfaticamente.

"Claro", disse Becker, novamente sério. "Então, por que você fala comigo como se eu ainda fosse um empregado?"

"Ficou ofendido?", perguntou Silbermann num tom que misturava ironia sutil com um leve temor.

"Mas que tolice", respondeu Becker. "Velhos amigos como nós! Três anos no front ocidental, vinte anos de trabalho e convívio juntos. Meu caro, você não é capaz de me ofender, talvez apenas de me deixar um pouco irritado."

Becker pôs a mão no ombro de Silbermann novamente.

"Otto", afirmou com voz forte. "Nestes tempos incertos, neste mundo instável, só podemos contar com uma coisa, que é a amizade, a amizade verdadeira entre os homens! E que seja dito, meu amigo, para mim você é um homem — um homem alemão, não um judeu."

"Mas mesmo assim sou judeu", disse Silbermann, que conhecia a preferência de Becker por palavras com mais força do que tato e temia que ele pudesse, explicando-se com seu jeito grosseiro porém sincero, perder o trem. Mas Becker estava num de seus momentos emotivos e não parecia disposto a perder nem um segundo dele.

"Quero dizer mais uma coisa", anunciou, sem notar o nervosismo do amigo, para quem já tinha aberto o coração vezes demais: "Eu sou nacional-socialista. Deus sabe que nunca te enganei. Se você fosse judeu como os outros, ou seja, judeu de verdade, eu teria permanecido como seu procurador. Nunca teria me tornado seu sócio! E não sou gói de fachada, desses que assumem a empresa só para encobrir o dono judeu. Isso eu nunca fui, mas estou convencido de que você é um ariano que foi trocado no nascimento. A batalha de Marne, de Yser, de Somme, nós dois estávamos lá, meu caro! Então ai de quem tentar me dizer que você...".

Silbermann olhou em volta à procura do garçom. "Gustav, você vai perder o trem!", disse, interrompendo-o.

"Tanto faz se eu perder o trem." Becker se sentou novamente. "Quero beber mais uma cerveja com você", disse, comovido.

Silbermann bateu com o punho na mesa. "No que me diz respeito, você pode continuar bebendo, mas no vagão-restaurante", disse, mal-humorado. "Preciso ir a uma reunião."

Becker respirou irritado. "Como quiser, Otto", e então continuou, mais tolerante. "Se eu fosse antissemita, dificilmente permitiria que falasse comigo nesse tom superior. Mas a verdade é que não permito que ninguém fale assim comigo! Ninguém! Só você."

Levantou-se novamente, pegou a maleta e disse, rindo: "E ainda quer me convencer de que é um judeu!". Balançou a cabeça com um espanto fingido, acenou para Silbermann mais uma vez e saiu da sala de espera da primeira classe.

O amigo ficou vendo-o partir. Inquieto, Silbermann constatou que Becker oscilou enquanto andava, esbarrou nas mesas e se manteve com a postura ereta que sempre tinha quando estava seriamente bêbado.

Não foi bom para ele, pensou Silbermann. Deveria ter permanecido como procurador. Era um procurador confiável, silencioso e respeitável, um ótimo funcionário. Mas a sorte não foi boa para ele. Se pelo menos não arruinar a empresa! Se pelo menos não for jogar!

Silbermann franziu a testa. "A sorte fez dele um incapaz", murmurou, irritado.

O garçom só chegou depois que Silbermann o procurou, em vão, por muito tempo.

"As pessoas ficam aqui para esperar os trens ou os garçons?", indagou Silbermann, afiado, com repulsa por qualquer coisa que se parecesse com negligência ou que tivesse um tom pouco amigável.

"Perdão", respondeu o garçom, "um senhor da segunda classe acreditava estar sentado ao lado de um judeu e, portanto, se queixou. Mas na realidade não se tratava de um judeu, mas sim de um sul-americano, e, como falo um pouco de espanhol, me chamaram."

"Tudo bem."

Silbermann se levantou. A boca se resumia a um fio, e os olhos cinza encaravam firmemente o garçom.

Este tentou minimizar a situação. "Não era mesmo um judeu", garantiu. Aparentemente considerava que o freguês era um membro convicto do partido.

"Isso pouco me importa. O trem para Hamburgo já partiu?"

O garçom olhou o relógio que ficava acima da saída para as plataformas.

"Dezenove horas e vinte minutos", disse em voz alta, "o trem para Magdeburgo está partindo agora. O trem para

Hamburgo só sai às dezenove horas e vinte e quatro minutos. Se o senhor for rápido, ainda consegue pegá-lo. Eu gostaria de poder sair correndo atrás de um trem qualquer dia, mas pessoas como eu..."

Limpou uma migalha de pão de cima da mesa com o guardanapo.

"Seria melhor", disse, recuperando o tema anterior, "se os judeus tivessem que vestir faixas amarelas em torno do braço. Então não teríamos mais mal-entendidos."

Silbermann o encarou. "Você seria mesmo assim tão cruel?", perguntou em voz baixa, arrependendo-se das palavras que dizia.

O garçom o olhou com atenção, como se não tivesse entendido bem. Ele ficou evidentemente surpreso, entretanto sem desconfiar, pois Silbermann não apresentava nenhuma das características que os cientistas raciais ensinavam para se reconhecer um judeu.

"Isso não faz nenhuma diferença para mim", finalmente disse o homem com cuidado. "Mas para outros pode ser bom. Meu cunhado, por exemplo, parece um pouco judeu, apesar de ser obviamente ariano, mas precisa esclarecer e comprovar isso o tempo todo. É mais do que se pode exigir de um homem."

"É, é mais mesmo", concordou Silbermann. Então pagou a conta e saiu.

Inacreditável, pensou, simplesmente inacreditável...

Depois de ter deixado a estação, embarcou num táxi e foi para casa. As ruas estavam cheias de pessoas, e ele percebeu vários uniformes. Os jornaleiros gritavam as notícias, e Silbermann teve a impressão de que as vendas estavam a todo vapor. Por um momento considerou se ele mesmo também deveria comprar um jornal, mas acabou não comprando por achar que provavelmente ouviria em breve as más notícias, quase certamente hostis para ele.

Depois de uma viagem curta, chegou em casa. A sra. Friedrichs, a esposa do porteiro, o cumprimentou cordialmente das escadas, e Silbermann ficou, de certa forma, satisfeito com o comportamento inalterado dela. Ao subir a escada de mármore com o centro coberto por um carpete vermelho, teve de novo consciência da aparente semirrealidade de sua existência — pensamento que havia se tornado um hábito nos últimos tempos.

Vivo como se não fosse judeu, ficou surpreso. Até agora, sou um cidadão abastado — em risco, é verdade, mas até o momento intacto. Como chegamos a este ponto? Moro num apartamento de seis cômodos. As pessoas falam comigo e me tratam como se eu fizesse parte do mesmo grupo que elas. Fingem que ainda sou quem eu era, mentirosos — o que é capaz de deixar qualquer um com a consciência pesada. Enquanto isso, desde ontem sou algo diferente porque sou judeu, então gostaria de apresentar a realidade aos mentirosos, que agem como se eu fosse ainda o que eu era. O que eu era? Não, o que eu sou? O que eu sou na realidade? Um xingamento de duas pernas, sem que os outros consigam entender que eu sou um xingamento!

Já não tenho mais direitos, mas muitos, por hábito ou decoro, fingem que ainda tenho. Toda a minha existência se baseia na memória fraca daqueles que não fazem questão de lembrar. Fui esquecido — já estou degradado, por mais que a degradação ainda não tenha acontecido publicamente.

Silbermann tirou o chapéu para cumprimentar a viúva do conselheiro Zänkel com um "Boa tarde, prezada senhora", enquanto ela saía pela porta.

"Como vai?", ela perguntou gentilmente.

"A princípio bem. E como vai a senhora?"

"Bem, na medida do possível, obrigada. Tão bem quanto uma mulher velha pode estar."

Ela estendeu a mão em despedida.

"Estes devem ser tempos difíceis para o senhor", lamentou, "tempos terríveis..."

Silbermann se contentou em dar um sorriso atencioso, ao mesmo tempo cuidadoso e pensativo, sem concordar nem discordar. "Em essência, nos deram um papel estranho...", disse finalmente.

"Mas com certeza também são tempos grandiosos", garantiu. "As pessoas estão sendo injustas com vocês, mas vocês devem, mesmo assim, pensar com justiça e ser compreensivos."

"Isso não é pedir demais, prezada senhora?", perguntou Silbermann. "Além disso, nem penso mais. Já perdi esse costume. Assim é mais fácil aguentar tudo."

"Ninguém vai fazer nada com você", ela garantiu, batendo, resoluta, a sombrinha que segurava com firmeza na mão direita, como se quisesse demonstrar que não permitiria que ninguém encostasse nele. Então acenou para encorajá-lo e passou por ele.

Assim que entrou em casa, Silbermann perguntou à empregada se o sr. Findler já estava lá. Ela confirmou, e, depois que ele tirou rapidamente o chapéu e o sobretudo, entrou na sala de visita para cavalheiros, onde o visitante o esperava.

Theo Findler esperava de pé na frente de um quadro, observando-o com um certo mau humor. Quando ouviu a porta abrindo, virou-se apressadamente e sorriu para o recém-chegado.

"E então?", perguntou, franzindo a testa, como sempre fazia quando falava, acreditando que assim dava mais sentido às palavras. "Como está, meu querido? Eu já temia que algo tivesse acontecido com você. Nunca se sabe... Já pensou melhor na minha última oferta? E como está a esposa? Não a vi hoje. E, então, o Becker foi para Hamburgo?"

Findler respirou profundamente, pois ainda estava só no começo do monólogo.

"Vocês dois são muito competentes, os dois! Temos que aprender com vocês. O Becker tem uma cabeça judia. Haha, ele vai conseguir, vai conseguir! Eu gostaria de ter entrado nessa sociedade, mas é tarde demais, tarde demais... E onde foi que você encontrou esses quadros terríveis? Não entendo como alguém poderia pendurar algo assim na parede. Não existe ordem nenhuma entre as coisas. Você é um bolchevique cultural. E não vá achando que vou aumentar minha última oferta sequer em mil marcos. Por nada na vida, não consigo."

"Você me considera um homem rico. Todos me consideram rico. Se ao menos eu soubesse de onde as pessoas tiraram isso. Não consigo nem pagar meus impostos. A propósito de impostos, você consegue me fornecer ou indicar um contador competente? Até entendo um pouco dessas coisas, mas não tenho tempo para cuidar disso. Esses impostos, esses impostos malditos. Será que preciso bancar todo o Reich alemão, me diga? E então?"

"Você não diz nada. O que aconteceu? Pensou na questão? Vai aceitar a oferta? Bom, sua esposa deve ter algo contra mim. Ela sumiu completamente. Não entendo. Será que ela ficou irritada por não termos cumprimentado vocês aquela noite? Mas, por Deus, não podíamos! O lugar estava cheio de nazistas! Depois minha mulher disse que deveríamos ter cumprimentado. Mas eu disse para ela: o Silbermann é um homem muito prudente. Ele já percebeu que não posso me comprometer por conta dele. E então? Vamos, Silbermann, chega de conversa. Quer vender a casa ou não?"

Findler parecia ter falado tudo; ao menos olhava para Silbermann com expectativa. Sentaram-se à mesa para fumar, mas Findler parece ter se sentado rápido demais, porque esfregou o quadril esquerdo com uma concentrada expressão de dor.

"Noventa mil", disse Silbermann, sem reagir às outras perguntas ou comentários, que percebeu terem sido feitos apenas para lhe desconcertar. "Trinta mil em dinheiro; o resto com títulos hipotecários."

Findler começou a falar como se tivesse sido eletrocutado.

"Só pode estar brincando comigo", exclamou, parecendo ofendido. "Vamos parar de contar piada. Quinze mil de entrada, está ouvindo? Como assim, trinta mil marcos? Se eu tivesse trinta mil marcos sobrando, faria algo muito melhor com eles do que comprar a sua casa. Trinta mil marcos!"

"Mas considere o lucro que vai ter com o aluguel. O preço de venda já é ridículo. Preciso receber ao menos uma entrada decente. A casa vale pelo menos duzentos mil marcos, e você está comprando..."

"Valor, valor, valor", interrompeu Findler. "Acha que eu valho quanto? Ninguém dá nada por mim. Ninguém pode pagar o meu valor. E não passaria pela cabeça de ninguém dar uma entrada de mil marcos por mim. Não estou à venda. Assim como a sua casa. Hahaha, Silbermann, vou lhe dizer como amigo! Estou tirando isso da sua mão. E, se eu não fizer isso, o Estado vai fazer. E o Estado não vai te dar nem um centavo."

O som do telefone tocando no quarto ao lado chegava até eles. Silbermann considerou por um momento se ele mesmo deveria ir até o aparelho, levantou-se num pulo, desculpou-se a Findler e deixou a sala.

Provavelmente vou aceitar, pensou, enquanto tirava o telefone do gancho. No fim, Findler ainda é um homem relativamente decente.

"Alô, quem fala?"

A central telefônica anunciou. "Permaneça na linha. O senhor está sendo conectado com Paris", disse a voz fria da telefonista.

Silbermann acendeu, empolgado, um cigarro. "Elfriede", chamou em voz baixa.

A esposa, que, como ele suspeitava, tinha permanecido na sala de estar, entrou em silêncio, fechando a porta atrás de si.

"Boa tarde, Elfriede", cumprimentou, tampando o telefone com a mão. "Acabei de chegar. O sr. Findler está aqui. Não quer ir lá falar com ele?"

Ela se aproximou, e eles se beijaram rapidamente.

"É o Eduard", sussurrou. "A ligação chegou num momento ruim. Por favor, vá conversar com o Findler, senão ele vai ficar ouvindo. E a essa altura já é quase um crime falar com alguém em Paris."

"Diga que mandei um 'oi'", ela pediu. "Inclusive, eu gostaria de trocar algumas palavras com ele."

"Fora de questão", disse, afastando-a. "As linhas estão sendo grampeadas. E você é descuidada, acabaria deixando algo escapar."

"Mas eu gostaria de poder dar boa-tarde para meu filho."

"Você não pode. Entenda, por favor."

Ela olhou em súplica. "Só algumas palavras", disse. "Vou tomar cuidado."

"Não dá", disse, decidido. "Alô? Alô... Eduard? Boa tarde, Eduard..." A mão dele apontou para a porta da sala de cavalheiros.

Ela partiu.

"Ouça", prosseguiu Silbermann, "você conseguiu providenciar as permissões para nós?" Falou devagar, pensando em todas as palavras antes de proferi-las.

"Não", respondeu Eduard do outro lado do telefone. "Está extraordinariamente difícil. Não contem com as autorizações. Estou tentando de tudo, mas..."

Silbermann pigarreou. Decidiu que precisava ser mais enérgico.

"Assim não dá", disse. "Ou você está tentando, ou não está! Espero que eu não precise te explicar a importância da questão. Não sei nem o que fazer com essas desculpinhas."

"Você superestima minhas opções, pai", respondeu, apreensivo. "Isso tudo teria sido mais fácil há seis meses. Mas você não quis. Definitivamente não é culpa minha."

"E por acaso interessa de quem é a culpa?", perguntou Silbermann, irritado. "Você precisa conseguir as autorizações. E me poupe da sua sabedoria."

"Olha, pai", disse Eduard, indignado. "Você está pedindo que eu busque as estrelas do céu e está me dando uma bronca por não ter conseguido enviá-las para você ainda!... Mas como vocês estão? Como está a mãe? Por favor, mande um 'oi' para ela. Eu teria gostado de falar com ela."

"Consiga as permissões o quanto antes", disse Silbermann com insistência. "Não estou pedindo nada além disso! Sua mãe também mandou um 'oi'. Infelizmente ela não pode falar com você agora."

"Vou conseguir", respondeu Eduard. "Vou pelo menos fazer tudo que puder."

Silbermann desligou.

É a primeira vez na vida que quero algo do meu filho, pensou, decepcionado e mal-humorado. E ele vai falhar, com certeza! Se eu tivesse algum parceiro comercial em Paris, conseguiria as autorizações em poucos dias, mas Eduard... não posso criar expectativas. Ele não está acostumado a fazer coisas para nós. Quando se está sempre disponível para alguém, é difícil inverter os papéis. Eduard se acostumou a receber a minha ajuda, e agora exijo que ele me ajude. Ele não está pronto para essa nova função.

Então Silbermann balançou a cabeça, envergonhado das reflexões. Estou sendo injusto e, pior ainda, sentimental.

Voltou para a sala dos cavalheiros.

"Estou explicando para a sua esposa", acenou Findler, "que é imprudente da parte de vocês continuar frequentando os mesmos lugares de antes. Se encontrarem algum conhecido que não seja muito simpático a vocês, podem ter grandes aborrecimentos. Sua esposa é ariana. Sua esposa pode andar em qualquer lugar, mas você — e Deus sabe que digo isso pensando em você, mesmo sem concordar com a situação que torna esse conselho necessário. É melhor ficar em casa e entre amigos. Você não parece muito judeu, mas está querendo provocar o diabo? Por falar nisso, por onde anda o filhinho? Deu no pé na hora certa. Hahaha, que tempos loucos. E então?"

"Olha, Findler", começou Silbermann, "para terminar esse assunto de uma vez por todas, a casa é sua com uma entrada de vinte mil marcos."

"Chega de besteira. Por que quer enfiar a faca no seu velho Findler? Vão tirar todo o seu dinheiro na fronteira de qualquer jeito. Eu até pagaria mais alguns marcos para lhe agradar, mais do que essa espelunca vale de qualquer jeito, mas não para o Estado prussiano acabar ficando com todo o dinheiro. Isso não."

"Por ora, não tenho intenção nenhuma de deixar a Alemanha."

"Ah, crianças, façam o que quiserem. Realmente desejo a vocês algo melhor do que a situação atual. O povo alemão está sendo colado com sangue judeu. Mas por que meu amigo Silbermann precisa se tornar a cola? Não consigo entender. Que se salve quem puder — isso, sim, eu consigo entender completamente."

"Não é um crime monstruoso, isso que estão cometendo contra os judeus?", perguntou a sra. Silbermann, a quem a frase "o povo alemão está sendo colado com sangue judeu" causou espanto e que ainda não tinha desistido de procurar uma moral para os eventos recentes.

"Com certeza", disse Findler, seco. "Existem coisas ruins acontecendo no mundo o tempo todo. Mas também existem coisas boas. Um é tuberculoso, o outro é judeu; e é muito azar ser os dois ao mesmo tempo. As coisas são assim. Quanto azar acha que já tive na vida? Não se pode fazer nada quanto a isso."

"Já sabia, sr. Findler", disse a sra. Silbermann, indignada, "que o senhor não era muito sensível. Mas que o senhor é tão frio e...", engoliu a palavra "brutal", "indiferente é algo que descobri hoje."

Findler riu, inabalado. "Amo minha esposa e minha filhinha. O resto da humanidade só me serve para transações comerciais. Essa é toda a minha relação com meu entorno. Não amo os judeus, não odeio os judeus. Para mim, são indiferentes, mas os admiro como negociantes. Quando injustiças são cometidas contra eles, lamento, mas não me surpreende. O mundo é assim. Aqueles que estão no topo agora vão falir e outros vão ter sucesso."

"Mas e se o senhor fosse judeu?"

"Mas eu não sou! Já desisti de ficar quebrando a cabeça com o que poderia ser. Para mim, já bastam as coisas como são."

"Mas o senhor só pensa em si mesmo? Não consegue ter empatia com o sofrimento dos outros?"

"E quem cuida de mim quando tenho azar? Nem o diabo! Theo Findler não pode contar com ninguém, a não ser Theo Findler. E os dois precisam se manter unidos, como unha e carne. Haha."

"E o senhor ainda acha que ama sua esposa e sua filha", exalta-se a sra. Silbermann ainda mais. "Quem é assim tão, tão... bestialmente indiferente também não consegue..."

"Veja bem, prezada senhora. Isso está indo longe demais. Até tenho uma casca grossa e consigo aguentar uma quantidade razoável de piadas, mas não gosto de ser ofendido!"

A sra. Silbermann se levantou. "Me desculpe", despediu-se friamente de Findler e deixou o cômodo.

"Meu Deus, como vocês são sensíveis", riu Findler, "meu Deus! O que pessoas honestas como eu precisam aguentar. Mas vamos voltar aos negócios! Como estamos? E então?"

O telefone voltou a tocar.

"Vinte mil", demandou Silbermann. "O resto deixamos para depois."

A porta se abriu, e a sra. Silbermann solicitou a presença do marido no quarto ao lado, ainda com a aparência agitada. Ele não gostou da nova perturbação. "Pense", disse para Findler ao sair do cômodo.

"O que foi, Elfriede?", perguntou para a esposa.

Ela apontou para o telefone. "Sua irmã está na linha. Fale com ela. Ela vai lhe contar tudo..."

Ele agarrou o gancho do telefone.

"Hilde?"

"Oi, oi?", balbuciou a irmã, nervosa. "Günther foi preso!"

Por conta da surpresa, não soube imediatamente o que deveria responder. "Mas como?", finalmente perguntou. "O que aconteceu?"

"Vão prender todos os judeus."

Puxou uma cadeira próxima e se sentou.

"Se acalme, Hilde, por favor", disse. "Deve ser um engano. Me conte tudo mais uma vez com calma..."

"Não temos tempo para isso. Só liguei para alertar. Quatro homens aqui do prédio foram presos. Ah, se eu soubesse o que está acontecendo com Günther."

"Mas não pode ser! Não se tiram de casa homens de bem assim! Não podem fazer isso!"

Calou-se. Podem, podem, sim, pensou. Podem, sim.

"Quer que eu vá aí?", perguntou depois de algum tempo. "Ou quer vir até aqui?"

"Não, não quero deixar o apartamento. Vou ficar. E você não deveria vir. Não vai ajudar em nada. Adeus, Otto." Ela desligou.

Silbermann olhou para a mulher, perturbado.

"Elfriede", sussurrou, "estão prendendo todos os judeus! Talvez se trate apenas de uma medida temporária para causar medo. De qualquer forma, Günther foi preso, mas isso você já deve saber."

Silbermann fez uma pausa breve.

"O que devemos fazer? O que você acha melhor, Elfriede? Devo ficar? Talvez esqueçam de mim. Nunca fui gravemente importunado. Ah, se o Becker estivesse aqui. Ele tem vários contatos com o partido. Poderia intervir em caso de emergência. A não ser que as ordens de prisão estejam vindo de cima; nesse caso, ele também não poderia fazer nada. E até ele voltar de Hamburgo, posso já ter apanhado até morrer. Ah, que absurdo! Nada vai acontecer comigo. No pior dos casos, ligue para o Becker e peça para ele voltar imediatamente."

"Há seis meses ainda poderíamos ter deixado a Alemanha", disse a esposa, devagar. "Ficamos por causa de mim, porque não consegui suportar a ideia de me separar de tudo. Se algo acontecer com você, a culpa é minha. Você queria viajar, mas eu..."

"Pare com isso", disse, deixando de lado a autoacusação da esposa. "A culpa não é de ninguém. Por acaso a pessoa que se esqueceu de vestir um colete à prova de balas na hora certa é culpada quando leva um tiro? Isso tudo é absurdo. Além disso, você estava mais disposta a partir do que eu. Se dependesse de você, já estaríamos longe daqui. Você teria se afastado da sua família com mais facilidade do que eu dos meus negócios. Mas não foi assim que aconteceu. Os porquês e os comos são irrelevantes agora."

Ele a beijou e voltou para conversar com o sr. Findler. Tentou parecer tão contido e calmo como antes, mas algo em sua expressão, uma tensão excessiva, um riso forçado, fez com que o outro suspeitasse de algo.

"E, então, o que aconteceu?", Findler pediu informações. "Notícias ruins?"

"Questões familiares", respondeu Silbermann, sentando-se novamente.

"Ah, entendo", disse Findler, arrastando as palavras, a testa ainda mais franzida do que de costume. "Com certeza são notícias ruins, não é? Notícias familiares são sempre ruins. Sei bem como é."

Silbermann abriu a carteira de cigarros que estava sobre a mesa. "Vamos voltar aos negócios?", perguntou com toda a calma que lhe foi possível.

"Pois então", respondeu Findler, "não estou muito interessado. E já nem sei mais se é possível comprar propriedades de judeus. Não faço a mínima ideia. Você passaria a perna em mim antes mesmo de eu contar até três, se dependesse de você. E então?"

Esse "e então" constante, presunçoso e excessivo, estava levando Silbermann ao desespero.

"Quer comprar o imóvel ou quer ficar falando sobre comprar o imóvel? O que você quer?"

"Ah", disse Findler enquanto se alongava na poltrona. "Realmente machuquei o quadril antes. O que quer que eu responda? Não... não é melhor esperar as novas regulamentações? Para mim, esse é um risco muito grande. Compro um imóvel e depois não recebo. O Estado já tem muitas coisas em mente para vocês, judeus."

"Está bem: quinze mil."

"Não sei, Silbermann, não tenho a mínima ideia se devo realmente fazer isso. Se quiser, podemos esperar algumas semanas. Se nada interferir, sempre posso comprar o imóvel depois. De qualquer forma, preciso conversar com meu advogado antes."

"Mas há dez minutos..."

"E, então, esses pensamentos me surgiram nesse meio-tempo. Também não quero que tenha aborrecimentos por ter vendido a casa. Mas sobretudo não quero ter nenhum."

"Para encerrarmos o assunto: deixo a casa para você por uma entrada de catorze mil marcos. Mas temos que fechar o negócio agora."

"Assim? É... vamos conversar novamente sobre isso amanhã. Catorze mil marcos é um bom dinheiro. Isso é verdade! E também não sou desumano. Não quero nada de presente. Mas fica a pergunta: será que para mim a casa vale catorze mil marcos em dinheiro? Além disso, o pagamento, naturalmente, só seria feito após a escritura notarial e a transferência do registro da terra. E, em caso de força maior, a conclusão do negócio não seria possível, é claro. Catorze mil marcos... Você acha que seria um bom negócio se eu fechar a compra e nós apertarmos as mãos aqui esta noite?"

"Você queria pagar quinze mil marcos e agora está hesitando em levar por catorze?"

"Agora me ocorre que poderia fazer outros negócios com esse dinheiro, talvez opções melhores. Deve-se sempre observar onde estamos na vida. E então?" Deu um suspiro satisfeito.

Silbermann se levantou num salto.

"É claro que não tenho nenhuma influência na sua decisão", disse, muito irritado. "Mas, considerando que não tenho mais tempo agora, agradeço se puder decidir imediatamente. Caso contrário, desconsidere minha oferta. Nem sei mais se você tem interesse sério em comprar o imóvel."

"Não seja tão desagradável", retrucou Findler com mau humor. "Sempre soube que vocês judeus não prestam para os negócios, ao menos quando estão negociando com pessoas que sabem o que estão fazendo, e então..."

Silbermann viu o quanto Findler estava desfrutando da extorsão. Já tinha uma resposta afiada na ponta da língua, algo na linha de como ele, Silbermann, não conseguia, e nem queria, concorrer com chantagistas e que estava acostumado a conduzir seus negócios de maneira honrada. Mas em algumas situações até o tratante menos criativo leva a melhor em relação à pessoa mais inteligente e decente.

Porém, antes que pudesse jogar na cara de Findler as grosserias que estavam se formando na mente ou ainda, o que provavelmente teria sido mais sábio, respondê-lo de modo mais ameno, a campainha da casa tocou, frenética. Sem notar a expressão de surpresa do visitante nem lhe dirigir uma palavra de desculpa, Silbermann se apressou em sair do cômodo para o corredor, onde encontrou a esposa.

"Você tem que ir embora", ela sussurrou, nervosa.

"Não, não! Não posso deixar você sozinha!"

Sem saber o que fazer, foi em direção à porta de entrada. Ela o deteve.

"Nada pode acontecer comigo se você não estiver aqui", garantiu, ficando no caminho dele. "Vá passar esta noite num hotel. Rápido. Vá..."

Ele pensou. A campainha tocou novamente, e punhos começaram a bater na porta.

"Abra, judeu, abra...", sobrepuseram-se várias vozes. O queixo de Silbermann caiu. Ficou encarando a porta.

"Vou pegar o revólver", falou de maneira quase inaudível. "Vou atirar no primeiro que arrombar a minha casa. Ninguém tem o direito de invadir a minha propriedade."

Tentou passar pela mulher em direção ao quarto.

"Vamos ver", disse, "vamos ver..."

Novamente ouviram-se os punhos na porta, e a campainha tocava incessante.

"E então?", perguntou Findler, que também tinha ido até o corredor quando ouviu o barulho. "O que está acontecendo? Que ótimo. Quando os irmãos me virem aqui, é capaz de me confundirem num primeiro momento com um judeu e quebrarem os meus dentes."

Levou as mãos cuidadosamente à boca.

"Você não tem uma porta nos fundos?", perguntou para Silbermann, que estava ali parado, olhando-o, como se esperasse algum conselho ou ajuda. "E pode tentar vender essa casa maldita para outra pessoa. Inferno!", acrescentou.

"Vou pegar o revólver", repetiu Silbermann de maneira mecânica. "Vou atirar no primeiro que arrombar a minha casa!"

"Então, então", disse Theo Findler de maneira tranquilizadora, "vamos com calma. É melhor você ir. Eu falo com eles. Mas tenha cuidado e saia pela porta dos fundos. Compro a casa por dez mil. De acordo?"

"Você é um... Está bem, vá lá, estou de acordo."

"Então vá de uma vez! Preciso de você vivo para assinar os documentos."

"Vá logo!", a esposa implorou.

A campainha tocava cada vez mais, e Silbermann se perguntou por que ninguém tinha arrombado a porta ainda.

"E o que vai acontecer com minha esposa?", perguntou, indefeso.

"Deixe comigo", disse Findler, com o peito estufado. "Eu cuido de tudo! Mas agora você precisa ir embora!"

"Se acontecer algo com minha esposa... você não fica com a casa!"

"Claro, claro", Findler apaziguou. "Mas, se não sumir daqui agora, colocará a sua mulher e a mim mesmo em risco!"

Ele alisou a jaqueta, passou a mão direita sobre o cabelo, respirou profundamente e foi para a porta.

"E então?", perguntou com uma voz estrondosa. "O que está acontecendo?"

"Abra, judeu!"

"Já viram algum coordenador distrital judeu?", perguntou Findler, áspero.

"Cale a boca, vagabundo, e abra logo a porta!"

Findler se virou e garantiu que Silbermann já tinha saído pelo corredor com chapéu e casaco, fez um sinal para que a sra. Silbermann se escondesse num dos quartos e então berrou: "Eu sou membro do partido!". Abriu a porta. "Não tem nenhum judeu aqui!", declarou.

Diante dele estavam seis ou sete rapazes. Num primeiro momento, assustaram-se com sua aparência imponente. Ele alcançou o bolso interno do casaco para pegar o documento do partido.

"Os judeus tentam enganar todo mundo", disse um dos que estava mais perto. "Silbermann, um membro do partido! Que atrevimento de judeu!"

"Mas eu não sou o Silber..." Theo Findler caiu de joelhos. Um dos rapazes o acertara na virilha.

2

Silbermann desceu com pressa a escada dos fundos. Eles vão estar lá embaixo à espreita, pensou. Ah, eu deveria ter ficado. O que vai acontecer com Elfriede? Chegou a se perguntar se não deveria voltar. Mas Findler está lá, acalmou-se. Isso é bom. Uma pessoa decente, apesar de tudo. Se eu tivesse ficado lá em cima, teria feito algo desesperado. Teria resistido, talvez até atirado, simplesmente porque precisaria fazer alguma coisa. Não podemos deixar que façam o que quiserem. Mas não teria servido para nada, não. Justamente o contrário. Isso é medo puro. Teria atirado por medo, agora ele entendia. Tinha medo do campo de concentração, da prisão — e de ser espancado.

Dignidade, pensou, você ainda tem dignidade. E não pode deixar que ninguém tire isso de você.

Seus passos pararam quando viu um homem de pé lá embaixo. Silbermann se endireitou e foi, com passos comedidos, de encontro ao homem que estava fumando no pé da escada. Aguentou o olhar do outro com calma. Quando já tinha se aproximado dele, perguntou se tinha fogo.

O homem colocou a mão no bolso, pegou uma caixinha de fósforos, acendeu um e estendeu-o na direção dele.

"Claro", disse o homem. Então perguntou: "Há muitos judeus morando aqui?"

"Não sei dizer", respondeu Silbermann, surpreendendo-se com seu tom de indiferença. "É melhor perguntar para o porteiro. Também não conheço bem essa região." Levantou o braço para dizer: "Heil Hitler".

O homem retribuiu o cumprimento, e Silbermann passou sem ser detido. Não vire agora, pensou. Não ande nem rápido nem devagar demais. Porque quem se comporta de maneira muito discreta chama a atenção, quem tenta não parecer suspeito é suspeito... Mas o que é que essas pessoas podem querer de mim?

Já tinha deixado o corredor e atravessava o pátio. Enquanto andava, encostou no nariz. Como você é importante, pensou. Depende de você, se alguém está livre ou preso, como a pessoa vive, se a pessoa vive. Quem não teve sorte como você acaba sendo morto pelas circunstâncias.

Encontrou outro homem suspeito à porta do prédio. "E então?", disse cheio de energia, imitando involuntariamente Theo Findler. "O que é que está esperando, hein?"

O rapaz se assustou e adotou involuntariamente uma postura considerada forte pelos fracos.

"Ah", disse de maneira íntima mas respeitosa, "é uma pequena caça a judeus."

"Ah", Silbermann tomou conhecimento com aparência desinteressada. Então continuou andando, levantando a mão para fazer o cumprimento oficial, passando novamente sem ser retido. Quando alcançou a rua, ficou parado, esperando. O que estava acontecendo lá em cima?, imaginou com medo.

Se ao menos soubesse. Eles com certeza não iriam... ah, iriam, sim. Mas Findler estava lá.

De repente, foi tomado por um grande medo. As pessoas poderiam vir a qualquer momento, sair da casa, detê-lo; um dos vigias poderia desconfiar de algo posteriormente. Começou a andar de novo, cada vez mais rápido.

Que estranho, pensou enquanto cruzava a rua, acreditando estar mais seguro do outro lado. Há dez minutos era a minha casa, parte do meu patrimônio, que estava em jogo. Agora é o meu pescoço. Como é rápido. Eles declararam guerra contra mim, contra mim pessoalmente. É isso. Agora mesmo declararam uma guerra definitiva, verdadeira, contra mim, e agora estou sozinho — em território inimigo.

Se ao menos Becker estivesse aqui. Tomara que a nossa sociedade não se rompa. Era o que me faltava. Preciso ter acesso livre ao dinheiro. Tomara que Becker não esteja gastando tudo no jogo. Ah, quer saber, ele é o único com quem posso contar. E daí se ele perder algumas centenas de marcos nas cartas? E daí? Coisas mais importantes estão em jogo.

Mas é necessário ter dinheiro. Dinheiro é vida, ainda mais na guerra. Um judeu sem dinheiro na Alemanha é como um animal faminto na gaiola. Desesperador.

Passou por uma cabine telefônica, virou-se e voltou. Vou ligar, pensou, e então vou saber o que está acontecendo.

A ideia o alegrou, apesar de a cabine estar ocupada e ele precisar esperar um pouco. A voz da senhora era alta demais para ficar contida lá dentro, e logo ele sabia tudo sobre um casaco de pele que precisava ser remendado, sobre o filme *Simplet* e sobre um tal de Hans que estava com dor de garganta.

Silbermann andava inquieto de um lado para o outro. Finalmente bateu no vidro, indicando que esperava. A senhora virou para encará-lo, e isso lhe causou uma impressão tão forte que decidiu esperar mais cinco minutos antes de voltar a bater no vidro.

O telefone finalmente ficou livre, e ele discou o próprio número com pressa. Ninguém atendeu. Tentou mais duas vezes, sem ter sucesso.

Findler ainda deve estar lidando com a situação, acalmou-se, colocando o telefone no gancho. É difícil se livrar desses rapazes. De qualquer forma, ligar foi uma estupidez, porque ninguém poderia dizer nada para ele se as pessoas ainda estivessem lá. Discou então o número de seu advogado.

Uma moça com voz chorosa atendeu. "O patrão não está aqui."

"Mas onde é que o doutor está?"

"Não sei." Uma pausa curta. "Ele não está aqui..."

"Certo. E quem é você?"

"A empregada."

"Então peça que o dr. Löwenstein me..."

"É melhor o senhor ligar de novo", interrompeu a moça. "É impossível dizer quando ele vai voltar."

Silbermann desligou.

"Ele também já deve ter sido pego", murmurou. "Ou não sei mais nada."

Discou o número de um amigo, negociante judeu, mas ninguém respondeu também.

Silbermann ficava cada vez mais chocado. Hilde estava certa, concluiu, todos os judeus estão sendo presos. Talvez eu seja o único que escapou deles.

Ligou para a irmã.

"Aqui é o Otto", disse. "Estou falando de um telefone público. Aqui..."

"Não quero ouvir nada, Otto", ela o cortou. "Nosso apartamento está em ruínas. Se ao menos eu também estivesse presente naquele momento. De minha parte, podiam ter me levado junto. Agora estou aqui, e tudo que consigo fazer é pensar no que pode ter acontecido com o Günther. Um homem de cinquenta e seis anos. Cinquenta e seis. Ele já não aguenta mais tanta agitação. É o fim..."

"Mas ainda vão soltá-lo", tentou acalmá-la. "Há algo que eu possa fazer por você? Admito que não gostaria de ir até aí." Ouviu um estalo na linha. "Adeus", disse, assustado. "Fique bem. Ainda entro em contato."

Deixou a cabine rapidamente e olhou ao redor. A ligação foi interceptada, pensou. Os oficiais devem chegar logo. Não se pode nem mais telefonar?

Subiu num ônibus e foi à estação Schlesischen. Estava na plataforma, apertado entre muitas outras pessoas. Notou perto de si uma jovem e um rapaz colados um no outro. Observou os dois, contemplando a expressão relaxada da jovem e depois a do rapaz.

Paz!, pensou, eles ainda têm paz. A pequena existência deles está protegida por outras milhares de existências idênticas, com quem eles amam e odeiam, sempre na maioria. Mas, no fim das contas, isso também não vai ajudá-los em muita coisa.

Comprou um bilhete e, depois de ter pagado, inspecionou a carteira para verificar quanto dinheiro tinha consigo. Folheou as cédulas.

Cento e oitenta marcos, constatou com certo alívio. É o suficiente para sair do país — se isso ainda for possível. Mas, mesmo se fosse, pensou, não iria. Queria salvar sua fortuna. Não queria abrir mão de tudo tão rápido, de jeito nenhum.

Se tudo der certo, pensou esperançoso, Becker vai trazer oito mil marcos amanhã. Recebo pela casa outros dez mil em dinheiro e, se tiver sorte, consigo vender a hipoteca com algum desconto. Sorriu levemente. Ainda sou um homem bastante abastado, concluiu. Vários antissemitas pobres — se é que existem antissemitas pobres —, apesar de tudo, adorariam trocar de lugar comigo, um judeu rico. A ideia o divertiu um pouco. Eu precisaria perguntar para eles para saber se trocariam mesmo. Mas por que deveriam trocar? É mais fácil pegarem meu dinheiro e serem antissemitas ricos.

O ônibus parou, e Silbermann comprou o jornal de um dos vendedores que abordavam os passageiros. Leu as manchetes com as sobrancelhas franzidas. "Assassinato em Paris." "Judeus declaram guerra ao povo alemão." Chocado e assustado ao mesmo tempo, amassou o jornal e o jogou fora.

Que se tratava de uma guerra eu já sabia, pensou. Mas que fui eu que declarei guerra contra eles, isso é novidade. Que tipo de piada ruim é essa? Como aquela dos ladrões que roubam a carteira do médico para pagar o tratamento? Ou aquela que os peixes lúcios declaram guerra às carpas depois de um deles ter passado mal de estômago ao devorar uma delas?

Silbermann acendeu um cigarro.

Então um jovem de dezessete anos, em vez de ir viver a vida, atira naquele que lhe deu justamente esse conselho. E com isso ele, e por consequência todos nós, atacamos o Império Alemão.

Silbermann desceu do ônibus e atravessou a grande massa de pessoas na rua em direção ao hotel onde se hospedava com frequência quando morava numa região mais afastada, sem acesso ao transporte público noturno. Até hoje almoçava ali às vezes quando estava naquelas redondezas.

Passou pelo porteiro, que conhecia há anos, e se incomodou com a cara imóvel e impassível do homem, que desviou o olhar para o outro lado para não precisar cumprimentar Silbermann.

O serviço já foi melhor, lembrou-se Silbermann, sentindo uma leve pontada no estômago.

Olhava para os lados em busca de um rosto familiar enquanto cruzava o hall e adentrava o salão de leitura. Ali estavam apenas alguns senhores, sobretudo homens de negócio, folheando revistas, analisando o preço das ações na última página do jornal ou ocupando-se com a escrita de cartas. Silbermann observou ao redor do grande e confortável cômodo e, por um breve momento, teve o agradável sentimento de segurança.

Tudo está como sempre foi, pensou. E então, depois de ter se sentido ansioso de novo, repetiu a frase: tudo está como sempre foi. Mesmo assim tenho essa sensação estranha de que está tudo diferente, e não só para mim.

Olhou para os outros com mau humor.

E vocês, estrangeiros, sentados aí, pensou. No país de vocês, não é comum que um cidadão pacífico tenha a casa invadida e seja jogado na cadeia ou no campo de concentração. No país de vocês, o presidente do conselho supervisor não tem uma metralhadora ao alcance quando pede um voto de confiança. Mas, quando essas coisas acontecem aqui, conosco, vocês acabam achando original. Isso porque ninguém faz nada contra vocês, e esse hotel, que para mim se tornou uma selva cheia de perigos, é para vocês um abrigo pacífico, no qual vocês vivem em paz de acordo com os costumes de vocês. E, quando voltarem para casa, vão contar como a comida é muito gostosa no Terceiro Reich.

Silbermann se sentou, pegou um jornal inglês, folheou e lançou, de tanto em tanto, olhares para as pessoas que tomou como estrangeiras. Então acendeu um cigarro e começou a ler um artigo.

Sentiu repentinamente a presença próxima de alguém e tirou os olhos do jornal. Na sua frente estava o sr. Rose, gerente do hotel, que conhecia há muito tempo. Pela expressão acanhada do homem, Silbermann imaginou o que ele queria. Mesmo assim, cumprimentou-o, desenvolto, com um "Boa tarde" e lhe estendeu a mão.

Rose se esforçou, em primeiro lugar, a ignorar o gesto, mas então sussurrou: "Por favor, não".

Silbermann tirou a mão com pressa. Sentiu o rosto ficar vermelho e sentiu vergonha de sua vergonha.

"Sr. Silbermann", disse Rose de maneira tão baixa e respeitosa quanto se esperaria de alguém que passou a vida inteira trabalhando num hotel. "Isso é extremamente constrangedor para mim. O senhor é um hóspede antigo e querido do hotel. Mas... o senhor entende? Não é culpa minha, e com certeza a situação não vai permanecer assim, mas..."

"Qual é o problema?", perguntou Silbermann, que sabia muito bem aonde Rose queria chegar, mas, mesmo assim, não tinha intenções de ser afável com ele; ao contrário, desejava uma confissão aberta do que lhe parecia ser uma grande falta de caráter. E o constrangimento do outro homem quase lhe fez bem, ajudou-lhe a superar o seu próprio.

"O senhor quer me expulsar daqui?", perguntou finalmente, com uma voz seca, e olhou para o gerente.

"Por favor, não veja as coisas dessa maneira", suplicou o sr. Rose, que só com muito esforço era capaz de enfrentar as exigências dessa situação — a indelicadeza de um cliente valioso e com ótimo crédito. "Nós sempre nos alegramos", continuou com urgência, "de tê-lo com tanta frequência como hóspede; e, se agora precisamos pedir algo assim ao senhor, de forma contrária ao nosso desejo, esperamos..."

"Está bem, Rose", interrompeu Silbermann. O jeito suave do outro lhe fez mais bem do que gostaria de admitir. "Eu entendo."

Silbermann afastou a necessidade de novas explicações fazendo um gesto com a mão e acenou para o gerente, que respondeu com uma leve reverência. Silbermann se levantou lentamente e deixou o salão. Cruzou o hall, parou por um momento na frente do porteiro, que agora fazia um gesto discreto em forma de arco, como se quisesse dizer algo, e então continuou. Estacou novamente na frente da porta giratória do hotel.

Para onde posso ir?, refletiu. As pensões judaicas com certeza já foram tomadas de assalto pelas tropas da SA e os hoteizinhos são muito inseguros; muitos também são lugares frequentados pelos jovens paramilitares ou gente semelhante. Será que devo dormir num albergue? Os albergues ainda devem estar disponíveis. Será? Nem isso se pode arriscar, pois, quando se vai a um albergue sozinho solicitando um quarto, já se torna um suspeito. E, o que quer que eu faça, não posso parecer suspeito.

Ainda assim, decidiu procurar o pequeno hotel para onde frequentemente levava amigos negociantes de outras cidades e, depois de esperar o bondinho por algum tempo, acabou pegando um carro. Quando chegou ao hotel, notou um oficial da SA posicionado na saída, mas, após uma pequena hesitação, passou calmamente por ele e entrou no pequeno hall.

"Gostaria de um quarto", compartilhou com o garçom que se aproximava.

"Podemos mandar buscar sua bagagem na estação?"

Claro, as pessoas têm bagagens quando querem pernoitar num hotel. Quando não têm, dá na vista.

"Não, obrigado", disse Silbermann, esforçando-se para parecer distraído. "Posso ver o quarto antes?"

O garçom, que claramente estava ocupando a função de *concierge*, pegou uma chave num quadro numerado, encaminhou Silbermann até o elevador e o acompanhou ao andar superior.

"Tempo ruim", disse.

"Sim, muito", Silbermann respondeu, relutante.

"Me desculpe perguntar, senhor", o garçom continuou, "mas está acontecendo algo na cidade hoje?"

"Como assim, algo?", perguntou Silbermann, tentando permanecer calmo. "O que poderia estar acontecendo?"

"Muitos judeus estão hospedados aqui. Fiquei me perguntando se não estamos dificultando as coisas para nós mesmos."

"Mesmo?", sussurrou Silbermann. "Como assim? Por acaso é considerado ilegal hospedar judeus agora?"

"Não sei exatamente", respondeu o garçom. "De qualquer forma, não é problema meu. O senhor primeiro."

O elevador estava parado no quarto andar. Na realidade, já podemos descer, pensou Silbermann, saindo ao corredor para que o garçom lhe mostrasse o quarto.

Inicialmente, Silbermann não conseguia se decidir e ficou andando ali como um hóspede insatisfeito. O comentário do garçom lhe deixou ansioso e desconfiado e deu origem a muitas considerações. No fim das contas, Silbermann pegou o quarto, pois achou que o perigo não seria menor em outros hotéis.

Desceu com o garçom, e, como temia, o rapaz lhe passou a ficha de registro.

"Claro, claro", disse, mal-humorado e ocupado. "Já faço isso... qual era mesmo o número do quarto? Quarenta e sete?... Ah, sim, quarenta e sete..."

Assim que saiu do hotel, esbarrou numa pessoa na rua. Sussurrou "licença", ríspido, já que as últimas experiências lhe mostraram que um comportamento bruto e mal-educado lhe rendia alguma proteção.

"Perdão", desculpou-se o outro com uma voz extremamente mais educada, quase humilde. Mas então acrescentou, perplexo: "Silbermann. Ainda bem, Silbermann. Você é o primeiro homem que encontro".

Era Fritz Stein, o antigo proprietário da Stein & Co., um velho amigo de negócios de Silbermann. Trocaram um aperto de mão. Por conta da euforia, Stein segurou-a firme, sem notar as tentativas de Silbermann de soltá-la.

"O que acha?", perguntou, e Silbermann percebeu a grande agitação num homem tão pequeno e gordinho. "Já soube?" Silbermann conseguiu finalmente reaver a mão.

"Sei de tudo", esclareceu, estranhando o nervosismo de Stein, apesar da situação compreensível, e se esforçando a soar particularmente calmo e contido.

"Então sabe mais do que eu", disse Stein.

"Também já recebeu uma visita?", indagou Silbermann com um sorriso discreto.

"Talvez não", respondeu Stein, começando a sair de sua postura inferior e se endireitando agora que encontrara um companheiro de sofrimento com quem poderia conversar. "O que faremos?", perguntou. "Pensei em ligar para você muitas vezes durante os últimos dias, a respeito de alguns negócios. Na verdade, poderíamos muito bem falar sobre isso agora. Acho que é algo extremamente interessante para você."

"Escute", Silbermann o repreendeu, surpreso com a mudança de humor do outro homem. "Acha mesmo que estou com vontade de fazer negócios agora? Não tenho a mesma constituição vital que você, meu amigo."

"É porque você não precisa disso, podemos assim dizer. Mas o abutre da falência está pairando sobre mim há meses, grasnando: 'Penhorado'. Consigo realmente sentir pena dos meus credores. As coisas da minha esposa foram esmagadas em seu apartamento como se ainda fossem minhas."

Depois de uma curta caminhada de um lado para o outro, pararam em frente à vitrine de uma loja.

"Tenho admiração por você", disse Silbermann pensativamente. "Você é um sujeito capaz. Se eu tivesse seu otimismo, não teria medo." Riu. "Você vai ganhar dinheiro vendendo a corda que lhe enforcar."

"Espero que sim", Stein se apressou a responder com muita alegria. "De que outra forma minha esposa pagaria pelo véu de viúva?"

"As coisas estão realmente tão ruins ou está apenas de piada? Pois não se deve brincar com essas coisas."

"Estou falando sério", afirmou Stein. "Como sabe, vendi minha empresa. E agora o comprador não me paga. O que se pode fazer numa hora dessas? Devo correr atrás de algum ganho. Mas, para chegar ao ponto, se você estiver disposto a entrar com 30 mil marcos..."

"Não, não", respondeu Silbermann. "Deixe essa conversa para lá. No momento tenho outras preocupações."

"Eu queria estar no seu lugar", retrucou Stein com calma. "Você só está com azar. Além disso, eu não tenho nada para comer."

Silbermann olhou surpreso para ele e então pegou a carteira.

"Cinquenta marcos ajudam em alguma coisa?", perguntou. "Infelizmente tenho pouco dinheiro comigo."

"Mas claro que ajudam. Eu aceito. Devolvo o dinheiro na próxima semana. De vez em quando, recebo um pequeno pagamento do sujeito que assumiu o meu negócio, mas isso depende do humor dele, é claro." Ele embolsou o dinheiro. "O que faremos agora?", perguntou novamente, olhando em volta de forma ousada.

"Tenho que ligar para o Becker. Infelizmente, ele está em Hamburgo hoje."

"E como está indo a venda da casa? Apresse-se, se me permite lhe dar um conselho."

Silbermann relatou as negociações. Stein anuiu com a cabeça a cada frase, como se já esperasse que tudo acontecesse exatamente daquele jeito.

"Queria estar no seu lugar", disse ele finalmente, com aquela inveja silenciosa que é um elogio para quem a recebe. "Você tem uma aparência tão ariana. Pelo menos as pessoas não têm medo de você como de mim. Não posso ir para lugar nenhum sem que elas me evitem como se eu estivesse contaminado com a peste. Sempre digo: as pessoas têm medo de que eu as infecte com meu nariz judeu." Ele riu, infeliz.

"Mas ainda tenho dois amigos arianos", disse Silbermann. "Becker e Theo Findler."

"Acho que é um pouco imprudente da sua parte chamar Findler de amigo", Stein suavizou. "Nunca ninguém se vangloriou de ser amigo de Findler."

"Você provavelmente está certo, mas às vezes é necessário imaginar que temos amigos quando não se tem mais nenhum. Isso é pelo menos um pouco reconfortante. Mas quais são seus planos agora?"

"Peguei um quarto ali." Stein apontou para o hotel do qual Silbermann tinha acabado de sair.

"Bem, então... devo vê-lo por aí."

Eles se despediram.

Silbermann assistiu ao outro homem partir. O passo de Stein tinha algo tranquilizador, extremamente confiante e cheio de vida. Não colocava os pés no chão de maneira reta, mas num ângulo leve, e o corpo balançava quase imperceptivelmente enquanto caminhava. O chapéu-coco estava, como sempre, alcançando o pescoço, e, enquanto o observava, Silbermann esqueceu tudo sobre o tempo e as circunstâncias e sentiu como se tivessem feito um acordo no fim das contas; não um acordo particularmente bom, não particularmente ruim, simplesmente um acordo para que permanecessem fazendo negócios um com o outro.

Uma vez concedi a ele um empréstimo de cinquenta mil marcos, Silbermann se lembrou com certa melancolia. Stein & Co., pessoas sérias, não muito grande, mas uma empresa sólida. E lá se vão os escombros.

Entrou num restaurante para jantar. Na verdade, eu deveria ter convidado Stein, pensou enquanto olhava o menu, mas eu também tive medo daquele nariz judeu.

Jantou com apetite. Após a refeição, acendeu um charuto e permaneceu num silêncio espontâneo e tranquilo por alguns instantes. Então se lembrou de seus deveres e correu para o telefone. Depois de ter discado o número do seu apartamento, escutou ansioso cada vez que chamava. Minutos passaram. Ninguém respondeu. Ele finalmente desligou.

Talvez haja algo de errado com o aparelho, pensou, procurando uma explicação inofensiva. Essas coisas acontecem de tempos em tempos. Por que não hoje? Mas justo hoje?, pensou. Isso teria sido muito estranho.

Repetiu a tentativa, sem nenhum resultado diferente. Cada vez mais preocupado, perguntou-se se não seria melhor ir até lá para descobrir o que acontecera, apesar do perigo envolvido tanto para ele quanto para a esposa. Então lhe ocorreu o pensamento tranquilizador de que, por razões de segurança, a esposa certamente preferiu não passar a noite no apartamento, mas com uma das amigas. Isso era muito provável considerando que, dadas as atuais circunstâncias, ela também precisaria de companhia e proteção. Nesse caso, a empregada deveria ter atendido o telefone, mas ela provavelmente aproveitara a oportunidade para ir ao cinema, atividade da qual tanto gostava.

Então discou novamente, já mais calmo, mas não completamente tranquilo, dessa vez o número de uma boa amiga da esposa, acreditando que ela poderia ter ido até lá.

Quando a srta. Gersch lhe disse que não via a esposa dele há semanas, Silbermann não se preocupou muito, já que essa informação não descartava o resto da teoria. A srta. Gersch, ele descobriu, tivera um desentendimento com sua esposa. Entretanto, ela concordou em ir imediatamente ao apartamento deles para fazer companhia à mulher, caso ela estivesse lá. Ela pareceu até se alegrar em ter uma desculpa. Ela também lhe deu a garantia reconfortante de que, ao seu conhecimento, nada havia acontecido com as mulheres durante as ações de hoje.

Ele também pediu que ela lhe desse os nomes e números de telefone de outras amigas da esposa para que conseguisse ligar para elas. Ele próprio estava sempre muito ocupado com os negócios para saber com quem a esposa jogava cartas no momento.

Mas a srta. Gersch também estava pouco informada sobre o círculo de conhecidos da mulher dele; e, quando ligara sem sucesso para os números fornecidos, ainda lhe parecia haver possibilidade de que ela tivesse ido para a casa de outra pessoa.

A fim de se distrair das preocupações com a esposa, solicitou uma ligação para Hamburgo. Após apenas alguns minutos, a chamada foi conectada ao hotel Vier Jahreszeiten, onde Becker, que adquirira certos caprichos, hospedava-se nos últimos tempos. Silbermann ficou muito tempo ao telefone e se irritou de não ter pedido uma chamada direta, já que mesmo agora tentava evitar gastos inúteis. Finalmente, foi informado de que o sr. Becker não estava no hotel naquele momento.

Está jogando, deduziu Silbermann, assustado. Está apostando todo o meu dinheiro, minha chance de sobrevivência. Saiu muito deprimido do restaurante para voltar ao hotel.

Eu deveria ter comprado uma mala em algum lugar, pensou enquanto entrava. Isso não vai causar uma boa impressão. Tomara que achem apenas que minha esposa me expulsou de casa. Esse tipo de desventura é aceitável, ou melhor, não é considerada um crime.

Será que eu deveria me registrar como Silbermann?, refletiu então. Em caso de alguma fiscalização, certamente vão me pegar. Mas, se der um nome falso, estaria cometendo um crime. Que assustador. O Estado nos obriga a cometer crimes.

Desta vez, ninguém lhe pediu que assinasse a ficha de registro, apenas lhe entregaram a chave do quarto e o avisaram que o sr. Stein lhe esperava no saguão. Bem que ele poderia ter mais consideração comigo, pensou Silbermann, mas logo se envergonhou desse pensamento.

"Boas notícias?", perguntou Stein, que estava sentado junto a outros senhores, que também pareciam judeus.

"Nenhuma notícia."

"Nenhuma notícia são boas notícias. Mas por que você não se senta conosco?"

"Tanto alvoroço me deixou realmente cansado, e prefiro me deitar imediatamente e dormir."

Ele se despediu, foi até o elevador e se dirigiu ao quarto. Um garçom, que segurava uma bandeja grande e cheia, o acompanhou.

"Demitiram o *concierge*?", indagou Silbermann enquanto subiam.

"Foi preso hoje de tarde. Afinal de contas, ele era judeu."

Silbermann se calou, consternado.

Uma vez no quarto, trancou-se com pressa e então se jogou na cama para pensar. "Afinal de contas, ele era judeu", ouviu a voz explicativa contida do garçom. "Afinal de contas, ele era judeu..." Com que naturalidade essa explicação bastava para o homem. Parecia que para ele a prisão de um judeu era tão normal e fazia parte da rotina diária tanto quanto, por exemplo, a gorjeta de um hóspede. Um judeu foi preso, porque era judeu. Era necessária mais alguma explicação? De acordo com o garçom, não.

Eu não vou ficar aqui, decidiu Silbermann, pulando e olhando a sala espaçosa em volta. É quase impossível conseguir dormir aqui. Talvez eles me arranquem da cama durante a noite; e se houver algum barulho e os hóspedes do hotel abrirem as portas e perguntarem a uma camareira o que está acontecendo, ela responderá: "Ah, nada de mais. É que um judeu está sendo preso. Só isso". E talvez eles respondam: "Ah, bom... Mas tem que fazer tanto barulho assim?". Todos esses animais adormecidos não querem ser incomodados. Isso é tudo o que importa para eles.

Verdade seja dita, se eu for preso, pouco importa o que os outros digam sobre isso ou como digam. Não, importa, sim, porque se a apatia dos outros não fosse tão grande... De qualquer forma, não estou seguro aqui. Vão me prender, talvez ainda me espancar até a morte. Isso só para que os meus protestos não se tornem um incômodo às pessoas de bem, que têm seu direito ao descanso. Já que querem dormir, sobretudo dormir.

Silbermann ficou andando de um lado para o outro dentro do quarto.

É de estranhar, pensou, como ainda estou vivo. Não acredito que apenas tenham se esquecido de mim. Mas talvez queiram primeiro nos despir com cuidado para só depois nos matar, para que as nossas roupas não se manchem de sangue e nosso dinheiro não seja danificado. Hoje em dia se mata economicamente.

Ajeitou a gravata em frente ao espelho e passou um pente de bolso pelo cabelo. Então, abriu cuidadosamente a porta do quarto e olhou o amplo corredor sem ver ninguém.

Como estou nervoso, refletiu, ainda agora achei ter ouvido passos. E pensar que lutei na Grande Guerra. Mas era diferente. Muitos contra muitos. Agora estou sozinho e devo combater sozinho esta guerra. Sou algum tipo de conspirador? Seria bem melhor se fosse, porque então saberia como me comportar. Mas sou apenas um homem de negócios, nada mais do que isso. Não tenho nenhum tipo de impulso, não tenho energia: a verdade é essa. Mesmo um ladrão correndo com seu roubo tem um sorriso no rosto, enquanto eu só tenho medo.

Suspirou à meia-voz e entrou no corredor. Chegou ao elevador com passos rápidos e apertou o botão para chamá-lo. De volta ao salão, dirigiu-se a Stein, que ainda estava discutindo negócios passados ou até mesmo futuros com os outros.

"Olha, Stein", disse Silbermann com urgência. "Estou saindo do hotel. O *concierge* judeu foi preso hoje. Presumo que algum funcionário esteja ligado à polícia ou, o que é pior, ao partido. E pode acontecer que a SA venha até aqui."

"E para onde vai?", perguntou Stein, que recebera a mensagem de Silbermann com bastante calma.

"Ainda não sei, mas não vou ficar de jeito nenhum."

"Eu vou ficar", declarou Stein. "Afinal, não vou conseguir sair do Reich alemão hoje à noite. Você também não. Para que se fazer de louco? Tudo sempre fica..."

"Se quer ser um fatalista, isso é problema seu", Silbermann o interrompeu. "Vou fazer tudo o que puder para não cair nas mãos desses sujeitos."

"Mas para onde vai? Está acontecendo a mesma coisa em todos os hotéis. Tudo isso é uma questão de sorte. Nem mesmo no cemitério os judeus estão salvos de xingamentos. O que vai fazer lá?" Encolheu os ombros em renúncia.

"Então você vem comigo ou não?"

"Olhe bem, Silbermann, se você quer me levar junto, então pode muito bem ficar aqui, com meu nariz...", riu, descartando o pensamento com um certo desdém. "Fugir com meu nariz? Que absurdo!"

"Você poderia facilmente se passar por sul-americano ou italiano", Silbermann tentou consolá-lo.

Stein fez um gesto com a mão como se quisesse jogar fora a ideia. "Passaria, mas não sou. Ainda tenho o passaporte alemão." Ele moveu a cabeça negativamente. "Não", disse, "ninguém pode me ajudar agora. Tenho que cuidar dos negócios. É a única coisa que me resta. Um judeu rico ainda vale mais do que um pobre. Portanto, não fique para trás por mim. Adeus, se cuide. Ligarei para você nos próximos dias, se esse pessoal tiver se acalmado nesse ínterim. Mas eu realmente gostaria de fechar esse negócio com você, sabe? Ou seja, você fechará o negócio e me pagará uma comissão. Estou dizendo que os destroços dos seus navios naufragados não são nada em comparação com isso. É uma mina de ouro aberta."

"Acredito que não farei mais negócios", disse Silbermann, devagar, "mas vou gostar de receber uma ligação sua nos próximos dias."

Pagou o quarto, tentou com uma habilidade mediana justificar a partida com uma viagem que não podia ser adiada, deu ao garçom que prestava serviços de *concierge* uma gorjeta generosa sem nem mesmo saber o porquê e deixou o hotel.

Vou para Hamburgo, decidiu assim que chegou à rua, de um momento para o outro. É a melhor opção. Tenho um grande companheiro lá, o Becker. É possível falar com ele e ele pode intervir. É claro que a ação de hoje foi simplesmente uma selvageria, e talvez amanhã o governo declare não saber nada a respeito disso. Por mais que seja composto por inimigos de judeus, ainda se trata do governo, e o governo não pode permitir algo assim. Você só precisa sobreviver a dias como estes e atravessá-los com ossos e alma intactos. A vítima de um acidente está sempre errada. Quem foge tem razão. Eu quero estar certo.

Pegou um bonde até a estação do zoológico. No caminho, conferiu mais uma vez o dinheiro. Ainda tinha noventa e sete marcos.

Como vai rápido, impressionou-se. De cento e oitenta a noventa e sete. Agora é preciso ser parcimonioso, ao menos até encontrar o Becker, porque ficar sem dinheiro nesta situação é a última coisa de que preciso.

Quando chegou à estação, comprou um bilhete para Hamburgo e, embora ainda houvesse uma hora antes da partida do trem, foi direto para a plataforma. Comprou um pacote de goma de mascar numa máquina automática e, como havia observado com frequência outras pessoas fazendo, colocou um tablete atrás do outro na boca, acreditando que a atividade o acalmaria e o distrairia, e empurrou lentamente a massa viscosa, que perdia aos poucos o sabor de menta, de um lado para o outro, com um constante movimento de mastigação.

Sem encontrar nenhum prazer na atividade, mas obedecendo ainda assim a esse dever autoimposto, passou algum tempo mastigando o chiclete com dedicação, com uma apatia deliberada. Enquanto isso, caminhava devagar de um lado para o outro na plataforma do trem. Tentou pensar em algo agradável e finalmente imaginou a esposa já deitada na cama, dormindo. Mas esse pensamento atraiu outros e, em vez de acalmá-lo, trouxe-lhe novos medos e ansiedades.

Ela certamente ficará preocupada, pensou. Devo pelo menos enviar-lhe um cartão-postal.

Silbermann foi para a sala de espera, aproximou-se do balcão e comprou um cartão. Depois se sentou, pediu um café e começou a escrever, continuando a fazer movimentos ansiosos de mastigação:

Amada Elfriede.

Fui a Hamburgo para uma reunião. Estarei de volta amanhã. Não se preocupe. Estou bem. Tentei ligar, mas infelizmente não consegui falar com você. Espero realmente que esteja bem.

Com carinho,

Otto.

Releu o cartão e não achou suspeito, embora não soubesse exatamente o que poderia ter escrito que despertaria suspeitas. Deixou a sala de espera, saiu da área reservada aos passageiros para postar o cartão, voltou à plataforma e retomou seu ritmo de vai e vem. Estava com frio e, tremendo, esfregou uma mão na outra. Havia deixado as luvas em casa. Então viu um oficial aparecer do seu lado.

Assustou-se quando percebeu a polícia ferroviária. Vão procurar judeus no trem. Até onde se lembrava, nunca havia ficado tão nervoso. Essa era uma visão familiar: quantos homens da ss ou da sa ele não tinha visto diariamente sem dar tanta importância? Agora, porém, relacionava cada uniforme consigo mesmo; e novamente, mas ainda mais do que na época imediatamente posterior à "tomada do poder" pelos nacional-socialistas, tinha a sensação, ao ver um homem do partido, de que se tratava de "meu inimigo mortal por princípio" e "ele tem poder sobre mim".

Silbermann começou a se mover novamente. Vinte metros adiante, virou-se para olhar novamente o homem da ss. Sinto mais medo dele do que outras pessoas?, perguntou para si mesmo. Como um homem da ss se sentiria se tivesse que andar por aí num país bolchevique, talvez até com alguma marca de identificação especial, como o pobre Fritz Stein?

Esses sentimentos permitiram sentir uma justificativa para seu medo. Imaginar os inimigos encontrando o dia de terror também o consolava e fez com que Silbermann, que vira o partido da expropriação com desaprovação e repugnância genuína durante toda a vida, sentisse um pingo de simpatia por ele, como seu provável vingador. Essa ideia era tão satisfatória que se prendeu a ela por algum tempo.

A uma distância segura, Silbermann olhou para o inofensivo homem de farda como quem gostaria de dizer: "Cuidado, ainda estamos bem longe do fim".

O trem chegou à plataforma, e Silbermann, que havia parado diante da placa da segunda classe, livrou-se da goma de mascar, que mastigara fielmente durante todo esse tempo, o que de repente lhe pareceu muito bobo. Então embarcou. Sentou-se à janela, no banco de frente, em compartimento para fumantes, e olhou a plataforma, ainda bastante deserta. Bocejou, verificou o relógio e percebeu que ainda faltava um bom tempo para a partida do trem. Não estava nada à vontade com a espera e acreditava que só recuperaria a paz interior quando o vagão estivesse em movimento.

Em todo caso, estou muito contente de poder falar com Becker em breve, pensou. Sentiu uma necessidade crescente de estar na companhia dele, muito mais por ser seu sócio do que pelo homem em si.

Espero que ainda esteja acordado, pensou, mas também não importa se já estiver na cama. Basta acordá-lo. Preciso falar com ele hoje sem falta. Por que não me avisou? Ele geralmente sabe dessas coisas com antecedência.

De repente, abateu-se sobre Silbermann uma suspeita terrível.

Ele sabia. E isso lhe convém. Agora ele me tem na palma da mão. Pode roubar toda a minha fortuna de uma só vez. Nunca confiei nele de verdade. Talvez seja tão corrupto quanto Findler! Ele recebe metade dos meus ganhos, mas isso não é suficiente. Ele quer o capital. Já deu pistas disso. O que ele disse um dia desses? "Preciso de uma base, Otto. Pensando bem, não tenho base nenhuma."

E, além disso, é nazista. Nunca fez disso um segredo. Talvez só quisesse esperar o momento certo, de uma tacada só — tudo. Um jogador. Como eu poderia confiar num jogador? Só mesmo um jogador ainda se arriscaria a trabalhar com um judeu hoje em dia.

Silbermann não podia permanecer sentado por mais tempo. Foi ao corredor do trem e se inclinou para fora de uma janela. O ar fresco e gelado lhe fez bem.

Como pude achar que Becker está querendo me enganar?, agora se perguntava. Ele sempre foi um sujeito decente e nos conhecemos por metade da vida. Mas estes tempos fazem você duvidar de tudo e de todos. Não devemos nos deixar levar.

Afastou-se ligeiramente para dar lugar a um casal que, depois de espreitar pelo trem, finalmente tomou assentos em seu compartimento. O homem poderia muito bem ser judeu, pensou Silbermann, e se inclinou para fora da janela novamente. O trem permaneceu pouco ocupado, e Silbermann ficou feliz quando nenhum outro viajante escolheu sentar-se ali.

Vou conseguir dormir, pensou, bocejando novamente. Com certeza estou cansado demais.

Devagar, o trem começou a sair, e Silbermann deixou o corredor. Sentou-se confortavelmente no assento, fechou os olhos e tentou adormecer. Mas, embora o ritmo das rodas, que sempre o embalara, o tenha deixado ainda mais cansado do que já estava, permaneceu acordado. De tempos em tempos, ouvia trechos da conversa dos companheiros de viagem, que, até onde era capaz de entender, após uma crítica sobre conhecidos comuns, voltavam-se para as vantagens e desvantagens de viajar de avião.

55

Após dez minutos de esforço inútil para adormecer, Silbermann sentou-se novamente. Só agora notou que o homem estava usando a insígnia dourada do partido na lapela do casaco. Involuntariamente, Silbermann franziu a sobrancelha e lançou um olhar insatisfeito ao homem, depois inclinou a cabeça de volta para o banco estofado, mas manteve os olhos abertos e, sem pensar em nada em particular, permaneceu olhando cansado para a frente.

Vou ligar para Elfriede logo pela manhã e também enviar-lhe um telegrama, decidiu. A propósito, eu poderia ter telefonado para a srta. Gersch mais uma vez. E Becker, que estranho não ter recebido nada dele. Será que conseguiu o dinheiro? E preciso escrever novamente para Eduard também. Esse menino não tem ideia do que está acontecendo aqui. Ele pensa... O que pode ter acontecido em casa? Será que eu não deveria ter mandado alguém para lá? Agora estou sentado aqui, sem ter a mínima ideia de nada. Alguém pode ter feito algo com ela, meu Deus. Mas pelo menos Findler estava lá — um sujeito grosseirão, mas confiável. Findler, um homem de bem, íntegro... Sim, isso ele é, uma integridade falsa, como todos esses malandros. Dez mil marcos de adiantamento, que ousadia! Graças a Deus ela tem dinheiro. Até onde vai tudo isso? Estou tão indefeso quanto uma criancinha. Quem poderia ter imaginado isso? Algo assim? No meio da Europa — no século XX!

O inspetor veio controlar os bilhetes.

Por conta de uma certa necessidade de falar, Silbermann indagou quando estariam em Hamburgo, embora soubesse disso.

O homem com a insígnia dourada do partido respondeu mais rápido do que o inspetor. Silbermann agradeceu-lhe pela informação, e uma conversa começou entre eles. Depois de trocar algumas observações sobre o tempo, a velocidade dos trens expressos e dos carros, o homem com a insígnia do partido perguntou se ele jogava xadrez.

Silbermann acenou que sim com a cabeça, e imediatamente o homem tirou um pequeno jogo de xadrez portátil da pasta e começou a ajeitar as peças. Achou a situação inédita, mas não encontrou nenhum motivo para recusar o convite. Em vez disso, acreditava que o jogo poderia fazê-lo pensar em outras coisas, e isso seria bom e relaxante. Ademais, o jogo de xadrez também distrairia o outro e o obrigaria a permanecer em silêncio.

Logo se descobriu que Silbermann era de longe o melhor jogador e, mesmo tendo considerado por um momento se não deveria deixar o outro vencer como precaução, acabou não se contendo. Depois de uma hora de combate silencioso, fez um xeque-mate.

"Muito bom", disse, agradecido, o homem com a insígnia dourada do partido, e começou a explicar à esposa — que tinha adormecido durante a partida, mas agora havia acordado e estava de olho em Silbermann, de maneira sonolenta — por que ele tinha perdido o peão do rei e quais erros o levaram à derrota.

"Se eu tivesse ido para A3 com a torre em vez de G4", ele se voltou para Silbermann, "então você teria... não, eu deveria ter feito um roque antes, mas então você teria pegado o cavalo e, não... Eu deveria tirar minha rainha antes de tudo isso, é claro. Não sei o que aconteceu, normalmente jogo melhor. Mas estou muito cansado, deve ser isso."

Silbermann concordou com tudo.

"Fiquei impressionado com a sua abertura", disse o homem demonstrando conhecimento. "Bem, eu só queria... será que deveríamos jogar outra partida?"

Estava claro que o homem queria uma revanche.

"Não sei se vamos conseguir terminar até Hamburgo", Silbermann apontou.

"Vamos então jogar uma partida de blitz. A propósito, Turner."

"Prazer em conhecê-lo", respondeu Silbermann secamente.

Agora esperava a pergunta: e com quem eu tenho o prazer de jogar?

Vou dizer apenas Silb, ele decidiu.

Mas o homem não perguntou, e começaram assim a segunda partida. Desta vez o homem com a insígnia do partido se esforçou muito e conseguiu ganhar uma pequena vantagem sobre Silbermann. Mas este também se concentrou e jogou com uma seriedade obstinada e uma raiva fervorosa, como se coisas extraordinárias dependessem desse jogo.

O rosto do oponente ficou vermelho. Ele apertou os lábios um contra o outro, piscou os olhos com entusiasmo, acotovelou a esposa mais de uma vez para chamar a atenção dela às diferentes posições. Em determinado momento, quis voltar atrás depois de uma jogada, mas desistiu quando viu as sobrancelhas levemente arqueadas de Silbermann; fez dois movimentos diferentes do que pretendia e precisou finalmente admitir a derrota neste jogo também.

"Você é um jogador muito afiado", disse, mas desta vez a voz soou menos apreciativa e mais reprovadora.

"Eu joguei mal", Silbermann mentiu hostilmente. Sabia bem que nesse ato de falsa humildade havia uma certa presunção que humilhava ainda mais o perdedor, que poderia ao menos se alegrar em ter dado trabalho ao vencedor.

O homem se mexeu, inquieto, no assento, observou as unhas, depois mirou o tabuleiro de xadrez ao lado e finalmente disse: "Todas as coisas boas acontecem de três em três. Não quer fazer mais um xeque-mate?".

"De modo algum tenho tanta confiança em minhas habilidades", disse Silbermann, controlando-se antes de começarem a terceira partida.

Quero ser sensato, decidiu Silbermann, quero perder. Mas ganhou novamente. Jogaram uma quarta partida, uma quinta partida, e, quando o trem chegou em Hamburgo, o homem com a insígnia do partido tinha perdido seis rodadas. Seu respeito por Silbermann já não tinha limites.

"Preciso vê-lo novamente", implorou enquanto se separavam. "Já faz muito tempo que não encontro um jogador tão bom", disse, entregando seu cartão de visita a Silbermann.

Herrmann Turner, engenheiro-chefe, rua Kleist, 14, leu Silbermann. Olhou o número de telefone.

"Talvez eu ligue em breve", disse bem-humorado.

"Sim, faça isso", pediu o outro com toda a devoção de um jogador medíocre em relação a um grande jogador de xadrez que quer atrair para novas partidas.

Apertaram as mãos e se separaram.

Um ser humano, Silbermann pensou, feliz. Isso foi definitivamente um ser humano, apesar da insígnia do partido. Talvez as coisas não estejam tão ruins assim. As pessoas com as quais se pode jogar xadrez, que perdem sem se ofenderem ou se tornarem petulantes, dificilmente são ladrões e assassinos.

As vitórias no xadrez o fortaleceram muito, e, quando deixou a estação, não tinha mais a sensação de ser um fugitivo, um indivíduo fraco. Ainda podia vencer, tinha provado isso. Considerou pegar um táxi, mas depois decidiu caminhar, já que o hotel não era muito longe dali. Encontrou poucas pessoas nas ruas, e o tráfego de carros também estava quase completamente adormecido. Quando chegou à avenida Jungfernstieg, aproximou-se do Alster e olhou fixamente a água cinza por um momento. Observou os reflexos de luz das lâmpadas na superfície flutuante escura do rio e respirou profundamente o ar úmido, frio e refrescante.

"O que está acontecendo, afinal?", perguntou a si mesmo. Estamos em apuros, estamos sofrendo assédios, isso é certo. Mas nos deixarão em paz em algum momento, e então posso emigrar. Não é tão ruim assim, ainda estou vivo, estou vivo — apesar de tudo.

3

Tranquilo e de bom humor, Becker estava sentado à mesa com dois oficiais da SA, comendo e bebendo champanhe, como havia se tornado hábito nos últimos anos depois de fechar um acordo comercial. Quando viu Silbermann aparecer e sentar-se na mesa ao lado, a calma confortável desvaneceu-se, e ele começou a ficar nervoso. Lançou um olhar furioso ao amigo. Não venha à nossa mesa, avisou com os olhos, que ao mesmo tempo perguntavam: Por que você veio? Por que está me seguindo? O que está pensando, hein?

Silbermann fingiu não notar a expressão de repressão e censura no rosto do sócio. Após olhar longamente o menu, pediu um bife e meia garrafa de vinho tinto numa voz desenvolta, mas levemente hesitante. Dormira a manhã toda e só acordara há uma hora, quando já eram quinze para a uma.

A noite anterior terminara bem tarde. Ele não havia encontrado Becker no hotel e somente depois de uma longa e malsucedida espera é que foi em busca de um lugar para passar a noite. Não ousou pedir um quarto no Vier Jahreszeiten. O "Heil Hitler" dito pelo porteiro noturno lhe soara muito sincero. Em vez disso, tinha ido a uma pensão para estrangeiros que já conhecia há algum tempo, e lá conseguira dormir sem ser perturbado. Entretanto, quando leram o nome dele no formulário de registro que havia preenchido só por volta do meio-dia, disseram-lhe que, no futuro, seria melhor se ele ficasse em pensões judaicas. Essa observação não havia exatamente melhorado seu estado de espírito.

Silbermann olhou de relance para Becker.

Aquele homem ali, pensou, meu amigo, sim, espero que meu amigo, carrega minha fortuna. Depois se perguntou se os parceiros comerciais de Hamburgo haviam tentado mudar as condições do negócio. Na verdade, tudo tinha ficado definido e acordado, disse para si mesmo. Mas nada estava tão claro que ainda não pudesse ficar obscuro. Porém Becker era um homem de negócios eficiente e confiável. Claro, ele era confiável. Incondicionalmente. Juntos, ganharam sete mil marcos com o navio. Tiveram muito trabalho e vários problemas, claro, e, se eles próprios tivessem assumido o desmantelamento, provavelmente teriam ganhado ainda mais. Já ficarei feliz e satisfeito se conseguir recuperar meu dinheiro, pensou Silbermann.

Levou o copo de vinho à boca. Este foi meu último negócio na Alemanha, prometeu a si mesmo. Para ganhar três mil e quinhentos marcos, você arriscou setenta e oito mil. Balançou a cabeça. Nunca mais. Aposta segura? Estava prestes a descobrir. Enquanto o dinheiro ainda estivesse com Becker, não queria tomá-lo como certo. Sim, podia contar com Becker, é claro. Mais uma vez olhou ansioso e atormentado para o amigo. Por que não saiu dali sob algum pretexto qualquer para vir à sua mesa? Qual a relação deles com aqueles milicianos, afinal?

E o que me dá o direito de confiar nele?, preocupou-se Silbermann. Já não posso me dar o luxo de confiar. Não se deve desconfiar constantemente, não, não é isso, mas ser cauteloso. Cuidado ou confiança? Meu irmão Hans morreu pela Alemanha na guerra. Ele também tinha confiança. Mas isso é um absurdo. O que uma coisa tem a ver com a outra?

Becker se levantou.

Agora ele virá até aqui, pensou Silbermann, apoiando tenso a faca e o garfo no prato.

Mas Becker, seguido pelos homens fardados, passou calmamente pela mesa sem sequer cumprimentá-lo. Por um momento, Silbermann ficou sem palavras. Então gritou: "Garçom!!!". Pagou a conta, saiu dali num pulo e foi atrás de Becker, vestindo o casaco enquanto corria. Ele já deixara sala de jantar, e Silbermann só o viu novamente no saguão. Becker, pagando a conta, ainda estava com os dois oficiais. Então se despediu ruidosamente e deixou o hotel sem perceber Silbermann, que permanecera parado desde que vira o outro.

Agora estou acabado, pensou Silbermann em desespero. Becker está levando meu dinheiro embora, e depois? Não sabia mais o que fazer.

Após refletir por um momento, seguiu Becker, que estava conversando calmamente com os oficiais, caminhando em direção a um ponto de táxi. Becker parou, abrupto, virou a cabeça e viu Silbermann dez passos atrás de si, olhando para ele com a boca meio aberta e os olhos bem atentos. Becker contorceu o rosto com má vontade. Depois pegou o chapéu. Silbermann o cumprimentou apressadamente e com alívio.

Agora preciso ir atrás dele, pensou, e perguntar o que fez com meu dinheiro, o que está pensando, se ficou louco...

Deu um passo à frente, depois parou, encostou o pé contra a parede e mexeu no cadarço do sapato. De repente, sentiu medo de Becker e do poder que tinha sobre ele.

Que eu só não seja preso, pensou Silbermann, só não seja espancado. Era só isso que faltava!

Quando se levantou novamente, viu Becker entrando num táxi com os oficiais.

"Bem, então, para Berlim", o amigo se despediu, acenando adeus a Silbermann.

"Graças a Deus", suspirou audivelmente, emocionado. "Becker, seu velho honesto. Sujeito íntegro, você." Então se envergonhou de seus sentimentos, assim como se envergonhou de ter suspeitado de Becker, e decidiu que nenhum dos sentimentos fora verdadeiro.

Acenou a um carro e se dirigiu até a estação, na esperança de encontrar Becker lá ou até mesmo no trem. Quando pagou o motorista, percebeu que só lhe restavam duas notas de vinte marcos. A situação seria alarmante se não fosse por Becker, pensou confortavelmente enquanto subia as escadas da estação.

Silbermann teve o cuidado de não ser visto por Becker e finalmente entrou na terceira classe, apesar de ter comprado um bilhete para a segunda.

Não quero que sinta que estou de olho nele, pensou com ternura, mas teve que admitir para si mesmo que estava agindo com cautela porque queria evitar atrair a atenção dos parceiros do amigo.

O compartimento estava cheio, exceto por um assento. Silbermann olhou desinteressadamente para o rosto dos companheiros de viagem. Ao lado estava sentado um homem que ele acreditava ser um viajante de negócios, fumando um charuto de menor qualidade. Quando o trem partiu, o fumante levantou-se e andou em direção à janela. Não, porém, para dizer adeus a alguém, como Silbermann havia imaginado, mas para fechá-la.

Após apenas meia hora, o ar na cabine ficou carregado de uma fumaça acre que afetou as mucosas de Silbermann a tal ponto que, quando não aguentava mais, levantou-se para fugir para vagão-restaurante. Também estava faminto, pois deixara a maior parte do bife na mesa do restaurante, e agora, encorajado pela presença de Becker e com o conhecimento de que estava com o dinheiro, pediu para si mesmo uma refeição farta. Após comer, permaneceu sentado na sala de jantar, folheando sem parar a revista *Mitropa*, e as velhas preocupações e pensamentos voltaram.

Quando regressou ao compartimento, cerca de vinte minutos antes da chegada do trem em Berlim, para buscar o chapéu e o casaco, tornou-se testemunha involuntária de uma conversa altamente política. O suposto viajante de negócios, que antes havia fechado a janela, estava prestes a explicar o contexto da grande política aos outros passageiros.

Silbermann se sentou em seu assento e tentou não ouvir, porque o que era dito lhe soava familiar. Olhou o campo chuvoso pela janela do vizinho e pensou nos próprios assuntos. Acima de tudo, ficou cada vez mais preocupado com o destino da esposa, com quem tentara falar novamente em vão ao meio-dia, e a inquietação dele fez com que os vinte minutos até a chegada do trem em Berlim se tornassem um verdadeiro tormento.

O que aconteceu com a Elfriede?, perguntou-se com medo, sem entender como tinha conseguido viajar para Hamburgo sem antes ter certeza. E não posso deixar o Becker escapar de jeito nenhum: esse outro problema também o pressionava. Para se distrair, finalmente prestou atenção na voz do negociante, rouco de tanto falar e fumar.

"Com sangue e ferro", anunciou ele, "é assim que nós fazemos política." Pronunciou o "nós" com grande ênfase, tão contente de sua filiação como se fosse um membro importante do governo imperial alemão. "No passado, os judeus diziam", continuou em voz alta, "que a Alemanha deveria se tornar europeia. Mas hoje dizemos: 'A Europa deve se tornar alemã'."

Os outros o escutavam silenciosamente, com expressões de aprovação ou indiferença.

"Não seria melhor abrir uma janela?", perguntou, finalmente, uma voz modesta.

"Não", disse o viajante, "estou com uma gripe forte."

Essa confissão humana privou-o de muito de seu efeito, e, apesar de vários protestos de sua parte, uma janela de correr foi aberta. Aparentemente amargurado com a decisão, o viajante começou a fazer uma crítica ampla e sem piedade aos judeus, sem parar um minuto sequer.

Silbermann se levantou, vestiu o casaco e deixou o compartimento. Vou encontrar o Becker no escritório, concluiu, e se apressou pelos corredores do trem até o vagão da frente para ser um dos primeiros a descer e não voltar a encontrar o amigo.

Assim que o trem parou, desembarcou e se apressou para deixar a plataforma. Quando chegou ao átrio inferior, foi a uma cabine telefônica para fazer uma nova tentativa de falar com a esposa. Como temia, o telefone no apartamento continuou sem resposta.

No entanto, a srta. Gersch, com quem conseguiu falar, disse-lhe que infelizmente tinha sido impedida de visitar Elfriede ontem à noite por conta de uma visita surpresa. Hoje ao meio-dia, no entanto, tinha estado lá, mas tocou a campainha e esperou em vão dez minutos na frente da porta.

A senhorita não perguntou o que aconteceu aos outros inquilinos?, queria saber Silbermann, muito deprimido com as informações que recebia.

Não, infelizmente não tinha pensado nisso, mas ficaria feliz em passar lá novamente.

"Obrigado", disse Silbermann, "eu mesmo irei. Não suporto esta incerteza. Realmente preciso saber agora o que está acontecendo."

"Posso imaginar como você está se sentindo", disse ela. "Pena que minha tia veio aqui ontem. Mas por que não me liga hoje à noite, às nove? Infelizmente, não posso sair no momento, mas consigo voltar lá por volta das sete horas. A propósito, ouvi hoje novamente que nada aconteceu com as mulheres, apenas os homens foram presos. Portanto, não precisa se preocupar. Espere até hoje à noite. Você pode se meter em apuros se voltar. Alguns moradores do prédio podem relatar seu retorno..."

"Bem, em todo caso, muito obrigado", interrompeu Silbermann. "Tomarei a liberdade de ligar novamente esta noite. Adeus." Nem as palavras reconfortantes foram capazes de atenuar seu mal-estar.

Decidiu ligar novamente para a casa da irmã. Ela estava em casa, mas tão assustada que mal se atrevia a falar. Ela reagiu com um grito de choque quando Silbermann sugeriu que se encontrassem.

"Considerando a sua situação, não podemos nos encontrar na cidade. E eu não posso deixar o apartamento de jeito nenhum. Acredito que vão deixar o Günther sair. Toda vez que a campainha toca, me assusto e penso: é ele. Não podem ficar com ele lá muito tempo. Imagina, um homem de cinquenta e seis anos. Quando ele voltar, tenho que estar aqui."

"Mas..." Isso não deve acontecer tão cedo assim, queria dizer. Mas se calou. Por que ele deveria lhe tirar a esperança?

"Você tem um advogado ariano que poderia defender seu caso?", acabou perguntando.

Sim, ela tinha.

"E dinheiro?"

Isso ela também tinha.

Ele se despediu.

Para onde eu vou agora?, perguntou-se. Seria muito imprudente deixar Becker ficar andando por aí com oitenta mil marcos. Foi tolice minha deixá-lo coletar o dinheiro, mas é preciso mostrar confiança num sócio e amigo. Será mesmo? Bom, já foi feito. Mas agora é hora de tirar o dinheiro dele, caso contrário vai se acostumar a ter esse tipo de quantia e eventualmente não vai querer se separar dela. Por outro lado, pensou, talvez eu devesse ir ao nosso apartamento agora mesmo; então decidiu dar prioridade a Becker.

Afinal de contas, isso também é do interesse da Elfriede, convenceu-se, e, se ela não estiver em casa mas, como é mais provável, com algum conhecido, minha presença no apartamento não tem utilidade alguma. Mas, no caso de Becker, minha ausência poderia, sob certas circunstâncias, ser extremamente prejudicial. E, se ela estiver em casa, ainda estará lá daqui a uma hora. Estou fazendo tempestade em copo d'água, ficando com medo sem razão alguma.

Ficou debatendo consigo mesmo por um tempo. Então um novo pensamento lhe ocorreu: Findler. Embora devesse ter imaginado de antemão que não conseguiria encontrar o número, procurou-o com afinco na lista telefônica. Apenas seis semanas antes, Findler havia se mudado da pensão onde vivia para seu próprio apartamento, onde poderia ter horários mais flexíveis e ainda assim manter poucas despesas enquanto vivia confortavelmente. E, ainda que Silbermann tivesse anotado o número anteontem em vermelho numa das suas inúmeras cadernetas — sempre disponíveis na hora de anotar algo, mas nunca na hora de buscar uma informação —, não conseguia se lembrar dele agora que não o encontrara na lista telefônica.

Em vez disso, tentou ligar para a empresa Kraus & Söhne, com a qual Findler dividia um escritório por motivos de aluguel — ele ficava disponível de manhã, entre as dez e as doze horas, na menor sala do pequeno escritório, para todos que quisessem um empréstimo e tivessem garantias; além disso, claro, administrava os próprios imóveis. Mas a linha estava ocupada, e, depois de ter tentado por dois minutos, Silbermann se lembrou de Becker e saiu correndo da cabine.

Eu deveria ter ligado para Findler há muito tempo, pensou Silbermann, ao sair da estação em direção a um táxi. É claro que esqueci o número dele. Todo infortúnio vem do esquecimento.

Pediu que o motorista dirigisse o mais rápido que pudesse, e após apenas dez minutos o táxi parou em frente ao prédio de escritórios onde a empresa de Silbermann estava localizada. Pagou, entrou no edifício e, ao passar, verificou se a placa que dizia "Becker Schrott Ltda." estava pendurada no lugar, como havia se tornado seu hábito desde que alguém a havia desparafusado e roubado. Chamou o elevador, embora pudesse ver que já estava descendo.

Será que Becker já chegou?, pensou.

O elevador parou, e a funcionária dele, a srta. Windke, que provavelmente tinha alguma tarefa a realizar, saiu do elevador.

"Boa tarde, srta. Windke", cumprimentou. "O sr. Becker já chegou?"

"Não", respondeu, olhando para ele com uma certa surpresa. "O sr. Becker acabou de ligar. Estará aqui em vinte minutos."

Silbermann lhe agradeceu e entrou no elevador. Estava prestes a fechar a porta quando se lembrou da expressão intrigada dela. O que há de errado?, pensou. Ah, ela provavelmente está surpresa que eles ainda não tenham me prendido? Ele a viu saindo.

Será que posso ousar entrar em minha empresa?, perguntou-se. E se a Windke ligar agora mesmo para o namorado? Afinal de contas, ele é um homem da SA. Não sei se a Windke gosta muito de mim. Que bobagem. O que tem a ver comigo? Isso é ridículo. Ainda posso entrar na minha empresa!

Fechou a porta, apertou o botão e subiu. Mas parou o elevador ainda no primeiro andar.

Melhor não, pensou. É mais sensato esperar por Becker no Café Hermann. Nunca se sabe... Não gostei nada da cara da Windke.

Voltou lá para baixo. "Que tempos", suspirou ao deixar o elevador. Saiu do prédio e de passagem leu novamente a inscrição no letreiro da empresa: Becker Schrott Ltda.

Becker, pensou. É claro! Em breve não terei mais nada para fazer aqui. Meu lindo escritório particular. E pensar que a mesa de que eu precisava chegou há apenas quinze dias. E acabei de encomendar uma nova central telefônica. Este ano investi três mil marcos em material de escritório, máquinas de escrever e coisas desse tipo. E tenho certeza de que teríamos conseguido fechar o acordo com a Heppel. Tenho trabalhado nisso há cinco meses. O verdadeiro negócio estava apenas começando, e eu teria conseguido o empréstimo do Banco de Dresden. Que desastre! A Elmberg & Co. ficará com todos os negócios agora! Eu deveria ter vendido a empresa no ano passado. Mas não, fiquei sentado confortavelmente no meu escritório ano após ano, achando que as coisas seriam assim para sempre. Não fazíamos a menor ideia. Não, senhor!

De humor sombrio, atravessou a rua e entrou no Café Hermann, onde geralmente tomava o segundo café da manhã e o café da tarde. Pediu um copo de cerveja e se pôs a postos para vigiar cuidadosamente o lado oposto da rua por trinta agonizantes minutos.

Se não tivesse que abrir mão de seu lugar na janela para isso, provavelmente teria ligado para o apartamento particular de

Becker, pois parecia muito provável que ele tivesse mudado de ideia nesse meio-tempo e desistido de vir à empresa hoje, apenas telefonando para saber o que havia de novo.

Aqui estou eu, sentado na frente da minha empresa, Silbermann ficou cada vez mais enfurecido, sem ousar entrar. Ela é minha! Só minha! Eu a construí durante anos de bastante trabalho, e agora — agora qualquer aprendiz manda mais nela do que eu! Não posso demitir meus funcionários quando me convém, mas eles podem, de acordo com o humor deles, denunciar o chefe a qualquer momento e mandá-lo a um campo de concentração. Você se sente um parasita, um suplicante diante das pessoas que pessoas que são pagas por você.

Como está o aprendiz Werner?, em breve teremos que perguntar. Teve uma boa noite de sono? Está de bom humor? Ou será que no final vai se irritar com todas as minhas características, como pessoa, como judeu e como chefe? Talvez o senhor líder de esquadrão da Juventude Hitleriana, do alto de seus dezessete anos, esteja lhe dando conselhos a meu respeito? Silbermann riu com raiva.

E a srta. Windke, pensou agora, está exigindo um aumento de salário atrás do outro porque o noivo também é um pequeno *Führer*! Na realidade, ela não precisaria nem falar comigo, ninguém esperaria que falasse, e o fato de ela falar é apenas uma prova de seu grande coração!

O contador Klissnik, por outro lado, não está disposto a se esforçar muito, e por isso se permite chegar atrasado ao trabalho a cada três dias. Como ariano, pode se dar ao luxo de fazer isso! Para tanto, exige um aumento de salário, e o aumento terá que ser concedido!

O que mais posso fazer para ganhar a boa vontade de meus funcionários e mantê-los de bom humor? Não posso convidar todos para serem meus sócios!

Silbermann bateu os dedos com raiva contra a janela. "Chega", rosnou. "Vou fechar a empresa! Estou farto disso tudo!"

O casaco de gabardine do amigo, tão familiar para ele, apareceu do outro lado da rua. Silbermann, que já havia pagado pela cerveja, desceu da cadeira num pulo, saiu correndo do bar e foi em direção a Becker. Quando o viu chegando, Becker parou e o esperou com calma.

"Não tenho notícias suas há horas!", queixou-se Silbermann quando o alcançou. "Você não tem a mínima ideia de como estou ansioso! Deu certo?"

Eles apertaram as mãos.

"Não vai subir?", perguntou Becker e, respondendo imediatamente a própria pergunta, acrescentou: "Melhor não".

Foram juntos ao café do qual Silbermann acabara de sair. No caminho, Becker contou sobre a viagem, o quanto beberam, como havia sido agradável e como era uma pena que Silbermann não tivesse conhecido os dois nazistas, que eram grandes sujeitos, mesmo que fossem podres de ódio aos judeus. Depois, sentaram-se.

Becker cruzou os braços em frente ao peito, olhou Silbermann com expectativa e disse, com um pouco de desdém: "Vamos, fale de uma vez! Por que me seguiu? Ficou com medo, não foi?".

"Está com o dinheiro?", perguntou Silbermann, sem responder à pergunta.

"Me diga primeiro o que está acontecendo com você", Becker o desafiou.

"Não ouviu nada sobre as perseguições aos judeus?"

"Ah, mas esses incidentes..."

"Fomos atacados no apartamento. Mal consegui escapar. Findler estava comigo, foi ele que conseguiu parar os homens."

"Mesmo?", observou Becker com indiferença. "De qualquer forma, o importante é que nada aconteceu com você. A propósito, vendeu a casa para aquele velho agiota, o Findler?"

"Por um adiantamento de dez mil marcos!"

Becker balançou a cabeça: "Dez mil marcos de adiantamento! Qual é o seu problema?".

"Mas agora me conte: como foi? Por que não pôde falar comigo em Hamburgo? E por que aqueles oficiais estavam junto?"

"Uma coisa de cada vez", Becker começou o relatório. "Bem, esses judeus safados causaram problemas, é claro. Entende? Por causa dos tumultos e assim por diante. Sabe como é. Então eu disse a mim mesmo: Becker, você não é páreo para essas pessoas, e rapidamente chamei um amigo meu de Berlim. Ele foi para Hamburgo com outro amigo. Quando os caras viram os dois de farda esta manhã, quiseram assinar na hora! É claro que aumentei o preço em cinco mil. Viu? É assim que faço negócios! Vou considerar os cinco mil como despesas de viagem."

Becker riu feliz e orgulhoso e colocou cuidadosamente a mão larga e pesada sobre o ombro de Silbermann. Silbermann a afastou com raiva.

"Você chantageou as pessoas", declarou lentamente.

"E de que outro jeito quer fazer negócios com judeus assim?", perguntou Becker, ofendido. "Me disseram que querem sair da Alemanha. Alguns parentes deles foram presos, e então eles fofocam e fofocam. Ouvi tudo com calma e finalmente disse: 'Mas você comprou o navio, tem que levá-lo! E isso foi validado por um cheque do Reichsbank!'. 'Eu sei', disse o velho Levi, lembra, aquele bem magro, 'não sei se ainda podemos fazer negócios. Se o governo intervier, é uma questão de força maior, não há nada que possa fazer a respeito'. 'Isso não é da minha conta', respondi, 'você tem que levar o navio.' 'Primeiro preciso descobrir algumas coisas', disse Levi, me enrolando. Então logo mandei chamar os meninos, e eis que de repente tudo correu bem. Eu deveria ter pedido dez mil marcos a mais. Ficaram tão assustados que me deram imediatamente um cheque administrativo, quando normalmente gostam de ganhar juros por mais dois dias. Mas sabe como é. Primeiro vêm com um papo furado, e depois, quando vamos mais a fundo, não há nada sustentando o que disseram. Pura ladainha!"

"Você não se comportou de maneira exemplar", disse Silbermann, afiado.

"Não é um judeu sujo que vai me arruinar! O que me importa se esses sujeitos estão em apuros? Por que eles fazem coisas sujas, assassinam secretários de embaixadas e assim por diante? Se atiram, devem se preparar para serem baleados em resposta. E quem colocar o focinho estúpido para fora será atingido. E digo ainda: não me importa se estão acontecendo três pogroms ao mesmo tempo. Não é por isso que vou ser prejudicado por um judeu. Não espere compaixão de mim."

"Você está esquecendo", disse Silbermann, agitado, "que você está sentado aqui diante de um judeu. Quando você passa duas horas com essas pessoas do partido, começa a se comportar como um porco."

"Agora basta", disse Becker com os olhos levemente saltados, como sempre ficam quando está com raiva. "Você não é mais meu sargento, entendeu? Os tempos mudaram um pouco. Aguentei muito de você, mais do que de qualquer outra pessoa. Mas só porque tinha muita consideração. Você fica petulante. Isso é típico dos judeus. O que você faz para viver? Quem fez os últimos acordos? O que seria de você se eu não fosse tão decente e assumisse o papel principal? Acha que pode me afetar com essa boca grande? Também tenho uma! Pronto, agora sim falei o que penso!"

"Gustav, você tem que devolver os cinco mil marcos. Isso foi pura chantagem!"

"Você está esquecendo que eu salvei seu capital, não é? Os judeus acabam se unindo. Sempre disse isso. Por medo de um judeu milionário ter perdido dinheiro, você quer tirar o meu de mim! Isso também é típico!"

"Mas, Gustav, seja razoável por um momento! Você realmente quer se tornar um criminoso na velhice?"

"Não me venha com essa de moral, meu caro. Só faço o que outros estão fazendo também. Todo mundo tira vantagem, mas você está me pedindo para ser idealista, não é mesmo? Como se você não tivesse se dado bem com o azar dos outros... Agora quem tem azar é você, e nós é que saímos ganhando. Mas então as coisas são diferentes, não? Não, meu caro, isso é bastante justo. Vocês têm a cabeça mais esperta, mas temos o punho mais firme. E somos a maioria. Deveria ficar feliz que não o entreguei ainda! Então não me vem com essa. Acha que eu não lembro como costumava se aproveitar de mim? Eu costumava receber trezentos marcos como signatário autorizado. E lembra o quanto você ganhava? Porque eu lembro!"

"Você é a pessoa mais ingrata que já conheci. Gostaria de saber o que teria sido de você se eu não lhe tivesse dado um emprego logo depois da guerra. E agora você me censura por eu, o chefe, ter ganhado mais? Afinal, eu trabalhei com meu dinheiro, não trabalhei? Não com o seu."

"E onde você conseguiu seu dinheiro?"

"Com meu pai e com meu trabalho. Posso muito bem dizer que mereci meu dinheiro!"

"Agora eu estou apenas começando a ganhar o meu dinheiro. Todos esses anos eu vi como os outros viviam. Agora eu mesmo estou começando a viver! Eu deveria ter arrancado cinquenta mil marcos do Levi! Como fui idiota!" Becker estava ficando cada vez mais agitado. "Fui muito decente, muito. Não somos páreo para vocês, judeus; essa que é a verdade."

Silbermann não encontrou imediatamente a resposta certa diante desse ódio espontâneo, mas não inconsciente.

"Você me conhece há vinte e três anos", disse então lentamente, "em tempos de guerra e em tempos de paz..."

"Não me venha com essa ladainha!"

"Gustav, se você não agisse de acordo com as circunstâncias, se você tivesse caráter, você..."

"Pare com essa conversa estúpida. Você acha que sou idiota. Agora sabemos quem você é de verdade! Quer tirar dinheiro dos seus amigos em nome de um velho rico qualquer! Amigos! Pessoas como você não têm nenhum amigo, a menos que também sejam judeus."

"Você está bêbado? Ou perdeu dinheiro no jogo? Gustav, qual é o seu problema? A partir da sua indignação moral, só posso deduzir que você está tramando uma grande confusão."

"Confusão? Não me importo como vai chamar isso. Só quero deixar claro que nossa amizade acabou. De agora em diante, fazemos nossos próprios negócios. Não temos mais nada a ver um com o outro!"

"Qual é o seu problema, Gustav? Você não me engana. Acha que eu não estou percebendo que você está fingindo a sua raiva?"

Talvez Silbermann não devesse ter dito isso, porque agora sim a raiva de Becker aumentou. Seu rosto se avermelhou por um tempo antes de ele voltar a se controlar.

"Quando se passa dos limites não tem mais volta", retorquiu com certa teimosia. "Você me insultou... me seguiu... desconfiou de mim... Vou lhe dar motivos para tudo isso! Porque agora acabou, acabou mesmo! Pode ficar com a Becker Schrott Ltda. Abro mão da minha parte da empresa. Não quero mais nada, apesar de ter dado meu nome para ela. Não se esqueça de tirar meu nome de lá. Sim, senhor! E podemos dividir os oitenta mil marcos. É a solução mais fácil. Em troca, você terá todas as suas ações de volta. E então estamos terminados."

Ele disse tudo isso da maneira mais grossa que pôde, mas sua voz hesitava, e Silbermann, que a princípio estava sem palavras para responder a uma proposta tão ousada, teve a sensação de que o outro homem se esforçava desesperadamente para dizer tudo que disse de forma cruel. Parecia-lhe que Becker se sentia no dever de provar que estava acompanhando as mudanças dos tempos mais do que seguindo a própria vontade, a própria convicção.

"Gustav", disse Silbermann silenciosamente. "Por que você quer se tornar um patife? Não combina nada com você."

"Faço a mesma pergunta", disse Becker, agora mudando para o tom de voz normal, "por acaso não tenho esse direito? Um homem só tem uma chance na vida. E eu não tive a minha ainda! Agora tenho que tirar proveito."

"Você enlouqueceu", disse Silbermann. "Trapaceiro, reclamão!"

"Cale a boca. Se eu fosse tão cruel assim, era só dizer: judeu! Você está de acordo com a proposta de separação? Se não estiver, então fico com tudo. Qualquer um faria o mesmo no meu lugar. Mas ainda tenho o coração mole."

"Você quer roubar o dinheiro que confiei a você?"

"O cheque está no meu nome."

"Não estou falando do cheque. Não se faça de bobo. Eu confiei em você, Gustav. Ainda confio. Então pare logo com essas piadas de mau gosto."

"Piada? Sei que você consegue convencer as pessoas muito bem. Por isso que é judeu. Mas não vai me fazer mudar de ideia!"

"Ainda existem leis!"

Becker riu com desdém. "Se quiser me ameaçar", disse ele, "saiba que posso fazer isso muito, muito melhor do que você."

"Gustav, não é só o dinheiro que eu quero. Sim, é o que eu quero também, é claro, mas é mais do que isso. Acredite em mim, por favor! Trata-se do fato de que simplesmente não suporto ver um homem como você se tornar um chantagista miserável, um patife. Ainda devem existir pessoas que se mantenham decentes e humanas, apesar de todas as oportunidades. Que não se tornam porcos só porque viram uma poça onde podem chafurdar."

"Eu sou uma pessoa decente", disse Becker sem nenhuma convicção. "Vou insistir nisso!"

"Sim, você certamente costumava ser. Mas me diga: você realmente consegue quebrar uma promessa, de uma hora para outra?"

"De que promessa está falando? Não me lembro de nenhuma promessa. Chega de conversa. Ou aceita minha proposta ou não aceita."

"Eu recuso! Recuperar metade da propriedade de um ladrão é a mesma coisa que ser cúmplice de um crime."

Becker se levantou rapidamente. "Estou avisando o senhor", rosnou, mudando a forma de tratamento. "Já chega de tentar fazer acordo!"

"Vou te mandar para a cadeia", garantiu Silbermann, tão agitado que não mediu mais as palavras. "E contarei a todos os que conheço sobre as suas técnicas de chantagem. E informarei o partido. Eles vão tirar o dinheiro de você. Eles reivindicam o direito de roubar os judeus para si mesmos. Eles não toleram a concorrência desleal. Agora você vai conhecer quem eu sou de verdade, seu malandro sem palavra!"

"Sempre soube que você era um malandro desprezível", disse Becker, que agora havia novamente se sentado e voltado a tratar Silbermann por "você". "Sabe o que você é? Um judeu-zinho nervoso, preocupado só com o próprio dinheiro. Se eu fosse como você, não lhe daria um centavo, apenas mandaria você para um campo de concentração. Lá poderia se queixar o quanto quisesse."

"Lembra o que me disse ontem, Gustav? Você falou sobre amizade!"

"E vimos que tipo de amigo você é. Por que é que eu sempre tenho que ser decente e estúpido?"

"Nem você acredita no que está dizendo."

"Mas tenho que acreditar em você, não é? Lacaio. Quem entregou uma declaração falsa de impostos, hein? Quem comprou o prédio da rua Kant a preço de banana durante a inflação? Eu? Lembra como foi o único que conseguiu uma licença em 1917? Isso só porque você tinha títulos de guerra, só por isso. O resto de nós não tinha essas coisas..."

"Mas você não teria feito essas coisas se pudesse? Você está me culpando pelas diferenças sociais, me culpando por ter dinheiro? Para conseguir justificar o roubo? Já que seu coração está sofrendo com esta pequena injustiça, você quer realizar um golpe grandioso? Você está me acusando de ser um capitalista? Você? Você, que quer se tornar um capitalista custe o que custar? Não se faça de tolo, Gustav. Já basta você ser um canalha."

"Estou aproveitando a minha situação, assim como você aproveitou a sua. Isso é tudo", respondeu Becker calmamente.

"Há egoísmo justificado e há egoísmo injustificado. Há limites!"

"E é você que vai me dizer o que é justificado e o que é injustificado, então? Tudo o que você fez era aceitável, e tudo o que eu faço está errado? Estou lhe dizendo: estou apenas aproveitando a minha situação!"

"Já estive numa situação bastante vantajosa para roubar a carteira de alguém. Mas não foi por isso que roubei!"

"Mas você sempre foi um homem rico, meu caro! Não é motivo nenhum para se vangloriar quando um grande negociante não rouba talheres de prata."

"Não, de fato. Mas não é disso que estou falando. Não tente se fazer de espertinho, Gustav. Ninguém aguenta isso. Você sabe muito bem que eu só fiz negócios limpos, sem problemas, e que sempre me comportei de maneira correta."

"E por acaso não fiz o mesmo? Sempre fui ainda mais decente que você. Eu, por exemplo, não quero mandá-lo para a prisão!"

"Nem conseguiria. Você não teria nenhuma razão para isso."

"Em 1930 você pagou quatro mil marcos a menos nos impostos. Em 1926 chegou a nove mil marcos."

"Em primeiro lugar, isso não é verdade; e, em segundo lugar, todo mundo faz isso."

"Sempre deduzi todos os impostos dos meus trezentos marcos."

Silbermann acendeu um cigarro. "Você é um malandro, você sabe disso", disse, exausto. "E, mesmo que eu tivesse realmente sonegado impostos, isso ainda não lhe dava o direito de abusar da minha confiança. Afinal, você é meu amigo, mas eu nunca fui amigo do fiscal da receita. Até mesmo a pessoa mais decente do mundo ia preferir pagar menos impostos. Só um criminoso como você..."

"Já vou lhe avisando: não ouse ser descarado de novo. Pergunto uma última vez: aceita ou não? Se não aceitar minha proposta, depositarei o valor total para um notário até que a disputa seja resolvida. Sou proprietário de cinquenta e um por cento das ações. Vou simplesmente dissolver a empresa. O patrimônio dela será dividido de qualquer forma."

Silbermann tentou, mais uma vez, convencê-lo. "Gustav", disse, lentamente. "Você não pode fazer isso! Olha, é só..."

Becker se levantou dramaticamente. "Considero a nossa conversa concluída", disse, formal. "Irei agora ao notário para depositar o dinheiro. Sinto-me ainda mais coagido e tentado a fazer isso porque, como bem sei, o senhor pretende ir para o exterior. Existe, portanto, o perigo de que, conservando o direito de dispor do dinheiro, o senhor movimente os ativos da empresa para lá. Dessa forma, sua parte será creditada numa conta bloqueada. Adeus, sr. Silbermann!"

Ele realmente se esforçou para partir.

"Eu aceito", disse Silbermann. "Mas nunca entenderei como você... Ou melhor, como *o senhor* é capaz de fazer algo assim. Ao roubar de mim, só está manchando a própria reputação. Seu diabo!"

Becker ficou visivelmente nervoso. "Pare com essa conversa estúpida", resmungou, áspero. "Não vá pensando que sou tão sentimental assim. Ainda bem que o dinheiro não tem cheiro", zombou, "porque, se fedesse como o senhor, eu não ia nem querer chegar perto."

Colocou a maleta sobre a mesa e, sem ser interrompido pelo outro enquanto escrevia, redigiu um contrato de dissolução. Ao fazê-lo, verificou o caderno de anotações com alguma frequência, o que levou Silbermann a suspeitar que Becker já tinha discutido o assunto com seu advogado e, portanto, já estava pensando nisso há algum tempo.

"Na verdade, o senhor teria direito a apenas cerca de quarenta e um mil marcos", disse Becker após algum tempo, "já que só tem quarenta e nove por cento das ações."

"Sim, e o senhor tem cinquenta e um por cento, pelos quais não pagou nem um centavo e dos quais, segundo nosso trato, seria apenas administrador."

Becker pousou com irritação a caneta na mesa. "Tem mais alguma coisa a acrescentar?", perguntou com muita clareza.

"Somente a sociedade é válida legalmente! O senhor deve estar ciente disso. Ou quer explicar num tribunal que o contrato era ficção?"

"Pare de inventar essas histórias, meu caro! Se não, pode ser que eu..."

"O quê?", perguntou Silbermann. "Se isso for a julgamento, vai perder totalmente. Pode contar com isso. Afinal de contas, está tudo na nossa correspondência. Ainda tenho a carta na qual o senhor confirma nosso acordo oral. Até tenho... Espere... Sim, tenho comigo. Tenho aqui comigo."

Becker largou a caneta. "Ainda bem que o senhor levantou este assunto", disse. "Eu concordo. Vamos a julgamento. Se o senhor ganhar, bem, supondo que realmente ganhasse, o que levaria com isso? Antes de mais nada, já seria hóspede de um campo de concentração, disso pode ter certeza, mas e seu dinheiro? Conta bloqueada, tudo numa conta bloqueada. E, quando o julgamento tiver passado pelas três instâncias, os bens dos judeus já terão sido confiscados há muito tempo. Além disso, há a taxa de um bilhão. Mas sim, claro, vamos tentar o julgamento." Ele se levantou novamente.

"Idiota", disse Silbermann com desdém. "E o senhor ainda exige conversar em bons termos?"

Becker se sentou de novo. "É melhor o senhor calar a boca", disse. Depois continuou a escrever e resmungou: "As suas vulgaridades me ofendem. O senhor... o senhor é mesquinho demais para mim!".

Apesar da indignação e da tristeza, Silbermann teve que rir.

Becker terminou o esboço e o entregou a Silbermann para revisão.

Este fez apenas uma leitura rápida e então disse: "Aprendeu a parte técnica do roubo tão bem quanto a teórica. Devo assinar ou vamos ao notário?".

"Já são seis e meia", observou Becker. "O notário não está mais lá. Mas, se assinar o contrato e o recibo — o senhor também receberá de mim um recibo, é claro — e me entregar a carta, pago sua parte imediatamente. Pode manter o inativo da empresa, desde que tire meu nome. A empresa quase não tem dívidas, e as que existirem são cobertas pelo dinheiro que temos em banco e pelos cheques-postais. Algumas pessoas nos devem, e, bem, o senhor pode se divertir com isso. Não sei se vai conseguir que Ollmann ainda pague, agora que não tem mais nada... Fora isso, não temos mais nenhuma. O senhor já estava desmantelando o negócio metodicamente. Se dependesse do senhor, em seis meses eu não teria mais nada e o senhor estaria em Paris. Não sou tão estúpido assim."

"Eu não estava desmantelando tudo. Só pegamos o capital para... Bom, isso é conversa fiada. Aqui está sua carta de volta."

Becker abriu a maleta, tirou pilhas de cédulas e começou a contá-las.

"Quarenta e um mil e quinhentos marcos", disse quando finalmente havia terminado. "Eu lhe dei cinquenta por cento, não dei? Confira, por favor." Então ele se inclinou sobre a mesa para Silbermann e sussurrou confidencialmente: "Tente passar logo pela fronteira".

"Me poupe dos seus conselhos", Silbermann se defendeu.

Quando terminaram a transação, Becker deu um suspiro de alívio: "Sem ressentimentos, Otto", disse, de repente voltando ao velho tom de amizade. "Quando eu realmente começar a ganhar, você sabe como eu trabalho, você receberá seu dinheiro de volta com juros. Ontem perdi nove mil marcos porque tive que parar muito cedo. Mas agora vou recuperar cada centavo que já perdi."

Silbermann se levantou de repente. "O senhor não tem a estatura para ser um verdadeiro canalha", disse. "Mas, para uma pessoa decente, especialmente para um amigo, o senhor é definitivamente muito porco."

Ele deixou o restaurante. Becker ficou olhando enquanto ele partia.

O judeu não está tão errado, pensou. Mas tenho que pagar minhas dívidas. Não posso enganar as pessoas com o dinheiro delas! Esta última consideração moral o acalmou novamente. É uma pena, pensou ao sair do café, somos amigos há tanto tempo — ainda vou compensá-lo!

4

A grande quantidade de cédulas fez com que os bolsos do casaco de Silbermann ficassem tão cheios que, depois de sair do café, foi comprar uma maleta numa loja. Ao terminar, notou que faltavam apenas cinco minutos para às sete, então correu à agência mais próxima dos correios, aproximou-se do balcão de envio de telégrafo, pegou o formulário e escreveu um telegrama local para a esposa. Como parecia perigoso retornar ao apartamento, pediu para se encontrarem num café das proximidades.

Quando deixou os correios, pensou no que fazer com os quarenta e um mil e quinhentos marcos que recuperara. Decidiu não pensar mais sobre Becker e a grande decepção que o antigo amigo lhe causou, embora isso não o tenha impedido de ter reflexões sombrias e dolorosas.

Tomou o bonde e se dirigiu ao café onde encontraria a esposa. Estranhamente, estava certo de que ela viria. Ao chegar, colocou o chapéu e o casaco numa cadeira e foi ao banheiro pôr o dinheiro na nova maleta. Quando voltou a entrar no café, notou que este estava cheio de homens de farda e, involuntariamente, apertou a maleta contra o corpo. Meia hora se passou.

Silbermann já havia bebido a terceira xícara de café e começava a ficar cada vez mais nervoso.

Tomara que o telegrama seja entregue imediatamente, pensou. Quanto tempo isso leva em geral? Eu deveria ter perguntado. Se tivesse recebido, conseguiria estar aqui em cinco minutos. Isso se estivesse em casa. Ela vai voltar para casa em algum momento. Deve fazer mais de uma hora que estou esperando, imaginou, mas, ao olhar de relance para o relógio, viu que apenas trinta e cinco minutos haviam passado.

O que devo fazer agora?, pensou. Ainda estão perseguindo os judeus. Não posso ficar no apartamento nem mesmo por uma noite — com quarenta e um mil marcos na bolsa!

Temos que ir para o exterior, mas para onde podemos ir? Dá para construir uma vida nova com esse dinheiro, mas como tirá-lo do país? Contrabandear? Não tenho coragem. Deveria sair? Ficar? O que é que eu faço?

Devo arriscar dez anos de prisão por desvio de dinheiro? Mas o que mais posso fazer? Sem dinheiro eu morreria de fome. Todas as estradas, absolutamente todas, levam a abismos. Como esperam que eu combata o Estado?

"Garçom, um copo d'água, por favor."

Outras pessoas eram mais espertas. Outras pessoas são sempre mais espertas! Se tivesse percebido minha situação a tempo, eu poderia ter economizado dinheiro. Mas eles sempre me tranquilizaram, especialmente Becker. E eu deixei! É por isso que estou preso aqui agora. Quem ri por último ri melhor. É bom esse antigo ditado. E, desta vez, de todas as pessoas, eu não sou o último. Não há ainda seiscentos mil judeus vivendo em todo o território do Reich? Como fazem isso? Ah, eles encontram uma maneira. Os outros sempre sabem mais. Só eu que não, e olha que não nasci ontem!

Talvez não seja tão ruim assim, e a coisa toda não passe de uma psicose. Mas é hora de me dar conta da minha situação: ainda vai ficar muito, mas muito pior! Além disso, não devo me surpreender quando pessoas da estirpe de Becker me explicarem as coisas. Aquele malandro. Mas do que adianta ficar chateado? Melhor mesmo é sair da Alemanha. Mas não se pode mais ir para nenhum outro lugar! Para sair daqui é preciso deixar o dinheiro para trás; para entrar em outro lugar, é preciso mostrá-lo! A coisa está saindo de controle! Se você faz algo, é punido. Se não faz nada, é punido mais ainda. É exatamente como na época da escola. Quando você mesmo resolve os problemas de matemática, ganha um sete. Quando os copia de outro aluno, ganha um nove ou até um dez, mas, se é pego copiando ou se foi completamente honesto e nem mesmo tentou resolvê-los, então leva um zero — de um jeito ou de outro, o resultado é o mesmo.

Sorriu com tristeza e acendeu um cigarro.

Ainda tenho que tentar sair, pensou e suspirou. Mas será uma fuga para dentro do arame farpado! Já sei como isso vai acabar.

Pegou a maleta e a colocou nas costas da cadeira em que estava sentado.

Quarenta e um mil marcos, pensou, isso ainda é uma boa quantia! Mesmo no Terceiro Reich. Tenho sorte de ter conseguido salvar isso. Se eu tivesse sido mais sensível na conversa com o Becker, provavelmente teria conseguido ainda mais. Mas quem ainda consegue se recompor diante de tamanha mesquinhez calculada tão friamente?

Sem se dar conta, olhava há algum tempo uma mulher bonita de cerca de trinta anos que estava sentada a algumas mesas de distância. Ela sorriu levemente, apenas o suficiente para encorajá-lo.

"Hum", murmurou Silbermann, e depois olhou para o outro lado. Meu tipo, o pensamento lhe atravessou a cabeça, parece muito bonita, animada... Ele se lembrou dos dias passados, em que havia sido um "galanteador" e, sem querer, já estava olhando para ela novamente. Estou baixando a minha guarda, pensou. Isso é um mau sinal! Um rosto bonito me hipnotiza, e acabo me deixando enganar por tolos. Já estou começando a caducar? Será que ela está realmente rindo, ou eu estou apenas imaginando? Preciso saber. E agora ela virou para o outro lado. Está certa. Não apenas sou casado, como também tenho preocupações demais.

Já sério novamente, suspirou, o que lhe valeu um olhar perceptível da mulher.

Elas sempre acham que faremos tudo por elas, pensou, divertindo-se e se repreendendo ao mesmo tempo. Mas pelo que suspiraria um homem senão por uma mulher?

Olhou o relógio.

Mas onde é que está a Elfriede? Tentarei telefonar para Findler novamente, decidiu.

Levantou-se e passou pela mulher. Ela não sorriu, o que ele achou normal.

Uma vez na cabine, procurou na lista telefônica o número da pousada onde Findler morava. Conseguiu falar com uma criada, que não só não sabia o número novo de Findler, como também não fazia ideia de quem ele era. Pediu que ela se

informasse, mas o proprietário da pensão, que poderia fornecer essas informações, estava ausente, e as outras empregadas
também não sabiam.

Essa conversa telefônica, com todas as idas e vindas, durou
cerca de dez minutos, e quando terminou Silbermann voltou
correndo para o café, na expectativa de que a esposa já estivesse ali, o que não aconteceu.

Nesse meio-tempo, a senhora de verde tinha ido embora.
Um fato no qual pensou muito pouco, mas que ainda assim
amorteceu seu estado de espírito.

Parecia-lhe que o lugar havia se esvaziado e que a espera
estava se tornando insuportável. Então percebeu que, ao ir à
cabine telefônica, havia deixado a maleta na cadeira ao lado,
onde estava agora. O esquecimento lhe causou grande preocupação, e logo esqueceu a dama de verde. Lançando olhares
ansiosos para os outros clientes, apressou-se em colocar parte
do dinheiro de volta nos bolsos do terno, para ao menos evitar
uma perda total.

Àquela altura, já eram oito horas. Pediu uma refeição fria e
jantou com apetite. Mas, toda vez que a porta do restaurante se
abria, virava-se ao mesmo tempo esperançoso e se preparando
para outra decepção. Vinte minutos depois das oito, terminou
de comer e pediu a conta ao garçom.

É isso, vou para lá, decidiu. Preciso saber o que está
acontecendo. Então se lembrou de que poderia ligar para
a srta. Gersch às nove horas, mas, depois de um momento
de hesitação, foi de qualquer maneira. A impaciência era
tão grande que, em vez de percorrer a curta distância a pé,
pegou um táxi.

Na frente do prédio estava o filho de dezoito anos do porteiro, vestindo um uniforme da SA. Quando viu Silbermann sair do carro, deu meia-volta e entrou apressadamente no prédio.

Isso não é bom sinal, pensou Silbermann, parando por um momento para pensar. Em todo caso, devo me apressar e deixar o apartamento imediatamente, concluiu.

Subiu as escadas, correndo. Então tocou a campainha várias vezes e, finalmente, não ouvindo nenhum passo, destrancou a porta e a abriu. Consternado, notou uma grande quantidade de vidro quebrado sobre o tapete. Então percebeu que o grande espelho do corredor havia sido quebrado.

Um cartão de visita da raça superior, pensou, e então correu para a sala de jantar. Os visitantes de ontem aparentemente não tinham entrado nesta sala, pois não haviam sido esmagados nem os móveis nem as tigelas de cristal, que deveriam ser uma grande tentação para mãos tão poderosas.

"Elfriede!", Silbermann chamou, tocando ao mesmo tempo o sino que convocava a empregada. É claro que se foram — eu sabia, pensou, e mais uma vez chamou o nome da esposa. Abriu a porta da sala de visitas. Era óbvio que os visitantes estiveram aqui. Havia estilhaços no chão. Reconheceu a bandeja de três andares no meio do jogo de chá quebrado.

"Elfriede!", chamou novamente. Então os gritos se tornaram inúteis. Ela não está lá. Eles a levaram. Talvez tenham feito algo com ela. E eu viajei para Hamburgo, almocei, bebi café, conversei, negociei, estava em todos os lugares, menos aqui, onde deveria estar!

Correu aos fundos do apartamento para procurar a empregada, chamou-a, olhou a cozinha e o quarto dela, mas é claro que não estava lá. Claro que não estava! Como podia ter imaginado que tudo estava normal e bem, mas apenas o telefone não funcionava?

"Eu me acomodei", gemeu enquanto corria ao quarto e ao roupeiro. "Meu otimismo não passa de covardia! Se ao menos eu tivesse voltado antes, mas em vez disso estive com o Becker — como se não pudesse ter esperado para ser enganado por ele! De que me adiantam os quarenta e um mil marcos agora?"

Olhou os objetos caídos no chão, as mesas e cadeiras viradas, os quadros cortados e as cortinas rasgadas. Então, numa fúria desesperada e desenfreada, chutou com tanta força uma pilha de livros que se encontrava na frente da estante que eles voaram cada um para um lado. Ele caiu numa poltrona de couro que tinha resistido às tentativas de destruição e olhou o chão, inexpressivo.

"O fim da canção", murmurou, "o fim da canção." Ele mesmo não sabia o que estava tentando dizer com aquilo.

Notou um brilho no tapete e se baixou para pegar. É uma insígnia do partido. Um dos intrusos deve ter perdido. Olhou a pequena suástica. "Assassino", sussurrou, "assassino..." Colocou-a no bolso.

"Isto é uma prova", disse em voz alta. "Isto é prova suficiente!" Colocou a mão no bolso e apertou a insígnia como se quisesse esmagá-la. Em seguida, pegou-a e olhou para ela novamente. Finalmente, levantou-se.

"Quero ver tudo com os meus próprios olhos", disse. "Agora quero ter certeza de tudo e depois..." Não sabia mais o que fazer. Descobriu que sua escrivaninha havia sido arrombada e que o dinheiro guardado nela estava faltando. "Claro", disse, "claro", como se isso lhe desse grande satisfação. Mas então foi vencido pelo desespero.

Se ao menos eu tivesse ficado, pensou novamente. Se ao menos eu tivesse ficado! Nunca poderia ter sido tão ruim assim. Teriam conversado; Silbermann teria dado dinheiro para eles. O que mais querem? Nada mais. Nunca fui politicamente ativo. Nunca na vida. Apenas uma vez comprei um jornal proibido, mas ninguém sabe disso.

De repente, teve uma ideia. Correu com pressa para a sala de jantar e tirou a grande tigela de porcelana de Delft do aparador. Debaixo dela, encontrou uma carta. Na empolgação, danificou o conteúdo quando rasgou o envelope. Puxou uma das cadeiras altas e entalhadas, sentou-se e leu:

Querido Otto,

Os homens acabaram de sair do apartamento, mas ainda querem voltar. Chamei um médico imediatamente. O sr. Findler foi gravemente ferido. Estou partindo para a casa de Ernst em Küstrin ainda esta noite. Não sei o que fazer, mas não quero ficar em casa nem mais uma hora. Peguei o dinheiro que estava na escrivaninha. Vou deixar as chaves do apartamento com a sra. Fellner e providenciar um transportador em Küstrin para recolher as coisas. Por favor, escreva ao endereço de Ernst imediatamente, *mas não vá para lá. A situação está ainda pior para os judeus nas cidades pequenas. É melhor ir direto para o Eduard! Posso me juntar a vocês depois. Por favor, escreva de imediato, estou terrivelmente preocupada com você...*

O final era quase indecifrável.

"Eu deveria estar feliz", disse Silbermann em voz baixa. "Por que não estou feliz?"

Então ela está com o dinheiro, pensou. Por que os invasores não levaram o dinheiro? Não é para isso que entraram aqui? Por quê, então? Balançou a cabeça: "Eu não entendo. A coisa toda é tão surreal. Eles vêm, arrombam, afastam as pessoas — deveriam ter roubado, roubado tudo".

Ele se levantou.

Bem, está tudo bem, esforçou-se. "Está tudo bem", disse então. "Foi tudo um alarme falso. Ela está segura. Vou até Eduard, é claro. Eu deveria estar dançando de alegria. Pensando bem, tive muita sorte."

Sentou-se novamente. Vou ter que verificar de novo se não roubaram nada, disse para si mesmo. Era nisso que estavam interessados. Ódio? Mas nem sequer me conhecem. E, então, de repente. Num dia? Sob ordens? Estranho.

Atravessou o apartamento.

Não, nada tinha sido roubado, até onde podia ver, apenas destruído. O governo, pensou, ele sabe por que está fazendo isso. Precisa de dinheiro. Mas essas pessoas, por que o fizeram? Por que fizeram isso?

Depois se lembrou de Findler. Pobre homem, pensou. Fazer negócios neste ambiente não é tão simples assim. E teve que sorrir, apesar de não achar isso muito simpático de sua parte.

Havia chegado ao quarto e se jogado na cama. Tenho que sair, pensou e fechou os olhos. "Ah, mas eu quero ficar, dormir... Ir até a fronteira agora? Mas eu nunca soube fazer esse tipo de coisa. Não posso fazer isso de forma alguma.

Atravessar secretamente a fronteira..." Ele se abalou com o pensamento. "O que todas essas pessoas realmente querem de mim?", perguntou então calmamente. "Não quero nada mais além de viver em paz, ganhar meu pão... A fronteira! Eu na fronteira — meu Deus."

Levantou-se rapidamente.

Isso não me leva a nada, pensou. Este não é o momento de se abalar! Preciso me recompor!

Determinado a fazer qualquer coisa, alisou vigorosamente o casaco. Em seguida, começou a arrumar a mala. Guardou apenas o que era absolutamente necessário para a viagem e ficou mais confiante novamente. Quando terminou, depois de quinze minutos, andou mais uma vez pelo apartamento, mas agora para se despedir. Nossa vida foi tão bela e confortável aqui, pensou, e agora é preciso largar tudo e fugir da minha vida porque... porque...

Suspirou e de novo se sentou numa cadeira, cedendo ao pesar, até que o barulho de um bonde que passava o fez levantar-se e voltar à programação anterior.

Pegou os documentos e papéis escondidos atrás de um pacote de revistas numa prateleira lateral da estante de livros, entre eles o passaporte militar, os cartões de sócio de clubes e associações judaicas, e o registro de imóveis do prédio.

Lançou um olhar de tristeza para este último. Isso costumava ser dinheiro, pensou: ganhava sete mil marcos com aluguel dos outros apartamentos. Há um ano, mandei pintar o prédio inteiro. Tolo. Eu poderia ter me poupado disso.

Então tentou colocar esses pensamentos sombrios de lado. É bastante simples, pensou: fui declarado um poder inimigo e sou um soldado novamente. Meu trabalho agora é contrabandear a mim mesmo e minha maleta através das linhas alemã e francesa.

Assim, tentou dar às novas circunstâncias um certo tom irônico e patético. Mas não importa o quanto fossem animados seus pensamentos: o humor dele não melhorou.

Arrumou os papéis na maleta e realocou seis mil marcos para a mala. Em seguida, considerou se deveria ao menos embalar rapidamente os ternos. O casaco de pele da esposa e seus vestidos de festa. Mas se absteve porque tinha a sensação de que já estava no apartamento há muito tempo.

Perdemos tanto, consolou-se, que isso já não importa. Contentou-se em trancar as portas e gavetas do armário e levar as chaves. É claro que esqueci o mais importante, pensou, enquanto andava pelo apartamento pela quinta ou sexta vez com a mala na mão. Será que Elfriede ao menos levou as joias? Ela deveria ter avisado por escrito. Agora tenho que... Não entendo!

Deixou a mala no chão do corredor da frente e apressou-se de volta ao quarto. Abriu as gavetas de cabeceira, mas não encontrou nada além de um recibo da entrega do leite. Então correu para o roupeiro e, não tendo encontrado a chave, quebrou a porta do pequeno armário de medicamentos, onde procurou a caixinha que geralmente ficava guardada lá. Não a encontrou e deu um suspiro de alívio. Ela a tinha levado consigo. É claro que uma mulher não se esquece das joias, nem mesmo quando está correndo risco de vida. Mas é muito bom que tenha pensado nisso. Ela pode viver disso por um tempo se algo acontecer comigo — até que eu consiga me estabelecer em outro país.

Deixou o apartamento. Desceu a escada lentamente, calmo.

Se ao menos eu já estivesse lá embaixo, desejou. Se ao menos eu já estivesse no táxi. Espero que o filho do porteiro não esteja à porta!

Ele estava de pé em frente à porta.

Silbermann levantou o chapéu; o outro ergueu o braço.

"Vou viajar por alguns dias", Silbermann sentiu que tinha que explicar. "Poderia dizer à sua mãe que eu ficaria muito grato se ela desse uma olhada no apartamento de vez em quando?" Sua voz parecia rouca.

O jovem não respondeu, mas Silbermann sentiu que o olhava descaradamente, quase sem vergonha.

Colocou a mão no bolso e tirou uma nota de vinte marcos. "Você poderia entregar para a sua mãe? Por conta do inconveniente?"

Mas o outro pareceu interpretar isso como uma tentativa de suborno. Virou-se, sem dizer palavra, e com uma postura exacerbadamente solene entrou no prédio, deixando Silbermann para trás.

Silbermann o acompanhou com os olhos, sem entender. Alguém realmente me odeia aqui, pensou, consternado. Encolheu os ombros e correu para o ponto de táxi mais próximo.

Mas para onde devo ir?, pensou agora. Você tem que saber para onde quer ir. Precisa de um destino. Para a França? Sim, seria a coisa certa a fazer. Mas como chegar lá? Talvez via Suíça? Como se fosse tão fácil assim entrar na Suíça. Luxemburgo? Não, Goldberg tentou na semana passada. Sem sucesso, e ele é ainda mais jovem do que eu. Se ele não conseguiu... Para onde devo ir? Para onde posso ir?

Estou livre, guardei parte de minha fortuna e, ainda assim, não sei o que fazer. Apesar de tudo, estou preso. Para um judeu, o Reich inteiro é um campo de concentração.

Se ao menos eu tivesse conseguido um visto a tempo! Mas quem poderia ter previsto isso, e Eduard... faz tudo no tempo dele. Eu poderia ter... Deveria ter! O que tenho? Um passaporte com um grande J vermelho na primeira página. E também tenho dinheiro — graças a Deus!

Ele se dirigiu até a estação de Charlottenburg.

Primeiro vou verificar os horários dos trens, decidiu. Então veremos! Vou pegar o primeiro que partir. Não, isso também não vai funcionar. Tenho que saber para onde ir. Por isso vou na direção da França. Primeiro para a Renânia. Então estarei mais perto do meu destino. E hoje à noite vou dormir no trem.

A propósito, posso ligar novamente para Eduard amanhã. Talvez ele tenha... Difícil de acreditar. Mas não é impossível. Então tudo seria legal. Não há outra maneira. Não sou um aventureiro. Sou um homem de negócios, um empresário. Estes tempos estão exigindo muito de mim!

Ficou contente que pelo menos a esposa escapou de todo o incômodo por enquanto. Ela tem o irmão, pensou. Como isso é bom! Eu também gostaria de ter alguém!

Entregou a mala no guichê de bagagem à esquerda e depois estudou com grande atenção a grade com os horários de partida. O dedo deslizava com cuidado através das colunas. Finalmente, pensou ter encontrado o trem certo.

"Aachen, onze e quarenta e oito, partida da estação de Potsdam", disse calmamente para si mesmo. Aachen, refletiu, é perto da Bélgica. Irei para Aachen! Em qualquer caso, mal não vai fazer. Uma vez na Bélgica, posso ir para a França. E, em Aachen, posso sempre mudar de ideia e escolher a fronteira mais fácil.

Comprou um livro numa banca de jornais e, depois de adquirir o bilhete de primeira classe para Aachen e pegar a mala, foi à plataforma do trem urbano. Após apenas dois minutos, chegou um dos trens movidos a eletricidade, e Silbermann entrou.

Depois de guardar a mala na rede de bagagem e colocar a maleta atrás de si, começou a ler o livro que acabara de comprar, com a intenção de se distrair e ficar mais calmo. Mas, embora o romance policial fosse escrito com bastante fluência e dois cadáveres tenham sido encontrados logo na primeira página, e apesar de Silbermann geralmente estar disposto a se envolver com crimes literários, de assassinatos a assaltos de bancos, e se acalmar com as capturas que invariavelmente ocorriam, a estranha descoberta de um corpo na ponte do Tâmisa não o distraiu de suas preocupações e problemas. A cada instante pegava a maleta e se assegurava de que a mala ainda estava lá. Finalmente, pousou o livro.

Eu deveria ter encaixotado a prataria, pensou. Também recordou que deveria ter procurado o porta-joias da esposa no balcão, porque se lembrou de que ela estava sempre em busca de esconderijos novos e improváveis para possíveis "assaltantes". Ela já havia escondido a caixa debaixo da prateleira inferior do armário. Mas ele se tranquilizou com a suposição de que, como ela havia pensado no dinheiro na mesa, certamente também não havia esquecido as joias.

E o que será da minha empresa?, perguntou-se, e depois tentou calcular quanto dinheiro já havia perdido no total. Mas interrompeu esse balanço pouco edificante para voltar a pensar sobre como poderia tirar da Alemanha o dinheiro que ainda lhe restava. Mesmo que ninguém mais seja examinado na fronteira, profetizou para si mesmo, eu certamente serei, porque estou agitado demais. E não é tão fácil assim esconder quarenta e um mil marcos no corpo.

Mas queria atravessar a fronteira ilegalmente, é claro. O velho Wurm não nos contou recentemente sobre os dois judeus de Breslau que haviam sido baleados ao cruzar a fronteira? Não, não, foi o Löwenstein. Por que contou uma história dessas? Como se já não soubéssemos o que estava acontecendo! E, de qualquer forma, ser baleado lhe parecia melhor do que aturar continuamente este estado de indefinição. Mas talvez o prendessem, e depois: campo de concentração, confisco de bens, cadeia... E, então, o que aconteceria com sua esposa?

Ele se perguntava como o irmão dela a aceitou, visto que também era nazista. Provavelmente teria medo de se comprometer com a própria irmã. Mas, afinal, era irmão dela, e há sete anos Silbermann havia sido seu fiador numa concordata. Caso contrário, imprudente do jeito que era, teria ido à falência. Mas não importa... De qualquer forma, ele está me devendo, pensou Silbermann.

Havia chegado à estação e deixado o trem. Somente quando este começou a se movimentar novamente, Silbermann percebeu que havia deixado o romance de detetive para trás. A perda o aborreceu. Não estava perturbado porque nunca conheceria as circunstâncias do duplo assassinato na ponte do Tâmisa, já que tinha esquecido também o título do romance. Só se lembrava de que continha a palavra mistério. O que mais o atormentava era o fato de que esta era a segunda vez que esquecia algo hoje, e era de esperar que seu nervosismo lhe infligisse mais perdas, talvez mais sensíveis.

Enquanto ia à plataforma onde pegaria o trem para Aachen, pensou que realmente deveria ter dito adeus à esposa. É como estar num navio afundando, pensou, ou num vulcão em erupção, num terremoto enviado lá de cima. Sim, a terra está tremendo, mas somente debaixo de nós.

Quando subiu as escadas e passou pela barreira de controle de bilhete, sentou-se num banco para esperar o trem. Ela deve estar com medo, pensou então. Devo escrever para ela imediatamente. Que sorte ela ser cristã. Nada pode acontecer com ela de qualquer jeito. Se eu ainda por cima tivesse essa preocupação, mas mesmo assim me preocupo. Agora também se lembrava de que não havia se despedido da irmã e não tinha certeza do destino do cunhado, Günther. E sou uma pessoa que valoriza muito a família, admirou-se. Mas, no final, as pessoas acabam sempre se mostrando egoístas.

Mesmo agora, não sentiu o menor desejo de telefonar novamente para a irmã. Isso me deprime demais, pensou. Vamos repetir as mesmas coisas: ela não pode me ajudar, eu não posso ajudá-la e, no fim, paralisamo-nos mutuamente. Para que então? Já é difícil o suficiente! Amanhã escreverei para ela e enviarei dinheiro. Ela vai precisar logo, porque agora Günther provavelmente não receberá mais a pensão, ou eles a usarão para as rações no campo de concentração. Na verdade, ainda estou bem, pensou e suspirou.

Talvez eu devesse dividir o dinheiro e deixar dez mil marcos com a Elfriede. Quem sabe quanto tempo terá que ficar no país.

Mas é provável que lhe tirem o dinheiro, ou que Ernst pegue tudo para fazer algum negócio duvidoso. Além disso, ela tem que se juntar a nós sem falta nos próximos dias. Quando eu estiver no exterior, darei permissão a ela! Enquanto ela viver na Alemanha, não terei um momento de paz. As pessoas vão me ajudar. Qualquer um é capaz de entender a situação! Conseguirei em oito dias o que Eduard não conseguiria numa vida inteira.

Além disso, se eu deixar o dinheiro com ela, tentará contrabandeá-lo consigo mesma, e é ainda menos capaz de fazer isso do que eu. Ah, só podemos cometer erros. Está tudo errado, tudo errado. Mesmo que eu consiga levar o dinheiro para o exterior, não se pode descartar a possibilidade de que eles a mantenham como refém até que eu me entregue com o dinheiro. Talvez eu a arraste para a miséria comigo. A melhor coisa a se fazer é passar alguns dias em Aachen ou Dortmund ou talvez até retornar a Berlim mais tarde e tentar conseguir um visto. Mas até isso não parece ter muitas chances de dar certo.

Já estava tão desesperado que, quando o trem chegou, permaneceu completamente inerte no banco.

O que quero fazer?, perguntou-se. O que me resta fazer? Só se podem fazer coisas estúpidas. Mas no final também não podia permanecer na plataforma, e a esperança de pelo menos poder dormir na cabine o levou a finalmente entrar no trem.

Escolheu viajar na primeira classe porque sentiu que era a melhor proteção contra a suspeita e o assédio contínuos.

Depois de examinar algumas cabines moderadamente ocupadas, sentou-se num compartimento para fumantes que se encontrava vazio. Sentou e fechou os olhos. Dormir, pensou, só quero dormir...

Não se atreveu a comprar uma passagem de leito. Quando você se deita numa cama e dorme de verdade, você está completamente desamparado e à mercê dos outros, pensou. Alguns minutos depois, a porta do compartimento se abriu, e o maquinista, com considerável devoção, indicou os assentos para dois cavalheiros.

"Heil Hitler", ressoou vivaz.

"Heil Hitler", Silbermann saudou de volta, acordando do meio-sono e tentando controlar a postura. Virou o rosto apressadamente em direção à janela, para que não fosse visto horrorizado como estava. Porém eles não eram policiais secretos, como havia suspeitado inicialmente, mas viajantes de fato.

"Você viu?", perguntou um deles, "toda a primeira classe está lotada de judeus. Metade de Israel está passeando."

"Mesmo?", o outro reagiu, surpreso. "De verdade? Não notei nada."

Silbermann se sentiu muito desconfortável.

"Talvez eu esteja apenas imaginando", continuou o primeiro. "Esta manhã, de qualquer forma, contei por cima vinte deles no trem de Munique."

"O que as pessoas devem fazer?", perguntou o outro, desinteressado. "Está com os papéis? Quero lê-los novamente." O outro remexeu nos bolsos do casaco e finalmente desenterrou um manuscrito. Entregou-o ao superior, como Silbermann deduziu de suas atitudes, que começou a ler com algum prazer.

"Está tudo preparado?", perguntou enquanto folheava o rascunho. "Vão nos buscar na estação? A imprensa já foi notificada? Você tem uma fotografia decente de nós dois? A *Kölnische Illustrierte* publicou recentemente uma foto na qual eu parecia um velho. Por favor, se certifique de que não vão me envelhecer antes da hora."

O homem tirou da carteira, com avidez, várias fotos e as entregou para o outro. O superior as olhou.

"Esta fotografia está fora de questão. Ainda tenho um bigode aqui. Meu Deus... Sim, esta aqui funciona! Use esta."

"Ótimo", concordou o outro. "Eu também escolheria esta. Em primeiro lugar por conta do uniforme da SA."

O chefe continuou lendo o manuscrito. "E o texto tem que ser reescrito", disse depois de um tempo, enquanto o trem já começava a andar. "Aqui, em vez de: a colossal missão europeia do *nouveau* Reich, precisa dizer novo Reich. Palavras estrangeiras devem ser erradicadas. No lugar da palavra 'cultura', colocar, espera... Eu tinha uma expressão — como era mesmo?"

"Nobreza de alma?", disse o outro, rapidamente.

"Ai, que é isso! Raciocine mais, por favor!"

"Promoção popular?"

"Não!"

"Espírito comunitário?"

"Não fui eu que disse isso! Pensei numa expressão nova! Lembre-se dela, por favor!"

Silbermann se levantou e deixou o compartimento. Não se esqueceu de levar a maleta desta vez.

Conheço aquele magricela, pensou, e achava que se lembrava de ter visto fotos dele antes, mas não conseguia lembrar o nome do homem. Agora se arrependeu de ter seguido o impulso de se retirar de má vontade. Deveria ter ficado para ouvir, pensou, perguntando-se que nova palavra o cavalheiro poderia ter encontrado para "cultura". Voltou ao compartimento.

Mas ou a palavra perdida já havia sido encontrada, ou o suposto poeta havia desistido de continuar procurando. Talvez só tenha saído do constrangimento omitindo completamente o termo cultura. De qualquer forma, os dois estavam agora em silêncio.

Após cerca de dez minutos, o condutor reapareceu, abriu a porta e disse com uma voz dedicada: "Já está tudo pronto!". Os dois senhores se levantaram e deixaram a cabine, levando consigo as bagagens, depois de fazerem uma saudação gentil a Silbermann. Provavelmente, estavam aqui só esperando que as camas fossem feitas.

Silbermann ficou muito contente com sua solidão. Fechou as cortinas, colocou um jornal sobre a almofada onde queria pôr os pés e deitou-se. Toda a primeira classe está cheia de judeus, pensou enquanto adormecia. Se ao menos ficar tudo bem... Não dormiu muito, acordando várias vezes, assustado e espantado, olhando em volta no compartimento, onde deixara a luz acesa, e voltando a dormir em seguida.

O trem parou e recomeçou. A porta correu para o lado, e um homem olhou para dentro. Ele vestia roupas comuns, como viu imediatamente Silbermann, que havia sido despertado pela partida do trem; pareceu-lhe que a chegada do desconhecido havia provocado uma perturbação. Silbermann tampouco teve a impressão de que o homem geralmente viajava em primeira classe. O recém-chegado, depois de educadamente inclinar o chapéu para Silbermann, tomou lugar no assento da janela diante dele.

"Com licença", perguntou, quase humildemente. "Acordei o senhor, suponho? Volte a dormir. Devo fazer o mesmo."

Tirou o casaco, pendurou-o cuidadosamente no gancho e retirou o chapéu, que voltara a vestir depois da saudação, para colocá-lo no maleiro.

Silbermann bocejou. "Já estou descansado", disse, tirando cigarros do bolso. "O senhor fuma?"

O outro lhe agradeceu e alcançou a embalagem. Involuntariamente, Silbermann olhou para a mão dele. Estava vermelha e rachada; várias unhas quebradas não tinham voltado a crescer juntas muito bem. Só agora Silbermann notou que o outro homem não carregava mala.

Talvez seja um fugitivo, pensou por um momento. Mas então olhou para a face vermelha e ansiosa; e, quando viu os olhos castanhos do homem, pensou que era mais provável que estivesse dividindo a cabine com um artesão judeu em fuga. Silbermann achava improvável que este homem com aparência excessivamente pequeno-burguesa se tratasse de um impostor; no entanto, decidiu se certificar.

"Tempos difíceis", disse lentamente. O outro olhou-o, suspeitoso.

"Sim", concordou com pressa e pesaroso, mas então logo acrescentou, provavelmente para neutralizar a resposta afirmativa e se sentir mais seguro, "como o senhor diz."

"Viagem a trabalho?", perguntou Silbermann com uma simpatia educada.

O outro homem se abaixou para coçar o pé de tal maneira que seu rosto não podia mais ser visto. "Sim", murmurou. Depois se endireitou e disse, sem olhar para Silbermann: "Boa noite, então".

"Boa noite", respondeu Silbermann.

"Devo apagar a luz?", perguntou.

"Por mim, pode ficar acesa."

"Por mim também."

Durante alguns minutos, ambos ficaram em silêncio. Então o homem perguntou com voz bem baixa, como se temesse que Silbermann já tivesse adormecido: "O senhor acha que o trem chega quando em Aachen?".

"Em torno das doze horas, eu acho", respondeu Silbermann, sussurrando involuntariamente.

"Muito obrigado."

Mais uma vez, passaram-se alguns minutos. Então Silbermann perguntou se ele se importaria se abrissem um pouco a porta do corredor para deixar a fumaça sair.

Como se tivesse recebido uma ordem, o homem levantou-se de uma vez. "De bom grado", disse, enquanto empurrava a porta cerca de dez centímetros para o lado. Ele retornou ao assento e perguntou com certa ousadia: "O senhor está viajando para o exterior?"

"Não", respondeu Silbermann. "E o senhor?"

"Nem eu", o outro se apressou em responder. "Estou viajando a trabalho", acrescentou rapidamente, como se já tivesse esquecido a resposta para a pergunta de Silbermann e como se uma viagem de negócios exigisse a presença no país.

"Sim, é verdade", disse Silbermann, tentando em vão olhar o outro homem nos olhos. "O senhor trabalha com o quê? Se não se importar que eu pergunte."

Estou assustando, pensou Silbermann. Mas tenho que saber! Se o homem não é um fugitivo, é um criminoso. E não quero dormir no mesmo compartimento que um criminoso. Afinal de contas, tenho toda minha fortuna na bolsa.

"Trabalho com móveis", disse o outro rapidamente. Rápido demais, achou Silbermann, que agora tinha ficado desconfiado.

"O senhor tem um bom representante comercial?", perguntou.

"Sim, sim", disse o homem, olhando para fora da janela.

"Bem que eu tinha imaginado que o senhor era o chefe..."

Abalado, o homem olhou para ele. "O que o senhor disse?", perguntou.

"Bem, imaginei que era o chefe porque o senhor está viajando na primeira classe. Poucos representantes conseguem arcar com isso. O senhor deve estar muito bem nos negócios."

Estou agindo como um investigador treinado, pensou Silbermann. Como seria fácil que a situação fosse revertida! Mas agora acreditava ser o mais forte da situação e estava determinado a continuar impiedosamente com sua busca por informações.

"Normalmente viajo na segunda classe", respondeu o homem, como se devesse alguma explicação. "Mas foi-me dito que não havia mais lugares na segunda classe. É por isso que estou na primeira."

É assim que as pessoas se embolam nas mentiras, pensou Silbermann. Se o homem tivesse alguma imaginação, dificilmente mentiria sobre coisas tão estúpidas. Há mais assentos livres na segunda classe do que necessário. Mas, em primeiro lugar, por que o homem respondeu à minha pergunta? Por que está mentindo? Por que está justificando algo sem necessidade e ainda oferecendo uma explicação improvável? Ele não é um vigarista, é muito desajeitado para isso. Somente as pessoas habituadas a falar a verdade respiram assim quando têm que mentir. É um artesão judeu, é claro, minha primeira impressão estava certa!

Silbermann olhou o outro com firmeza. "O senhor é judeu?", perguntou calmamente.

"Por que o senhor está perguntando?", o outro, perturbado, respondeu-lhe com outra pergunta. E era óbvio o quanto gostaria de ter se levantado para evitar o interrogatório. Mas provavelmente lhe faltou coragem.

"Então o senhor é judeu! O senhor tem um destino? Sabe para onde está indo?"

O outro ficou em silêncio por um momento, depois perguntou novamente: "Por que o senhor concluiu que sou judeu? Pareço ser judeu?".

"Não necessariamente", disse Silbermann, que agora estava completamente seguro de si mesmo e sentia secretamente orgulho de suas habilidades psicológicas. Estava tão convencido da exatidão de sua suposição que se preparou calmamente para voltar a dormir.

O outro pareceu encorajado com esses preparativos que não aparentavam ser dirigidos a ele. "Invadiram minha loja", começou num sussurro. Depois se levantou, correu para a porta e a fechou, embora o corredor estivesse vazio. "Eu tinha uma carpintaria", retomou o relatório, fez uma pausa e perguntou: "Mas me diga, por favor, o que o fez pensar que eu era judeu? O senhor não é, é?" A esperança e o medo eram perceptíveis na voz.

"O senhor me pareceu agitado", disse Silbermann.

"O senhor é ariano?", o outro perguntou novamente. A falta de resposta a sua primeira pergunta lhe fez acreditar que o outro era um parceiro de miséria.

"Também sou judeu", esclareceu Silbermann.

"Graças a Deus", disse o outro, aliviado.

"Para onde o senhor está indo?", perguntou Silbermann.

Mas agora foi a vez de o outro ficar desconfiado.

"Não estou indo a lugar nenhum", explicou evasivamente. "Só estou viajando. Fui aconselhado a viajar em primeira classe porque estaria mais seguro, mas vejo que não foi um bom conselho. Estou me destacando aqui. Amanhã voltarei para Magdeburgo. Tenho certeza de que as coisas já terão se acalmado até lá."

"Não quer ir para o exterior?", perguntou Silbermann.

"Não, não", o outro se apressou a responder. "Vou ficar na Alemanha. Afinal, sou alemão, apesar de tudo!"

"Boa noite", disse Silbermann.

Por um momento esperava obter uma dica útil do outro, mas percebeu que não podia exigir confiança sem provar que confiava nele também, e não tinha nenhuma inclinação a isso. Tentou adormecer, mas depois de alguns minutos o outro recomeçou a falar.

"O senhor economizou dinheiro?", perguntou calmamente. Silbermann murmurou algo ininteligível.

"Porque se o senhor tivesse dinheiro", disse, "então seria mais fácil..."

"O que seria mais fácil?" Silbermann sentou-se e acendeu um cigarro com interesse.

"Bem... apenas...", hesitou o outro.

"Não entendi muito bem", disse Silbermann, que pensou entender muito bem a situação, sentindo uma nova esperança.

"Só tenho uma centena de marcos comigo. Não é possível ir para o exterior com isso, se for essa a intenção."

"O senhor pretende ir para o exterior?"

"E o senhor?"

"Talvez. Conhece um caminho?"

"Mas nós nem nos conhecemos. Quero dizer, mesmo se eu soubesse uma maneira... O senhor entende o que quero dizer?"

Silbermann deu batidinhas no cigarro para soltar as cinzas. "Antes de mais nada, teria que saber do que se trata", disse, como se estivesse fechando um negócio. "Todo o resto poderia se resolver depois."

O outro pensou sobre isso e olhou para Silbermann, indeciso. Ele tinha suas dúvidas, mas percebeu que o interlocutor só revelaria as cartas depois que ele mesmo tivesse feito isso.

"Tenho um endereço. Dizem que lá há alguém que pode fazer alguma coisa. Mas ele cobra muito dinheiro, ouvi dizer. Além disso, é um nazista."

"Mas você quer dizer que existe a possibilidade de que esse homem possa nos levar ao exterior? Se isso é uma possibilidade para mim, não sei, é claro, mas tenho um interesse geral no assunto."

"Ouvi dizer que ele tira tudo o que as pessoas têm de valor antes de chegarem na fronteira. Você fica completamente à mercê dele, mas que ele leva a pessoa ao exterior, leva!"

"Quem é esse 'ele'?"

"Eu mesmo não sei bem, como já disse, e, de qualquer forma, não conheço o senhor muito bem..."

Silbermann anuiu com a cabeça. "De fato, não", admitiu. "Eu poderia, é claro, provar ao senhor sem nenhuma dificuldade quem eu sou e que também sou judeu, mas não sei..."

"O que o senhor não sabe?"

"Se isso faz algum sentido."

"Ah", o outro disse avidamente, e dava para perceber no rosto que ele, depois de ter revelado tanto, também exigia uma prova de confiança. "Tenho certeza de que podemos nos ajudar mutuamente de alguma forma. O senhor tem dinheiro, e eu tenho um caminho que, de minha parte, não posso seguir sem dinheiro. Poderíamos nos complementar."

"Mas, se, como o senhor diz, somos saqueados antes de cruzar a fronteira, talvez seu homem não seja assim tão convidativo."

"O senhor tem tanto dinheiro assim?"

"Não, certamente não."

"Já lhe contei tudo. Mas o senhor não me diz nada! O senhor não confia em mim?"

"Sim, mas, como o senhor mesmo disse há pouco... não nos conhecemos, e também não se sabe se seríamos de utilidade um ao outro se fôssemos mais conhecidos."

"Meu nome é Lilienfeld, Robert Lilienfeld."

"Silbermann."

"Bem, sr. Silbermann", disse Lilienfeld, agora um tanto corajoso, "confio no senhor, nem que seja porque preciso. Preste atenção: podemos desembarcar juntos em Dortmund e ir até o homem. O senhor chegará nele através de mim, e em troca paga a minha passagem."

"Podemos ir até lá. Darei o dinheiro também. Mas é você mesmo que precisará pagar."

"De acordo."

"E, se a pessoa tivesse algum dinheiro que gostaria de enviar para o exterior rapidamente, o senhor sabe como isso seria possível?"

"Não é permitido levar nada consigo", insistiu Lilienfeld. "Sob nenhuma circunstância é permitido ter mais de dez marcos. Caso contrário, se formos pegos, podemos ser acusados de contrabando de dinheiro. Além disso, já lhe disse que o senhor será revistado pelo homem antes de chegar na fronteira. Na melhor das hipóteses, ele vai levar todo o seu dinheiro."

"O senhor não sabe se há outra maneira?..."

"Não sei! Apenas não diga ao homem que o senhor tem dinheiro, e o senhor não deve carregar o dinheiro no corpo de maneira alguma. Nem dinheiro nem nenhum outro objeto de valor!"

"Mas..."

"O senhor tem que ficar feliz de conseguir salvar a própria vida!"

"Mas, mesmo no exterior, só nossa vida não nos bastará. Dinheiro é necessário! Ou o senhor acha que seremos recebidos lá com comida de graça?"

"Vou encontrar trabalho", Lilienfeld assegurou-lhe com esperança.

"Até onde sei, os emigrantes não podem trabalhar sem autorização especial e, quando a recebem, já podem muito bem ter morrido de fome."

"Isso é o que veremos."

"Não", disse Silbermann, decidido. "Isso está fora de questão para mim."

Lilienfeld saltou do assento. "E como vou conseguir pagar o homem?", perguntou, agitado. "Me faltam duzentos marcos. Minha vida depende de duzentos marcos! Se pelo menos tivesse ido de terceira classe..."

"Se acalme", interrompeu, ríspido, Silbermann. "O senhor terá os seus duzentos marcos! E o senhor me dará o endereço desse homem. Quem sabe eu volte para essa opção."

Lilienfeld rasgou uma página de seu caderno e escreveu o nome e o endereço em letras grandes e desajeitadas. Ele realmente parecia confiar em Silbermann. De qualquer forma, entregou o papel, mesmo que ainda não tivesse recebido o dinheiro.

"Hermann Dinkelberg, rua Bismarck, 23", Silbermann leu metade em voz alta. "Isso é suficiente?", perguntou. "Ou tenho que mencionar alguém?"

"Não é necessário. Basta dizer que quer ir para o exterior, e, quando lhe perguntar quanto dinheiro tem, o senhor diz: duzentos marcos. O senhor já pode pagar logo, porque ele vai fazer o senhor atravessar a fronteira!"

Silbermann guardou o papel na carteira e entregou ao outro três notas de cem marcos. "Afinal, o senhor pode acabar precisando de algum dinheiro", disse. "Se o senhor quiser, pode me devolver os cem marcos mais tarde."

"Não, de jeito nenhum", recusou o carpinteiro. "Preciso de exatos duzentos marcos! O que devo fazer com o resto do dinheiro? Vou sair da Alemanha amanhã à tarde. Depois, não vou ter onde deixar o dinheiro nem poderei levá-lo comigo. Será minha ruína. É muito generoso da sua parte. Sei que o senhor fez com boas intenções e agradeço, mas prefiro que fique com o senhor!"

Devolveu a nota excedente de cem marcos.

"Isso nunca aconteceu na minha vida", disse Silbermann, balançando a cabeça.

"Nem na minha! Mas agora deveríamos realmente tentar dormir um pouco. Tenho uma caminhada bastante cansativa para fazer amanhã. Estou feliz por tê-lo conhecido. Há sempre alguma sorte no infortúnio."

"Aliás, o infortúnio também nunca duraria tanto tempo", disse Silbermann de forma pessimista.

"Não devemos entrar em desespero", respondeu Lilienfeld, acariciando suavemente a carteira. "Veja o que aconteceu comigo..."

"O senhor está numa situação invejável! Pode correr livremente. Mas eu tenho que carregar meu dinheiro comigo. É uma verdadeira chatice sob estas circunstâncias."

"Basta deixá-lo na Alemanha."

"E do que vou viver no exterior?"

"O senhor acharia um trabalho!"

"Trabalhei minha vida inteira, querido amigo! Sou negociante, e tudo que um negociante tem é seu capital. Hoje a vida é melhor para um artesão."

"Basta o senhor começar a vida do zero lá fora."

"É fácil dizer isso. Mas não sou mais tão jovem assim, e tenho que cuidar de minha esposa e do meu filho!"

"Sim, sim", disse Lilienfeld, "é uma situação ruim..." Quase contente, deu um suspiro de alívio.

Silbermann percebeu que não voltaria a dormir tão cedo. Abriu as cortinas da janela e olhou o amanhecer pálido, fixando o olhar por um tempo na paisagem: os campos vazios, os pequenos bosques, as casas isoladas, a paleta de cores monótona do outono nas terras baixas do interior. Ele se alongou um pouco, depois apagou a luz, pois já estava suficientemente claro.

"Que horas são?", perguntou para o companheiro de viagem, que também não havia adormecido ainda e manteve os grandes olhos marrons fixos em Silbermann, seguindo todos os movimentos dele com interesse sonolento.

"Seis e meia", respondeu Lilienfeld.

"Estou exausto, mas não consigo adormecer", explicou Silbermann. "Sinto na barriga uma sensação de catástrofe."

"Isso porque o senhor ainda não tomou café", disse Lilienfeld, virando-se ao outro lado para voltar a dormir.

Silbermann olhou para fora da janela novamente. Já passei por essa ferrovia antes, pensou. Quando fomos para a nossa lua de mel. Para se distrair, tentou se lembrar do tempo e das circunstâncias. Tinha acabado de ser promovido a sargento e conseguido uma licença de oito dias para se casar. Cinco dias haviam sido ocupados pelos preparativos do casamento. Foi somente na noite do sexto dia que partiram. Lembrou-se de todos os detalhes com bastante clareza e até mesmo sabia que tipo de roupa a esposa havia usado na viagem e como estava sua aparência. Ela tinha ficado muito animada. Ele nunca a viu rir e chorar tanto quanto naquela viagem. Tinham se apegado mutuamente tanto naquela época, mas agora ele entendia que isso era resultado da tensão. As circunstâncias não foram as mais favoráveis para uma lua de mel inofensiva, pois estavam em guerra.

Como Elfriede tinha feito grandes planos! Não queria deixá-lo no front, mas fugir com ele para a Suíça. Bem no fundo, sabia que isso era impossível, mas queria ser refutada e confortada. Ele prometeu que a guerra não duraria mais tanto tempo, e então ela soluçou e disse: "Vai durar, sim". Isso fez com que ele lhe explicasse por que os inimigos da Alemanha estavam perto do colapso naquele momento e como a vida era relativamente segura num abrigo.

Ela acabou acreditando nele, e as coisas melhoraram, mas o medo da separação aborreceu cada minuto feliz. No final, como se de comum acordo, só falaram sobre os dois dias seguintes, que lhes pertenciam, sobre o que queriam fazer, mas no fim acabaram não fazendo, porque o casamento fora mais importante para eles do que a viagem.

Estávamos ao mesmo tempo tão felizes e tão infelizes que os sentimentos se apertavam um ao outro e se fundiam, pensou Silbermann agora, e não conseguíamos perceber a diferença.

O último dia havia, no entanto, sido um tormento terrível. No final, ambos só esperavam o instante em que finalmente diriam adeus um ao outro. Olhando para trás, Silbermann não achou tão ruim, porque eram jovens e conseguiam acreditar no futuro e, apesar de tudo, tinham conseguido aproveitar o momento.

Como fui feliz, pensou Silbermann, com uma sensação tranquila de inveja de si mesmo.

Deixou o compartimento, foi dar um passeio no corredor, depois voltou, sentou-se novamente e olhou para o carpinteiro, que havia adormecido e agora se movia inquieto sob seu olhar, finalmente acordando. Antes de abrir os olhos, a mão apalpou o bolso do peito que guardava o dinheiro e provavelmente também o passaporte.

"Estamos perto de Dortmund?", perguntou, em voz baixa.

"Ainda temos tempo", respondeu Silbermann. "Pode continuar dormindo."

Mas Lilienfeld se endireitou. "Não sei", disse. "Estou tão inquieto. Tenho uma sensação tão estranha. Preciso de uma dose de *Schnaps*. É impossível lidar com toda essa perseguição. Nesta hora do dia, normalmente varro minha loja e abro as persianas. Precisei abrir mão do meu assistente. Os negócios estavam indo mal... e o aprendiz não chegava antes das oito. Era um rapaz inapto!"

Olhou para Silbermann: "Eu falo demais, não é mesmo?".

"Ah, não", respondeu Silbermann, "vá em frente. Me faz bem ouvi-lo."

"Já disse mais de cem vezes ao rapaz", continuou Lilienfeld, "para não colocar a mão na tábua quando estiver aplainando. Mas o que o senhor acha que aconteceu? No fim das contas, a coisa toda escorregou! Então o rapaz ficou um mês parado, sem poder trabalhar. Mas você pode dizer a mesma coisa cem vezes. Ele não ouve. Tirando isso, é um bom menino. Fico me perguntando se conseguirá encontrar outro lugar para aprender. Ainda preciso mandar um certificado para ele. Quando eu disse que estava partindo, ele quis vir comigo. Também é judeu... Estou muito inquieto, sabe? Sonhei com a guerra pela primeira vez em muito tempo. Eu estava pendurado no arame farpado, congelando. Quase consigo sentir de novo. Isso posso lhe dizer!"

"Desliguei o aquecimento mais cedo", explicou Silbermann. "Mas os últimos dias também me fizeram pensar na guerra. Não é de admirar."

"Será que não seria melhor ir para a segunda classe?", perguntou Lilienfeld. "Não é mais seguro lá?"

"Quando o condutor for verificar e o senhor tiver um bilhete da primeira classe, então ele vai ficar ainda mais desconfiado!"

"Mas é possível ficar mais calmo quando se está entre muitas pessoas. Pelo menos é assim que me sinto. A polícia secreta está neste trem?"

"Não sei."

"Talvez seja melhor desembarcar e continuar a viagem na terceira classe no próximo trem?"

"O que o senhor espera que aconteça então? Não estará mais seguro lá. Podem envolvê-lo em alguma conversa, o que eu não desejaria que acontecesse com o senhor, e..."

"... e eu paguei pela primeira", Lilienfeld completou resolutamente a sentença de Silbermann. "Nunca na vida viajei na primeira classe. Mesmo que pudesse ter continuado calmamente na terceira pelo resto da vida!" Olhou ao redor do compartimento, admirando-o. "Muito bem feito", comentou. "Mas caro demais! Suponho que isso não seja novidade para você, não é?"

"Eu geralmente viajava na segunda classe", disse Silbermann, e agora ele mesmo não entendia como tinha chegado a andar na segunda classe todos esses anos, dado que Lilienfeld sempre viajou na terceira. "Também por conta de meus conhecidos dos negócios", acrescentou, quase se desculpando, franzindo ao mesmo tempo a testa, espantado com sua explicação.

"Ah, é tudo muito fácil para vocês", disse Lilienfeld, desejoso. "Vocês sempre conseguem se safar de tudo. O senhor é milionário?"

Silbermann sorriu. "Não, na verdade não sou", disse.

"Achei que fosse. Porque o senhor parece. Tão calmo. Acho que as pessoas ricas geralmente têm rosto calmo e sem rugas, não é mesmo?"

"Isso difere muito, assim como existem muitos tipos de preocupação. Se não tem um tipo, tem o outro. Por acaso estou numa situação melhor do que a sua agora?"

"Talvez não agora, mas de resto! Fico contente pelo senhor. Não invejo ninguém. Exceto o meu irmão, que está na América do Sul. Ele conseguiu, está fora da Alemanha e ganha um bom dinheiro lá. Mas também passou por dificuldades. Todos nós passamos por dificuldades. Estou muito feliz que o senhor é um homem rico. Caso contrário, onde eu teria conseguido os duzentos marcos?"

"Roubaram duzentos mil marcos de mim, se eu considerar o prédio", disse Silbermann mais para si mesmo do que para o outro.

"Duzentos mil marcos", suspirou Lilienfeld, cerimonioso. "E eu já estava pensando que não deveria ter cobrado duzentos marcos pelo endereço. Mas duzentos mil marcos! Como o senhor se sente a respeito disso? Posso imaginar. Também perdi meus cinco, seis mil marcos; é quanto minha loja valia. Mas... Isso deve ser terrível. Teria sido melhor nunca ter tido tudo isso, eu acho. E o senhor ainda queria me dar mais cem marcos! Isso mostra que é uma pessoa nobre. Mas talvez o senhor também ache que isso já não importa mais."

"Talvez", disse Silbermann, segurando com muito esforço um sorriso.

"Mas o senhor tinha boas intenções", decidiu Lilienfeld. "O senhor deve estar muito desesperado então. Duzentos mil marcos — bom, acho que eu faria algo a respeito!"

Silbermann balançou a cabeça. "A quantidade não importa", disse. "Afinal de contas, seu negócio era..."

"É, minha bela loja", Lilienfeld interveio melancolicamente. "Tinha duas vitrines, sabe? Pequenas, é claro, mas funcionavam muito bem! Fiz até cadeiras de igreja, mesmo sendo judeu! A propósito, ainda tenho trezentos marcos a receber da comunidade judaica!" Por um momento, Lilienfeld pareceu perdido no pensamento. "E agora, de uma hora para outra, não tenho nada! As janelas foram quebradas, e o senhorio me expulsou de lá. Eles também queriam me prender. Se ao menos eu pudesse ter empacotado minhas ferramentas! Tudo se foi, tudo..." Apoiou os cotovelos nos joelhos e enterrou a cabeça entre as mãos. "Não consegui nem pegar meu terno de domingo", disse, sem fazer barulho.

"Veja, não estou pior do que o senhor", Silbermann retomou o fio da conversa. "Quer se percam duzentos mil marcos ou uma loja, a diferença não é tão grande assim. Mas, no fim, eu ainda consegui salvar algum dinheiro."

Lilienfeld olhou para cima. "Mas isso impede que o senhor esteja em segurança!", disse, como se quisesse insistir que Silbermann era mais miserável que ele próprio.

"Segurança", disse Silbermann. "Sem dinheiro não há segurança!"

"Mas seu dinheiro não lhe dá segurança agora. Pelo contrário, o coloca em perigo."

"Há dois lados em tudo", admitiu Silbermann. Depois riu. "É curioso como sentimos pena um do outro e como cada um de nós diz a si mesmo que o outro está pior, como se isso fosse algum consolo."

"Não tenho pena nenhuma do senhor", negou Lilienfeld. "De jeito nenhum, não! O senhor sempre teve uma boa vida, eu não. Já passei por muita coisa. Por isso que as coisas agora são mais fáceis para mim!"

"Exato", disse Silbermann, rindo. "As coisas são mais fáceis para o senhor!"

"Não precisa rir. É assim que as coisas são. Não perdi duzentos mil marcos e não preciso cruzar a fronteira com dinheiro. Estou até aliviado!"

"O senhor é uma pessoa simpática", disse Silbermann, com um sorriso. "É mesmo!"

"O senhor sempre viveu muito bem, não é?"

"Essa não é uma pergunta tão fácil de se responder. Em determinado sentido, o senhor está certo, mas, por outro lado, estive na guerra."

"É, a guerra não foi nada agradável", admitiu Lilienfeld, "mas também não foi tão ruim assim. Sempre éramos muitos! E agora estamos sozinhos. Agora não há ninguém para dar ordens, nada a ser seguido. Precisamos fugir sem que ninguém diga o caminho. A pressão é muito maior agora do que sob as ordens dos prussianos! Não foi bonito, não mesmo! Mas éramos soldados. Mais um soldado entre muitos soldados. Agora somos judeus sujos, e os outros são arianos! Eles vivem em paz, e nós somos perseguidos, sozinhos. Isso que é tão terrível! Os outros carpinteiros vivem e trabalham como sempre fizeram. E eu tenho que fugir! Assim que as coisas são! A guerra também foi uma situação ruim, mas não só para nós, não só para mim! Havia uma comunidade. Era um problema de todos."

"Fique feliz por não pertencer à nova comunidade! Não é possível pensar numa comunidade pior, mais estúpida e mais brutal. Uma minoria boa ainda é melhor do que uma maioria má."

"Isso é o que você diz! Mas eu tive que ficar sentado na minha loja vendo todos passarem, segurando bandeiras e tocando música. Posso até dizer que às vezes quase gritei. Todos eles eram velhos conhecidos meus. A União dos Veteranos de Guerra, o Clube de Skat, a Associação dos Artesãos. Todos os seus amigos antigos, e aí está você, sentado sozinho. Ninguém mais quer ter nada a ver com você; e, quando encontra alguém, acaba desviando o olhar, só para não ter que ver algum outro desviando o olhar. Eu não ousava mais ir a lugar nenhum por causa disso. Sempre pensei: logo você encontrará alguém, e então vai ficar irritado. Você foi para a escola com ele, estudou com ele ou sentou-se sempre à mesa com ele, e agora? Agora somos como ar, e ar ruim!"

"Mas isso tudo fica na conta dos outros!"

"Não importa na conta de quem que fica! Quem teve que passar por essa tortura toda fui eu. Marcaram a vitrine da minha loja com as palavras 'Judeu' ou 'Itzig'[1] uma dúzia de vezes. Depois tive que limpá-la, e a rua toda ficou olhando. Mas o culpado foi principalmente Willi Schröder. Uma vez entrei com uma ação judicial contra o pai dele porque ele não queria me pagar. Mas isso não é coisa de um garoto estúpido. Não se pode simplesmente fugir de tudo. O que se pode fazer? O que o senhor acha? Você nunca se livra dessa sensação. Está lá. Se

---

1. Xingamento usado para se referir a judeus. É um encurtamento do nome e do sobrenome Yitzchak, e foi muito usado na propaganda antissemita do século xix e do período nazista. (N. T.)

eu fosse um judeu piedoso, diria: não me importo. Mas não sou. Eu estava na guerra. Ninguém mais pode me dizer nada!

"E você fica tão sensível. Dá para sentir o cheiro de mesquinhez em tudo. E tudo o que você quer fazer é ter um pouco de paz e sossego, fazer seu trabalho, beber um copo de cerveja à noite, jogar um bom jogo de *skat* como todos os outros. E posso até ficar ouvindo sobre o povo escolhido e como Deus os está testando. Não me importo. Sou artesão e estou satisfeito com isso! E agora você tem que ser tratado como ladrão e assassino! Só falta cuspirem em mim."

Lilienfeld olhou-o com desânimo.

"E tudo isso porque você é o mais sensato", disse com convicção e alívio. Ele agora parecia esperar que Silbermann lhe batesse no ombro com apreciação e dissesse: "Adiante, Lilienfeld, adiante".

Silbermann, que tinha sido fortemente dominado pelo relato do outro homem, teve que sorrir na conclusão apresentada de maneira tão ingênua.

"Preciso de café", anunciou agora Lilienfeld, que tinha, como já havia falado, medo de deixar o clima muito melancólico. "Tenho certeza de que vou descer na próxima estação e tomar café e *schnaps*. É o que costumo fazer. Quando o vagão-restaurante abre?"

"Talvez só seja anexado em Dortmund. Podemos passear pelo trem e dar uma olhada."

Ambos se levantaram e saíram pelo corredor. Viram um homem parado na janela em frente ao compartimento seguinte. Ele voltou educadamente ao cupê para dar lugar a eles, que passaram.

"Espero que ele não tenha escutado nossa conversa", disse Lilienfeld, uma vez que já não podiam mais ser ouvidos. "O senhor falou tão alto. Temos que ser muito cuidadosos. Me disseram que estes trens estão lotados de informantes."

Passaram pelo vagão de segunda classe, cujo corredor, adjacente à primeira classe, estava completamente deserto; passaram por dois vagões-leito, onde encontraram apenas um membro da equipe do trem; e finalmente chegaram à terceira classe. O corredor estava cheio de pessoas fumando, conversando, olhando pelas janelas.

Lilienfeld parou na passagem entre os dois vagões, que balançavam para frente e para trás sob os pés, e segurou o companheiro pelo braço.

"Não vou continuar", sussurrou. "Há cristãos demais para mim aqui!"

"Mas por que o senhor está tão assustado?", perguntou Silbermann.

"Por quê? Minha loja foi invadida ontem. Basta passar por tudo o que passei. Então também vai se sentir assim!"

"Ah, vamos lá", disse Silbermann. "O senhor só tem que seguir o caminho com calma. Ninguém vai notar que o senhor é judeu."

"Mas o senhor notou isso imediatamente!"

"Só porque o senhor estava muito inquieto."

"De qualquer forma, estou voltando", Lilienfeld anunciou. "Não preciso provar minha coragem por causa de uma xícara de café! Ter coragem é bom, mas ter paz é melhor."

"O que o senhor acha que pode acontecer?"

"Não sei. Basta encontrar um conhecido e pronto. Começa assim. É provável que não encontre ninguém, mas e se encontrar?"

Voltaram.

"Não entendo o senhor", disse Silbermann no caminho. "Há pouco tempo o senhor queria viajar na terceira classe, para estar entre as pessoas."

"Acho que é paranoia", disse Lilienfeld, esclarecido. "Sinto que estou marcado. Além disso, acho que judeus não podem visitar o vagão-restaurante."

"Judeus não podem viver", respondeu Silbermann. "Como que o senhor quer viver assim?"

Somente depois de terem alcançado o compartimento é que Lilienfeld recomeçou a falar. "Às vezes fico bastante abatido", disse, um pouco envergonhado com a própria explicação. "Não ousei sair da minha loja por dias. Com medo de que alguém pudesse esbarrar em mim ou me insultar. Embora os negócios estivessem ruins, não fui atrás de novos pedidos. Sabe, às vezes sinto que nada mais vai dar certo, nada!"

"Chega, chega", disse Silbermann, encorajando-o. "Gostei muito mais de seu belo otimismo de antes. Não desista agora! O senhor certamente já viveu situações mais perigosas na guerra. Teve sorte e voltou de lá são e salvo. Talvez em oito dias o senhor já tenha encontrado um trabalho no exterior, e isso tudo ficará para trás. Não desista, meu caro! Não desista! Mantenha os olhos no objetivo e o alcançará! Esse desânimo profundo é um luxo que o senhor não pode se dar agora. Só mais tarde, quando estiver digerindo tudo isso, poderá se sentir tão melancólico quanto quiser!"

"O senhor está certo", disse Lilienfeld notavelmente renovado. "Se quiser, podemos tentar de novo!"

Como as palavras têm poder, impressionou-se Silbermann, sem sentir nem um pouco do encorajamento que havia convencido o outro a ter.

"Não, não", disse então. "Vamos deixar isso de lado. O senhor não está completamente errado. É provável que um garçom passe aqui em breve, ou podemos tomar um café juntos na próxima estação."

"Será que consigo?", perguntou Lilienfeld, já um tanto deprimido novamente.

"Consegue o quê?"

"Quero dizer, se vou atravessar a fronteira, se não vou ser pego. Pode muito bem acontecer de eu cair nas mãos de um policial assim que passar, e eles me mandarem de volta. Então acabarei com minha própria vida."

"Nossa", disse Silbermann com um vigor artificial. "Deixe essa gangorra emocional de lado! Nem brinque com pensamentos tão loucos. Se não funcionar na primeira vez, vai na segunda. Não entendo o senhor!"

"O senhor não tem medo de nada?", defendeu-se Lilienfeld.

"Tenho, claro que tenho. Mas não vou ceder", respondeu Silbermann com uma bela firmeza.

5

Silbermann estava andando incansavelmente de um lado para o outro nos correios. Esperava que conectassem a linha telefônica solicitada. Para não parecer suspeito, tentou deixar o rosto relaxado e bem-humorado.

Havia chegado em Aachen há uma hora. Deixara a mala no depósito de bagagens, enquanto mantinha a valiosa maleta consigo, carregando-a debaixo do braço. Depois de ter se separado de Lilienfeld em Dortmund, deixando com o outro os mais fortes encorajamentos, teve tempo de escrever uma longa e detalhada carta para a esposa e outra, limitada às informações mais essenciais, para a irmã. Além disso, havia enviado também um telegrama apaziguador para a esposa.

Pelo menos coloquei meus assuntos em dia, pensou Silbermann, enquanto andava de um lado para o outro, e achou agradável e reconfortante, ainda que não tenha resolvido os problemas, falar sobre eles por carta.

Depois de dez minutos, ainda esperava a ligação e começava a se preocupar. Ele se perguntou se o filho não estava no hotel, se haviam emitido um novo regulamento relativo a chamadas de longa distância ou se a polícia poderia ser chamada caso alguma ligação telefônica para o exterior fosse solicitada. E se me abordarem e perguntarem o propósito da conversa? Talvez também me revistem e encontrem o dinheiro. Isso seria muito suspeito numa cidade fronteiriça. Para que o senhor precisa de quarenta mil marcos aqui, eles vão me perguntar, e então meu dinheiro será confiscado, e eu serei enviado a um campo de concentração!

Estava sufocado pelo medo e culpou Lilienfeld por isso. Para reconquistar a calma, começou a cantarolar para si mesmo.

Então o funcionário acenou. Foi realmente simpático da parte dele. Ainda que Silbermann estivesse na frente do guichê, o funcionário poderia ter gritado com tom de importância: "Chamada para Paris!", e muitos olhares teriam se voltado para ele.

Silbermann entrou na cabine, colocou um cigarro na boca e estava prestes a acendê-lo quando se lembrou que teria de abrir a porta durante a conversa para deixar a fumaça sair. Só se deu conta de apagar o fósforo depois que a chama alcançou o dedo.

"Alô", Eduard entrou em contato. "Pai?"

"Oi, bom dia. Como você está? Acabei de queimar o dedo com um fósforo."

"Como estão? Eu estava muito preocupado!"

"Estou em Aachen", informou Silbermann, de maneira taxativa. "Sua mãe está em Küstrin com seu tio. Você finalmente conseguiu as permissões?"

"Não! Não consegui. Não é tão rápido assim. E é bem improvável que consiga algo tão cedo. Já tentei de tudo, mas... Estou tão feliz que vocês... que vocês conseguiram... que estou ouvindo sua voz."

"Talvez você não a ouça mais tanto assim." Silbermann esfregou o dedo indicador queimado contra o metal frio da cabine telefônica, contorcendo o rosto de dor.

"Mas você não consegue ir para a Bélgica, pai? Ou talvez para a Holanda? Você poderia esperar lá."

"Sem chance. Minha única esperança era que você tivesse encontrado alguma forma possível. Mas você não é o Estado francês. Eu sei disso. Tenho certeza de que fez o que pôde."

"Estou tentando e vou continuar tentando. Talvez ainda dê certo. Mas estou feliz que está em Aachen."

"Isso não é motivo para ficar feliz." Silbermann examinou o dedo queimado, que doía imensamente e o distraía, apesar de todas as circunstâncias. "Sim, senhora, ainda estamos conversando... Então, Eduard, resolva isto, pode ser? Fique bem... Vou mandar algumas amostras."

"Que amostras?"

"Você sabe, amostras", disse Silbermann, com uma voz forçada.

"Não se preocupe, pai. De algum jeito vai dar certo."

"Vamos esperar que sim. Meu dedo dói tanto que é quase uma alegria."

"Você parece bastante confiante quando..."

"Que coisa boba. É possível ter dores e preocupações ao mesmo tempo. Então acha que não devemos contar com isso, não é?"

"Com o quê?"

"A permissão, é claro. Não seja estúpido!"

"Imagino que não seja impossível, mas..."

"Muito bem. Já percebi que não devo ter esperanças! Tudo depende disso. Bem, adeus!"

"Até logo, pai. Eu vou..."

"Até."

Silbermann deixou a cabine telefônica. A dor no dedo já tinha diminuído. A poucos metros dele, um homem se levantou de repente. Ah, pensou, com calma e quase indiferença. Chegou a hora, agora vão me prender!

"Onde é a saída?", perguntou o homem.

"À direita", respondeu Silbermann sem sequer refletir, sem saber bem o que dizer, mas querendo se livrar rapidamente daqueles olhos pequenos e brilhantes que pareciam observá-lo.

Sentou-se num banco. Então foi vencido por um profundo desânimo. É claro que vai dar errado, pensou. Como pude acreditar que daria certo? Não entendo. Recostou-se, e ficou olhando de forma entorpecida e desinteressada para as pessoas ao redor. Aqui estamos nós, pensou. Em Aachen, com quarenta mil marcos, quarenta e um mil na realidade, com as mãos cheias, como diz o ditado, mas sem caminho, completamente sem destino.

Agora se perguntava por que tinha criado expectativas em relação àquele telefonema. Se eu ao menos tivesse dado um empurrão em Eduard, pensou, e além de tudo eu tinha que queimar o dedo justo agora. Como pude acreditar que ele havia conseguido? Teria sido melhor se eu tivesse sido preso com todos os outros. A cela deve ser mais calma que a liberdade. Pelo menos se pode dormir em paz. Do jeito que está, ficamos tensos apenas para desabar logo depois. Anda-se para lá e para cá sem dar um único passo adiante.

Levantou-se e saiu dos correios; aproximou-se de uma banca de jornal e comprou quatro periódicos diferentes.

Depois entrou num pequeno restaurante, pediu um copo de cerveja e foi ao banheiro. Aqui abriu os jornais que acabara de comprar, tirou quatro notas de mil marcos da maleta e colocou cada uma dentro de um jornal, que voltou a dobrar ordenadamente; guardou-os e retornou para a mesa. Chamou o garçom, pagou a cerveja e foi a uma papelaria, onde comprou fita adesiva e embalou os papéis para enviá-los ao senhorio de Eduard. Depois regressou ao prédio dos correios e entregou o pacote no balcão.

Após ter conseguido, com grande prudência e astúcia, pôr em prática o plano que elaborara durante a conversa com o filho, apressou-se em deixar os correios e voltar à estação. Decidiu ir para Dortmund tentar a sorte com o contrabandista de pessoas mencionado por Lilienfeld. Desta vez, comprou um bilhete de segunda classe, achando que assim estaria mais seguro e atrairia menos atenção, porque o pensamento de que poderia atrair atenção já quase se tornara uma ideia fixa. Também pensava incessantemente em como poderia dar a si mesmo, com a postura e o comportamento, uma aparência tão inofensiva quanto possível, pois tinha a sensação de que sua inquietação interior estava se tornando cada vez mais visível.

O trem partiu apenas alguns minutos depois de ter comprado o bilhete. No mesmo compartimento estavam alguns oficiais. Mas não lhes deu atenção, nem ouviu a conversa deles, e adormeceu muito rapidamente, tomando um susto a cada parada do trem, perguntando o nome da estação apenas para adormecer de novo.

"Para onde o senhor está indo?", perguntou eventualmente o capitão sentado ao lado.

"Para Dortmund", respondeu Silbermann.

"Então o senhor pode continuar dormindo. Vamos acordá-lo quando o trem chegar lá."

"Muito gentil da sua parte", agradeceu Silbermann.

Muito gentil, pensou, enquanto ainda adormecia. Quando foi acordado, gritou, desesperado: "Minha maleta! Onde está minha maleta?".

Os homens riram.

"Está ali do seu lado", disse o capitão, um homem bem alimentado e de aparência satisfeita. "O que o senhor está carregando aí? Uma fortuna?"

"Não, claro que não", Silbermann se apressou a responder. "Apenas papéis. Mas papéis importantes."

"O mensageiro secreto adormecido", brincou um tenente.

"Haha", riu Silbermann avidamente. "Bem, estando entre oficiais alemães, suponho que até mesmo um mensageiro secreto poderia dormir tranquilo. Mas sou apenas um homem de negócios. Muito obrigado, senhores, Heil Hitler."

Deixou o compartimento. Ao chegar à plataforma, ouviu uma voz gritando: "Ei, ei... senhor mensageiro!".

Assustado, olhou para cima.

"O senhor esqueceu sua mala", disse o tenente com uma risada, entregando-a pela janela.

Silbermann a alcançou, agradecido. "Ando tão distraído", disse, desculpando-se.

"É um bom disfarce para um mensageiro secreto", respondeu o tenente.

Um sujeito legal, pensou Silbermann, enquanto olhava o trem partir. Isso ainda existe — pessoas imparciais, normais e inofensivas. Eu já tinha me esquecido. Mas com certeza não me tomou por um judeu, isso não.

Pegou a mala. Realmente preciso me recompor, pensou, as mãos segurando firmemente as alças da mala e da maleta. Como sou fraco e impotente. Dá para enlouquecer assim.

Entrou na sala de espera da terceira classe e, embora tenha atraído alguma atenção, foi ao balcão e pediu um copo de cerveja. Bebeu todo o conteúdo num só gole, derramando um pouco no casaco. Pegou um lenço, limpou primeiro a boca e depois tentou secar o casaco. Em seguida, pediu outro copo, bebeu tudo e bateu no balcão com a palma da mão. "Vai ficar tudo bem", disse em voz alta e confiante.

"O quê?", perguntou o garçom.

"Me dê outro copo, jovem", exigiu Silbermann, com energia.

Olhou ao redor com muita alegria. Seu queixo se moveu levemente para frente enquanto pensava: deveria ter ido direto para o Dinkelberg. O homem será útil. Com certeza. A cerveja chegou. Levantou o copo, bebeu um gole e apoiou o copo no balcão, com algum desgosto.

"Quanto devo?", perguntou.

"Um marco e vinte."

Pagou e saiu. A esperança havia evaporado. Tinha um gosto azedo na boca e sentia como se fosse vomitar. Ocorreu-lhe que ainda não havia almoçado, e se repreendeu pela loucura de beber cerveja de estômago vazio. Chegando ao átrio da estação, dirigiu-se automaticamente à área de armazenamento de bagagem para depositar a mala.

Se ao menos eu pudesse ir agora para um hotel e dormir adequadamente por dez horas seguidas, desejou, ao sair da estação. Eu poderia ficar deitado por dias se deixassem, estava convencido.

Parou na frente de um hotel e se perguntou se deveria entrar. Não, pensou, não posso! Não devo desistir antes de atingir meu objetivo, porque não é apenas uma fuga, mas também uma corrida contra o desespero.

Um pouco mais tarde, ele estava em frente à casa da rua Bismarck onde Dinkelberg morava, de acordo com as informações de Lilienfeld. Silbermann tocou a campainha.

Teria sido mais sensato ter ido até lá com o pequeno Lilienfeld, pensou.

A porta se abriu.

"O sr. Dinkelberg mora aqui?", perguntou. A velha mulher que abriu a porta balançou a cabeça.

"Morava", disse ela. "Ontem o prenderam", disse, olhando-o minuciosamente, como se achasse que ele era um cúmplice.

Silbermann se sentiu muito desconfortável.

"Ah", prosseguiu, "não me diga! Ele foi preso. Quem imaginaria uma coisa dessas?"

Como se comportar numa situação assim?, pensou, desesperado. Pode ser que eu também me torne um suspeito.

"Eu imaginava", disse a mulher. "Não poderia acabar bem, do jeito que as coisas estavam! Todo dia levava alguma mulher diferente para o barraco, e depois enchia a cara. Tinha quatro oficiais aqui, quatro! Nunca entendi onde conseguia dinheiro. Nunca trabalhou. Um rapaz tão jovem! Deve ter roubado!"

"Ah, a senhora não sabe por que ele foi preso?", perguntou Silbermann, pensando: um jovem, eu imaginava uma pessoa de cinquenta anos, que estranho.

Ela olhou desconfiada para ele. "Como eu deveria saber? Vá até a polícia se quiser descobrir!", disse logo antes de bater a porta.

Envergonhado, Silbermann colocou o chapéu, escapou com pressa, virou três ou quatro esquinas e, finalmente, parou. Foi para isso que vim a Dortmund, pensou. É como se eu estivesse amaldiçoado. Assim que tenho alguma esperança... O que será que aconteceu com o pequeno Lilienfeld? O pobre homem deve estar em desespero. Agora ele certamente não está numa situação melhor que a minha.

Sentiu tontura e um leve zumbido nos ouvidos. Estou andando muito rápido, pensou. Preciso recuperar o fôlego em algum lugar.

Foi a um restaurante, sentou-se à mesa, pediu algo para comer e solicitou, baseando-se numa esperança infundada, uma linha para Paris. Talvez tenha acontecido algo nesse meio-tempo, disse a si mesmo.

Assim que a sopa chegou, começou a comer com vontade, mas após algumas colheradas sentiu que não conseguia mais comer. Acendeu um cigarro, depois o deixou queimar no cinzeiro e obrigou-se a terminar o prato.

Quando o garçom lhe disse que a ligação para Paris estava liberada, pulou e correu em direção ao telefone, esfregando as mãos e franzindo a testa.

Se for preciso, ligarei para ele três vezes ao dia, decidiu. Ele deve ter tão pouca paz quanto eu, então se esforçará mais. Aqueles que vivem em paz não podem sequer imaginar a guerra; esse é um fato bem conhecido. Vou fazê-lo se mexer!

"Olá", proferiu. "Quais são as novidades?"

"Mas em tão poucas horas nada de decisivo poderia ter mudado! Acabei de falar com um homem muito influente que quer apoiar a solicitação, e depois fui novamente ao Ministério das Relações Exteriores, mas precisamos de paciência. Lembre-se de que existem milhares de solicitações. Os outros também têm que esperar. É só que nada pode ser feito."

Silbermann desligou o telefone em silêncio.

"É claro", disse em voz baixa, "tudo conversa fiada, tudo." Encolheu os ombros com cansaço e indiferença.

Depois do jantar, Silbermann foi em busca de um quarto. Tinha metido na cabeça que seria mais fácil encontrar alojamento com um senhorio do que num hotel. Com indivíduos particulares, acreditava, deveria ser possível atrasar o registro para a polícia por um período maior de tempo.

Parou em frente a uma casa com o aviso na parede: "Quartos mobiliados para alugar". Entrou, e a esposa do porteiro o dirigiu ao terceiro andar; com alguma dificuldade ele subiu as escadas. Uma placa pendurada na porta do quarto dizia "Susig". Silbermann tocou a campainha, e um homem velho com um roupão trançado e pantufas de feltro abriu a porta.

Ele olhou para Silbermann com muita atenção, depois tirou o cachimbo da boca e perguntou: "Bom — o que é que o senhor quer?".

"O senhor aluga quartos mobiliados?", perguntou Silbermann.

"Eu não", disse o velho com dignidade. "Minha esposa lida com isso."

Colocou o cachimbo de volta na boca, virou-se e deixou Silbermann ali parado, mas sem fechar a porta, como se quisesse dizer ao visitante para ficar do lado de fora ou para entrar. Silbermann decidiu fazer o primeiro. Viu o velho atravessar o grande corredor com passos lentos e depois desaparecer numa sala. Silbermann esperou. Mas se passaram vários minutos, e ninguém veio. Finalmente, tocou a campainha de novo.

A porta atrás da qual o velho tinha desaparecido se abriu, e novamente o velho veio se arrastando até a porta.

"A sua esposa não está aqui?", perguntou Silbermann, amuado. "Ou o quarto já está alugado?"

O velho limpou a garganta. "Francamente, não tenho ideia", respondeu num tom baixo, profundo e melodioso.

"O senhor não poderia chamar sua esposa?", perguntou Silbermann, ficando mais enérgico.

"Não falamos um com o outro", explicou o velho com alguma intimidade. "Em todo caso... talvez ela mesma venha, caso toque a campainha novamente. Claro, isso se ela estiver aqui."

Ele se virou novamente e caminhou com calma de volta à sala.

"Sr. Susig", Silbermann chamou, começando a duvidar da sanidade do idoso.

Este se virou e disse: "Em todo caso...".

Silbermann, agora completamente convencido de que estava lidando com um lunático, balançou a cabeça. "Vou embora", disse, "talvez eu volte depois."

"Acho possível", declarou prontamente o sr. Susig, "que minha esposa esteja de volta em breve. Ela deve ter ido pegar alguma coisa. Em todo caso, se o senhor quiser voltar..."

"O senhor não pode me mostrar o quarto?"

"Realmente não lido com esse tipo de coisa", veio a resposta, hesitante. "Em todo caso, se o senhor quiser me acompanhar..."

Silbermann o seguiu. Eles passaram por uma grande sala de jantar, que não tinha nem balcão nem aparador e, portanto, causava uma impressão de vazio em Silbermann. Depois, viraram no corredor de trás e finalmente pararam em frente a um aposento.

"Não é um quarto grande", antecipou o sr. Susig. "Em todo caso..." Ele abriu a porta.

"Mas é um quarto para empregada", declarou Silbermann, um pouco indignado.

O velho observou o quarto que já conhecia. "É, bem", pronunciou digno, "em todo caso..."

"Vou pegar", retrucou Silbermann.

O velho anuiu com a cabeça. "É minha esposa que cuida disso", disse. "Se o senhor já quiser ficar aqui, são quarenta marcos por mês. O senhor poderia pagar adiantado. Isso seria o usual."

Silbermann achou o quarto desproporcionalmente caro, mas pegou a carteira sem objeção. "O senhor tem troco para cem marcos?", perguntou.

O velho pegou a nota, olhou para ela com atenção e então respondeu: "Agora não. Em todo caso...". Enfiou a nota num dos bolsos do roupão e saiu.

Silbermann deitou-se na cama dura e estreita que enchia metade do quarto.

Que pessoa estranha, pensou, em todo caso... Riu. Será que vou ver a cor do troco?, perguntou-se. Já não estava interessado no dinheiro, que havia perdido muito de seu valor para ele, mas sim no velhote. Depois de alguns instantes, adormeceu.

Sonhou que um velho estava sentado à sua frente numa cabine de trem e o olhava de maneira tão fixa que Silbermann começou a temer que o outro soubesse algo muito ruim sobre ele. Então o velho cresceu, tornou-se cada vez mais alto até que se transformou em Becker, que fez movimentos ameaçadores em sua direção.

Ouviu uma batida na porta. Atordoado de sono e susto, Silbermann permaneceu deitado.

"Quem é?", perguntou, finalmente, com calma.

"A sra. Susig."

Levantou-se e abriu. Uma mulher idosa vestida de maneira muito simples entrou depois de se desculpar muitas vezes pelo distúrbio que ela provavelmente estava causando.

"Queria lhe entregar os sessenta marcos", disse, "e queria pedir que preenchesse a ficha de registro. Pode ser mais tarde, quando for melhor para o senhor. Espero que goste daqui. A área é muito tranquila, e só temos inquilinos tranquilos."

"É uma pena", disse Silbermann, "que a senhora não tenha um quarto maior disponível. A verdade é que este é muito apertado para mim."

"Se o senhor tivesse vindo anteontem, poderia ter ficado num belo cômodo na frente, com varanda. Mas foi alugado a um cavalheiro do partido."

Silbermann ficou em silêncio.

"O senhor é de Berlim?", ela perguntou.

"Sou", ele respondeu.

"Percebi pelo sotaque. A propósito, meu marido pode ir buscar sua mala na estação. Estou vendo que..."

"Não, não quero de maneira alguma causar problemas para ele", disse Silbermann rapidamente.

"Mas não é problema nenhum."

"Não, obrigado. Eu mesmo irei."

Ela olhou ao redor do quarto. "Eu lhe trarei algumas toalhas limpas. A que horas o senhor quer o café da manhã? Os outros cavalheiros tomam o café às sete e meia."

"Eu também. Quanto custa o café da manhã?", perguntou, tentando parecer um inquilino normal.

"Já está incluso. Meu marido não lhe disse?"

"Não me lembro. Talvez não tenha ouvido bem. Sim, então eu também gostaria de tomar o café da manhã às sete e meia."

Ela deixou o quarto. Silbermann se atirou na cama. Pelos meus quarenta marcos, gostaria de ter pelo menos uma boa noite de sono, pensou. Um cavalheiro do partido, é claro!

Levantou-se novamente, segurou a ficha de registro e, olhando cada uma das linhas, começou a rasgar o papel, depois se absteve e voltou a colocá-lo sobre a pequena mesa. Retornou à cama, fechou os olhos e tentou adormecer, mas já não conseguia. Sentia muita dor de cabeça e não conseguia escapar de seus pensamentos.

Depois, ouviu cadeiras sendo arrastadas pelo chão na sala de jantar que, como ele havia visto anteriormente, estava sem tapete. O rádio foi ligado, e a música de dança lhe chegou aos ouvidos. Virou-se de um lado para o outro, começou a contar, mas desistiu quando chegou ao número duzentos.

Finalmente adormeceu, só para acordar de novo meia hora mais tarde. Havia sonhado com a mãe.

Isso é estranho, pensou com espanto. Tenho pensado muito sobre ela ultimamente. Será que estou tão velho que as lembranças estão voltando?

Aproximou-se do pequeno espelho e olhou para seu rosto. Passou a mão lentamente pelas bochechas por barbear.

Pareço absurdamente horrível, suspirou e sentou-se na cama. Há quanto tempo ela morreu?, perguntou-se. O pai faleceu em 1932; ela morreu em 26, 26! Há doze anos. Era uma mulher estranha, pensou agora. Sem muita emoção. Não conseguia nem rir nem chorar direito, eu acho.

O rádio provavelmente já havia sido desligado. Ele não ouvia mais sons da sala de jantar. Deitou-se na cama novamente e fechou os olhos.

Como era sua mãe?, esforçava-se para lembrar, tentando se distrair das preocupações, pensando longe no passado, mas também querendo contato com a vida anterior. Vasculhou as memórias; elas eram estranhamente transparentes e o levavam cada vez mais longe.

Finalmente se via como uma criança de cerca de cinco anos, deitada na cama, contando as barras de latão que circulavam o móvel para impedir que caísse. Alcançou oito ou nove, depois recomeçou tudo e contou assim várias vezes. Depois se endireitou, segurou as barras e olhou o padrão floral no papel de parede, ficando cada vez mais borrado, porém ainda visível na semiescuridão. Não conseguia adormecer por conta do calor intenso. Os insetos zumbiam do lado de fora da janela do quarto das crianças, entravam, davam saltos e cambalhotas por um tempo e depois desapareciam novamente. Tentou imitar os sons, murmurando por um momento, e então se deitou nos travesseiros, levantando o pijama até a altura das mangas. Então começou a contar para si mesmo uma história, uma história sem fim. Meio falando, sonhou.

Era uma história sobre bolos e groselhas, sobre Philipp, o dachshund que pertencia ao irmão mais velho, sobre o bofetão que levou do pai na hora do almoço, que ele não merecia e pelo qual ainda se arrependeria. Era sobre Judith, que sempre estava prestes a chorar e ainda era muito pequena e com quem não queria mais falar, e sobre Senta, a cozinheira, que sempre tinha uma compota pronta para ele, mas de quem não gostava muito porque ela sempre dizia que ele ainda era um garoto muito pequeno. Depois, adormeceu.

Meio adormecido, sentiu que alguém o cobria, debruçava-se sobre ele e o olhava. Sem se mover, abriu os olhos e piscou um pouco para a luz da vela que havia sido acesa. Abriu os olhos apenas um pouco e estava convencido de que não era visível. Teve vontade de rir, mas fingiu sorrir durante o sono. Era bastante esperto.

"Você deveria dormir", disse a mãe, e sorriu também.

Agora que não podia mais esconder o fato de que estava acordado, queria sentar-se e abraçá-la. Mas ela o empurrou suavemente de volta aos travesseiros, beijou-o rapidamente na testa, e o beijo desapareceu antes que ele o sentisse. Na porta, ela se virou mais uma vez e disse: "Durma".

Como era suave a sua voz ao falar assim! Agora ele realmente tinha que dormir, e estava tão cansado.

O choro lhe veio de uma vez só.

O pai o havia colocado sobre o joelho e batido nele, acompanhando cada golpe com as palavras: "Lembre-se disso! Seja melhor." Não bateu com muita força, mas a sucessão metódica de golpes em intervalos regulares nas calças apertadas causou, no entanto, um pouco de dor, que diminuiu muito lentamente.

Mais do que pela dor, chorou pelo fato de não ter como se defender de tal abuso vindo de alguém com tanta diferença de tamanho e idade. Tinha apenas sete anos e, portanto, estava à mercê de atos arbitrários. Sobre ele pesou a deprimente convicção de que essa proporção de força e poder distribuídos de maneira injusta permaneceria sempre a mesma. Achava que nunca seria alto, apesar de todas as pessoas altas que conhecia terem afirmado que já tinham sido meninos e meninas pequenos havia muito tempo. O que seria difícil de acreditar considerando o quanto eram altos. Então se sentiu oprimido pelo medo de ter que viver todos os anos seguintes como um garotinho, tendo um pai barbudo e incompreensivo como tirano.

Como sempre, a surra era culpa de Judith, que, incapaz de cuidar dos próprios assuntos, usava constantemente a proteção do pai e o fazia agir em nome dela. Não tinha dúvidas de que Judith era a favorita, e então começou imediatamente a lacrimejar com o profundo desespero de quem não se considerava amado e não podia confiar nem mesmo na cozinheira Senta, sua costumeira representante legal. Para manter Senta, cuja capacidade de fazer panquecas estava além de qualquer discussão, e que tinha estoques suficientes de frutas conservadas e estava sempre pronta a deixá-lo provar, para manter Senta, que claramente gostava mais dele, para manter Senta sempre consigo, considerou se não deveria se casar com ela e levá-la embora. O pesar e a tristeza que essa decisão causaria a todos os membros da família e a doçura amarga das presumíveis reclamações que seriam feitas sobre a partida já o agradavam e o confortavam um pouco. Também considerou a possibilidade de uma morte imediata e desfrutou das lágrimas que na sua imaginação fluíam dos olhos de todos.

Até mesmo uma doença o teria ajudado no momento, pois bem se lembrou que, quando teve sarampo seis meses antes, o pai, ao contrário do comportamento rude de hábito, tinha se mostrado muito terno e finalmente tratado o filho Otto como o centro das atenções, o que sem dúvida era. Sim, se estivesse doente agora, o pai estaria sentado ao lado da cama, ficaria com ele por horas, leria um livro para ele e sempre cuidaria dele. Ele o animaria, e a mãe também viria para ficar com ele, e então era hora do remédio, que o pai sempre tomava antes, e, quando chegava sua vez de tomar, a mãe o levantava, e ele sorria, dolorosamente, mas cheio de coragem, e todos o amavam e entendiam seu valor.

Já havia parado de soluçar, restando apenas um ou outro espasmo ocasional. Seria assim se ficasse doente. Mas o que poderia fazer?

Começou a chorar novamente, mas desta vez não funcionou muito. Sua miséria havia se tornado menor, e tentou em vão arrastá-la um pouco mais, para mergulhar nela mais uma vez. Não funcionou. A tristeza não fluiu mais com as lágrimas, mas endureceu, e isso foi ainda pior.

Se fosse agora até a Judith e a empurrasse com vontade, ela iria correndo para o pai, e ele levaria outra surra, e então empurraria Judith novamente. O que mais poderia fazer? Ou deveria simplesmente fugir e nunca mais voltar? Judith estava certamente feliz agora porque ele tinha levado uma surra. Ela estava com certeza feliz.

Levantou-se amargamente e foi para a sala ao lado, onde Judith estava de joelhos, brincando com os blocos de construção dele.

"Sai daqui", disse ele, batendo o pé no chão. "Sai daqui!"

"Vou contar ao papai", disse ela, chorando, e ficou.

"Vai me dedurar de uma vez", exigiu. "Vai até o papai, chorona."

Mas Judith ficou quieta onde estava e, vendo que ele não fazia nada contra ela, continuou a brincar com os blocos de construção!

"Este brinquedo é meu", explicou, aproximando-se.

"Ah...", disse ela com uma indiferença soberana.

"Você não pode brincar com os meus blocos", demandou e sentou-se, ainda adotando uma postura de observação para ver até onde ela iria.

Judith, munida com um tremendo senso de poder e autoconsciência pela surra paterna que ele havia levado, mostrou brevemente a língua.

No início ele ficou sem palavras de tanta indignação.

Lá estava ela, brincando com o brinquedo dele, depois de ter derrubado a sua Torre de Babel e, ainda por cima, ter lhe mostrado a língua! E ele não tinha poder algum. O pai estava do lado dela. O que poderia fazer? A partir de agora, ela poderia mostrar a língua sempre que quisesse.

Começou a tremer de tanta raiva e indignação. Gostaria de ter chorado, e agora, em vista da humilhação profunda, provavelmente teria chorado. Mas era exatamente isso que ela queria, que o irmão mais velho chorasse! Afinal, ele era o irmão mais velho; ela tinha apenas cinco anos de idade. O que mais poderia fazer além de desprezá-la?

"Sua estúpida", disse, de forma muito superior, derrubando com o pé a ponte desajeitada que ela estava construindo.

Agora Judith começou a chorar. "Vou contar tudo ao papai", prometeu, mas permaneceu sentada. Talvez não estivesse bem certa de que uma segunda reclamação ainda teria efeito, afinal de contas. Por isso começou a chorar. E ele ficou com pena dela, afinal era sua irmãzinha.

Deixou que chorasse um pouco mais e então sugeriu: "Agora vamos construir juntos uma Torre de Babel". Ele disse isso amuado e com uma voz embolada, mas ela aceitou a oferta de paz.

Depois de dez minutos, nos quais tinham construído pontes, casas e cidades inteiras e, como deuses caprichosos, as destruído novamente, ela disse, respondona: "Mas eu vou contar tudo para o papai! Você me chamou de estúpida, e você não pode fazer isso!".

"Você derrubou a Torre de Babel", indignou-se. "Você brincou com os meus blocos de construção. Você me entregou para o papai, e ontem você roubou uvas-passas do armário da cozinha!"

"Você também!"

"Mas eu podia. A Senta deixou."

"Ela deixou eu também."

"Não, não deixou."

"Deixou, sim."

Ambos ficaram em silêncio. Cada um procurava argumentos para derrubar o outro.

"Vou falar para o papai", ameaçou Judith depois de algum tempo. Mas a frase saiu fraca.

"Vá logo!"

"Vou mesmo", disse novamente, mas parecendo ela mesma não acreditar nisso, talvez considerando os contra-argumentos dele.

"Sua estúpida", disse de novo, com firmeza, para provar a vitória a si mesmo.

Depois continuaram brincando. A porta se abriu, e a mãe entrou.

"Vocês estão falando muito alto", disse, sem repreendê-los. "Por favor, façam menos barulho. Quero me deitar."

Ela passou por eles, e ambos abaixaram a cabeça, conscientes da culpa. Quando ela já tinha quase saído da sala, Judith disse, baixinho, como se falasse apenas para si mesma: "Não sou estúpida!". Jogou a cabeça para trás e olhou a mãe como se esperasse que ela perguntasse quem tinha dito isso.

"Não discutam um com o outro", ela exigiu.

Ele não conseguiu aceitar facilmente essa traição insidiosa de Judith. "Ela roubou as uvas-passas!", exclamou, cheio de indignação. "Ela..."

Mas a mãe já havia saído da sala. Ele não podia contar com a mãe para conseguir justiça.

Judith mostrou-lhe novamente a pequena língua rosada.

Então, levantou-se e a deixou com os blocos para ir até a cozinha e conversar de uma vez por todas com Senta.

Judith também parou de brincar com o brinquedo. Depois que ele saiu, ela não achou mais a brincadeira divertida. Ficou em frente à cozinha, esperando por ele.

Quando ele voltou, ela mostrou a língua outra vez, mas ele passou por ela sem nem sequer vê-la, porque agora estava finalmente prometido a Senta. Eles se casariam e fugiriam; e não importava mais o quanto Judith quisesse mostrar a língua: isso não o atingia mais...

Silbermann deve ter dormido por cerca de uma hora quando acordou com o som de passos no corredor. Pararam na frente de sua porta por um momento.

Ele ficou à escuta, com medo.

Mas, então, continuaram.

Ele saltou da cama.

"É inútil", murmurou. "Tenho que continuar. Tenho que ir para o exterior. Simplesmente não aguento mais. Estou ficando louco de nervosismo. Quero voltar para Aachen. Tentarei cruzar a fronteira por lá."

Ficou de pé em frente ao espelho, lavou o rosto, penteou o cabelo e saiu do quarto. Na porta, pensou: Que bobagem. É melhor ficar aqui. Quem sabe quando terei uma cama novamente.

Na sala de jantar, além do casal Susig, encontravam-se ainda outros dois senhores lendo o jornal à mesa. Quando, depois de uma batida curta na porta, Silbermann entrou, foi recebido por um "Heil Hitler" polifônico.

Sem responder a saudação, apenas acenando com a cabeça, ele se virou para a senhora: "Estou indo à estação. Quero pegar minha mala".

"Mas isso meu marido pode fazer. Ele faz isso com prazer."

"Claro...", disse o velho.

A esposa olhou-o com severidade.

"Em todo caso...", acrescentou, acenando encorajador com a cabeça para Silbermann.

"Não, obrigado", disse Silbermann, "tenho outras coisas para resolver na cidade de qualquer forma." Com isso, deixou a sala.

Que gente estranha, pensou, ao descer as escadas, mas imediatamente já havia esquecido a família Susig e estava preocupado com os próprios assuntos. Ficou surpreso quando depois de cinco minutos viu a estação à sua frente, porque não havia prestado nenhuma atenção ao caminho.

É uma pena que com Lilienfeld eu tenha perdido um homem prático, lamentou. Somos mais fortes em dupla. Cada um se faz de mais forte para o outro. Eu encorajei Lilienfeld, e ele a mim. Ainda era cada um por si, mas mais fortes. Bem mais fortes.

Comprou um bilhete de terceira classe para Aachen.

Será que isso é Lilienfeld falando?, perguntou-se quando se ouviu pedindo uma passagem de terceira classe. Mas então pensou que provavelmente era uma decisão boa, já que decerto deveria estar mais bem barbeado para não chamar a atenção na segunda classe.

Pegou a mala, perguntou o horário de partida do trem e depois entrou na sala de espera da terceira classe. Sem pedir nada, sentou-se numa das mesas de madeira e ficou alguns minutos sem pensar em nada.

"Em todo caso...", imitou em voz baixa o sr. Susig. "Em todo caso..."

Essa expressão lhe parecia a que capturava melhor seu estado de espírito. Repetiu-a baixinho, três ou quatro vezes.

Agora estou pronto para a aventura, pensou. Vou atravessar a fronteira, tudo é possível...

Mas havia nele uma convicção inextirpável de que algo voltaria a surgir, que ele não era de forma alguma apto a lidar com todas as circunstâncias e que eventualmente acabaria sucumbindo.

"Ah, vamos", murmurou para si mesmo. "Outros também estão fazendo isso. Outros também estão fazendo isso!"

Apoiou os dois cotovelos sobre a mesa e colocou a cabeça entre as mãos. Não posso mais fazer nada, pensou, desesperadamente, só posso pensar que...

Encarou fixamente o tampo da mesa.

Que sujo e que rachado, pensou, por que não mandar polir? Provavelmente não vale a pena para a terceira classe.

Olhou para as outras pessoas na sala de espera. Alguns trabalhadores estavam de pé no bar, bebendo cerveja e fazendo muito barulho, Silbermann observou com desaprovação.

Se eu desse cem marcos a cada um deles agora, perguntou-se, eu teria algum amigo? Talvez por alguns dias, mas cem marcos não duram para sempre.

Levantou-se e mais cambaleou do que andou em direção à plataforma.

Viajando, pensou, sempre viajando, e cansado feito um cão. De lá para cá, de cá para lá. Já estou tão cansado disso.

Sentou-se na mala e esperou o trem.

Quem ou o que eu sou ainda?, perguntou-se. Ainda sou Silbermann, o negociante Otto Silbermann? Claro, mas como ele se meteu numa situação dessas?

Respirou fundo. "Vivo com a perda", disse calmamente. Então fez um movimento desajeitado, e a mala balançou por baixo dele. Com dificuldade, recuperou o equilíbrio e levantou-se. Ouviu o trem se aproximando. Silbermann ergueu a mala.

Na verdade, só preciso pular para frente, apenas me deixar cair na frente do trem, pensou. Tudo estará acabado e mais nada terá importância.

O trem se aproximou.

Silbermann pisou perto da soleira da plataforma.

Caia, pensou, apenas caia...

"Para trás", trovejou uma voz ao lado. Ele vacilou e deu três passos para trás. Então o trem estava na sua frente.

Será que enlouqueci?, pensou, com medo, surpreso com a própria fraqueza. Eu deveria tirar minha própria vida? Eu, Otto Silbermann? Por causa dos nazistas? Seria risível. Tenho trinta e seis mil marcos comigo. Que pessoa sensata tiraria a própria vida com trinta e seis mil marcos no bolso? Por medo de problemas, por medo da fronteira, de uma fronteira ridícula que você pode atravessar em dois minutos se simplesmente mantiver a calma. É impossível. Não pode fazer isso de jeito nenhum! Como pode cometer suicídio quando tem uma carteira cheia de vida com você?

Não, não vou ceder uma segunda vez a essa fraqueza interior! Em vinte e quatro horas poderei estar a salvo e, se não, continuarei viajando, cruzando a Alemanha até conseguir sair. Enquanto ainda tiver dinheiro no bolso, mesmo que apenas uma nota de mil marcos, tenho vitalidade e posso aproveitar a soma das energias armazenadas.

E Silbermann jurou a si mesmo, num compartimento esfumaçado de terceira classe no trem de Dortmund a Aachen, que continuaria vivendo, em todas as circunstâncias, contra todas as probabilidades.

Repetiu a si mesmo esse voto algumas vezes e sentiu-se mais calmo. Sentiu que estava pronto para lidar com qualquer eventualidade. Abriu a mala e, depois de procurar bastante, encontrou e tirou dali o estojo de barbear. Depois, foi ao banheiro e fez a barba, que já tinha crescido consideravelmente. Quando retomou o assento, seus companheiros de viagem notaram a mudança.

"Se embelezou, hein?", perguntou um trabalhador sentado em frente a ele, zombando, sua voz revelando que ele mesmo não pensava muito em tais procedimentos, que não era nem um pouco vaidoso.

"Me humanizei", brincou Silbermann.

Eles riram. Silbermann olhou agora para os outros companheiros de viagem: um jovem operário, um cavalheiro bastante gordo, que, pensou Silbermann, esforçava-se muito em parecer alguém importante enquanto olhava ao redor com uma expressão de poder, e uma jovem de aparência um tanto inexpressiva de seus vinte e dois anos, ocupada com algum trabalho manual.

Finalmente, o olhar de Silbermann recaiu sobre o jovem trabalhador. Que rosto magro, que ombros magros ele tem, percebeu. Deve ser um minerador. Eles envelhecem muito rápido. As pessoas realmente não ganham muito da vida. Pelo contrário, passam por muita coisa, mas provavelmente não se dão conta disso. Estão constantemente lutando pelo trabalho, por salários mais altos, pelas necessidades da vida, e não percebem como o tempo está passando. Não têm juventude essas pessoas. A luta começa quando têm catorze anos de idade, e é uma luta por esforço, por sobrevivência nua e crua.

Para mim também. Posso ver agora como a morte segue cada um de perto. É preciso ser mais rápido do que ela. Se ficar parado, afunda, atola. Tem que correr, correr, correr. Na verdade, eu costumava correr o tempo todo. Por que isso é tão difícil para mim justo agora, quando é mais necessário do que nunca? Um perigo maior de vida deveria trazer uma força maior, mas, ao contrário, quando as primeiras tentativas de salvação falham, a pessoa se permite ficar paralisada.

Balançou a cabeça diante do pensamento. Fale algo!, decidiu, não fique pensando e matutando.

"O tempo melhorou de novo", comentou, voltando-se para os companheiros de viagem.

Aqui é bastante agradável e confortável, pensou ao mesmo tempo. Estar com pessoas é quase sempre acolhedor, quase sempre... De qualquer maneira, o sentimento de comunidade, mesmo a comunidade fortuita e indesejada de uma cabine de trem, é reconfortante.

"Mas logo vai chover de novo", disse, mal-humorado, o trabalhador sentado à frente. Acenou com a cabeça em agradecimento pelo cigarro que Silbermann lhe ofereceu.

"Pelo contrário", disse o senhor gordo, dirigindo-se a Silbermann como um igual: "A meu ver, e acredito que tenho uma sensibilidade para o clima que poucas pessoas têm. A meu ver", e esse "a meu ver" pareceu muito confiante para Silbermann, "teremos um dia realmente agradável amanhã.

A não ser que eu esteja muito enganado". Não, ouvindo-o falar, não acreditava que ele pudesse estar enganado.

"Obrigado", recusou a oferta de cigarros de Silbermann. "Eu fumo charutos. São mais agradáveis."

"Sim, espero que o tempo esteja bom", disse Silbermann, taciturno.

"O senhor é um viajante de profissão?", perguntou, com interesse, o senhor gordo.

"Negociante", respondeu Silbermann, distraído.

"Eu era viajante, representante de uma empresa, quando jovem", informou o cavalheiro gordo, "então assumi a empresa da minha irmã."

"Ah", disse Silbermann educadamente.

O senhor gordo abriu um jornal e começou a ler.

"Muito trabalho?", perguntou Silbermann ao trabalhador mais velho.

"Razoável", respondeu o homem, não muito receptivo, também tirando um jornal do bolso.

Quero conversar, pensou Silbermann. Quero ficar conversando sem parar. Encostou a cabeça contra o casaco pendurado e fechou os olhos. Ouviu o trepidar das rodas.

Berlim-Hamburgo, pensou.

Hamburgo-Berlim.

Berlim-Dortmund.

Dortmund-Aachen.

Aachen-Dortmund.

E deve continuar assim. Agora sou um viajante, um viajante que viaja cada vez mais.

Eu já emigrei no fim das contas.

Eu emigrei para a Companhia Ferroviária alemã.

Eu não estou mais na Alemanha.

Eu estou em trens que passam pela Alemanha. É uma diferença grande. Ouviu novamente o trepidar das rodas, a música da viagem.

Estou a salvo, pensou, estou em movimento.

É, e é quase confortável.

Rodas trepidam, portas se abrem, pode ser até gostoso, as pessoas que pensam demais.

Depois sorriu. A Companhia Ferroviária costumava organizar algumas viagens com destinos misteriosos, chamadas "viagens ao azul". As pessoas embarcavam sem saber para onde iam. Agora é o próprio governo que está organizando isso. Houve uma época em que as pessoas se sentiam tão sufocadas pela inércia da vida que se lançavam desesperadamente em aventuras, balançando-se perigosamente para lá e para cá nas poltronas nas quais ficavam confortavelmente sentadas para a própria diversão. As pessoas buscavam emoção na bolsa de valores. Mas agora a emoção é fornecida em quantidade suficiente. Quando era criança, sonhava com os trens. Como eu teria amado ficar viajando, continuar viajando para sempre.

Agora estou viajando. Estou viajando.

Os trens passam rapidamente uns pelos outros. Ouviu-se um som distante e estridente de buzina e vozes abafadas vindas do compartimento seguinte. Mas as rodas continuam moendo a mesma canção sobre os trilhos: passa poste, passa poste, passa poste, passa poste... em fuga, sempre em fuga.

Isso é uma viagem? Não! Estou no mesmo lugar o tempo todo. É como se uma pessoa fugisse para o cinema: os filmes passam por ela, mas ela senta-se, indiferente, na poltrona, e as preocupações esperam do lado de fora.

Havia mais viagens no trem expresso das nossas brincadeiras de criança, quando colocávamos três cadeiras em fila, fechávamos os olhos e afirmávamos estar voando através do país em alta velocidade. Naquela época, viajávamos internamente. Estávamos em toda parte e em nenhum lugar — sempre sem sair do quarto das crianças. Mas isso agora não é mais uma viagem, é apenas movimento.

Ele tremeu...

Estou me afundando novamente na escuridão, em fantasias injustificadas, preocupou-se. Mas é preciso se agarrar à realidade, por mais irreal que ela seja.

"Chegaremos em Aachen em breve?", perguntou.

Desta vez, a jovem respondeu. "Ainda há tempo", disse, fitando-o pensativamente, com olhos marrons, sérios.

Silbermann lhe agradeceu. Depois perguntou se ela também estava indo para Aachen.

Ela concordou com a cabeça.

"Estou indo encontrar meu noivo lá", disse, solícita, pois Silbermann parecia causar-lhe uma impressão de confiança. "Sabe, eu moro em Dortmund, mas o chefe de Franz, meu Franz trabalha como motorista, está em Aachen há três dias."

"Que bom, que bom", disse Silbermann.

"A gente se vê tão pouco. Ele trabalha para um diretor de Berlim, e eu trabalho em Dortmund."

"Por que a senhorita não se transfere para Berlim também?", perguntou Silbermann, simpático.

"Eu gostaria, mas não é possível. Provavelmente teremos que esperar um pouco antes de nos casarmos também."

"Por quê?", perguntou o senhor gordo com curiosidade, colocando o jornal sobre os joelhos.

"Meu noivo não ganha o suficiente para dois, e precisaríamos ainda mobiliar um apartamento. Custa cerca de mil marcos. Onde vamos conseguir tudo isso?"

"Mas existem empréstimos matrimoniais", Silbermann voltou a participar da conversa.

Ela balançou a cabeça vigorosamente.

"Não", disse, "não queremos começar devendo dinheiro."

"Mas é melhor do que nada", disse o gordo, balançando a cabeça em espanto por tanta falta de razoabilidade.

"Também não é tão simples assim", explicou, "nem sei se conseguiríamos."

Silbermann se inclinou para frente com interesse, mas o senhor gordo foi ainda mais rápido: "Por que não conseguiriam?". Olhou para ela como se a estivesse examinando.

"O Franz não é membro do partido."

"Mas uma coisa não tem nada a ver com a outra", respondeu o cavalheiro gordo com firmeza. "Se é só por conta disso, conseguem o empréstimo mesmo assim. Tentem."

A garota negou com a cabeça. "É inútil", disse.

"E assim a senhorita continua morando em Dortmund, e ele em Berlim?", perguntou Silbermann.

"Eu iria para Berlim, mas pessoas de fora da cidade não têm permissão para trabalhar lá", disse a menina com uma voz de aborrecimento.

"O que a senhorita faz?", perguntou Silbermann.

"Sou estenotipista", respondeu.

Silbermann olhou-a com atenção. Ela não parecia ser uma entusiasta do nacional-socialismo, pensou, começando a ter uma ideia.

"Suponho que ficaria muito feliz se pudesse se casar...", comentou ele.

"Ah", disse ela tristemente, "por enquanto isso está fora de questão."

"Mas é realmente necessário ter um apartamento logo no começo?", perguntou o senhor gordo, surpreso com exigências tão altas de alguém com tão pouca riqueza.

"Sim", disse ela, firme. "Precisamos de um apartamento e de uma máquina de escrever. Assim eu poderia fazer cópias e ganhar dinheiro extra."

"A senhorita tem toda a razão", concordou Silbermann. "Realmente, precisam ter mil marcos."

"É", disse ela, "então tudo daria certo. Já economizamos duzentos e cinquenta marcos. Só precisamos de mais setecentos e cinquenta."

"E há quanto tempo já estão economizando?", perguntou o gordo, confortável.

"Ah, Deus", disse ela, ficando triste novamente. "Pode levar até dois anos para conseguirmos juntar esse valor juntos."

"E, enquanto isso, pode irromper uma guerra", disse o homem gordo, sorrindo. "Os outros não vão nos deixar em paz", acrescentou rapidamente. "Sim, e depois? Vão se arrepender! Estão dificultando a própria vida sem necessidade! Em vez de ir e pedir o empréstimo matrimonial..." Balançou a cabeça e voltou à leitura. "Não dá para ajudar pessoas assim", disse, preocupado.

"Mas o Franz estava num campo de concentração", disse a moça calmamente.

Olharam para ela, consternados.

O homem gordo limpou a garganta e desapareceu completamente atrás do jornal. O velho trabalhador murmurou algo ininteligível e acendeu um cigarro. Mas o jovem trabalhador olhou fixamente para a menina até que ela virou a cabeça.

"Então, o que ele falou da experiência?", perguntou Silbermann, que começava a ter cada vez mais esperanças.

A garota o olhou com suspeita. "De qualquer forma, ele está farto de política", disse ela, finalmente.

"Ele está certo", falou o velho trabalhador de repente. "Pessoas como nós, sempre..." Fez um gesto de desdém com a mão e se calou.

A menina olhou pela janela e depois de alguns minutos tirou um pequeno pacote do bolso para guardar o tricô. Então, manuseando cuidadosamente o papel, abriu um pacote de lanches e começou a comer pão com manteiga.

"Seu noivo também é de Dortmund?", perguntou Silbermann, que estava ficando com fome enquanto a assistia comer.

"Não, ele é de Aachen."

"Então ele deve estar feliz por estar em casa novamente."

"Está", disse a garota com poucas palavras. Deve ter achado que havia falado demais.

Silbermann saiu ao corredor a fim de procurar uma máquina para comprar chocolate. Buscou em vão, mas no caminho encontrou duas vezes um menino de cabelos pretos de cerca de catorze anos que, ao menos assim pareceu a

Silbermann, o olhou timidamente. Nas duas vezes em que passou, ele havia se encolhido contra a parede do trem, com medo. Silbermann voltou ao compartimento e tentou retomar a conversa.

"O seu emprego é bom?", perguntou à moça, apenas para manter a conversa.

Ela balançou a cabeça. "Tenho trabalho suficiente", disse, "mas o salário é baixo."

O velho trabalhador olhou para cima, como se quisesse falar alguma coisa, mas se contentou em cuspir no chão.

O cavalheiro gordo franziu a sobrancelha e olhou para Silbermann.

"Sempre reclamam", disse, buscando com o olhar aprovação para o comentário.

"Quem está reclamando aqui?", perguntou a moça, de forma sarcástica.

Que jovem resoluta, Silbermann se alegrou.

"Cuidado com o que diz", disse o senhor gordo, taxativo.

"Mas, cavalheiros", disse Silbermann calmamente. "Qual é o problema, afinal?" Sorriu para a moça. "A senhorita não precisa agir assim. Não é necessário."

Então, virou-se para o cavalheiro gordo. "Quando se ouve a conversa dos outros", disse ousadamente, "acabam-se ouvindo coisas erradas e causando mal-entendidos."

As faces do cavalheiro gordo ficaram vermelhas. Ele provavelmente percebeu que estava lidando com um homem que pertencia a um nível mais elevado da sociedade do que ele, e, mesmo não estando claro se o outro tinha algo a dizer, decidiu ficar quieto por uma questão de segurança.

"Só não aguento mais ouvir coisas como 'muito trabalho, pouco dinheiro'", explicou num tom muito mais suave.

"Não são só palavras", disse o velho trabalhador, "é assim que as coisas são."

"O senhor está dizendo que as coisas eram melhores antes?", perguntou o senhor gordo, tenso.

"Não estou dizendo nada", disse o trabalhador. "Além disso, sou membro do partido!", disse, dirigindo um olhar de desprezo ao senhor gordo.

"Também estou no partido", apressou-se em explicar.

"Desde quando?", perguntou o trabalhador desdenhosamente.

"Isso é problema meu", disse o cavalheiro gordo com escárnio.

"Mas o senhor não vê problemas em se intrometer na conversa dos outros", observou a jovem.

"Quando estão resmungando, não vejo mesmo."

"Não fique agindo como se fosse importante", resmungou o trabalhador. "O senhor age como se estivesse empurrando o trem inteiro."

O cavalheiro gordo olhou para o trabalhador firmemente. "O senhor está no partido?", perguntou.

"Há mais tempo do que o senhor!"

Ambos caíram em silêncio. Silbermann apanhou um olhar agradecido da moça. Em seguida, os homens do partido retomaram a discussão.

"Então como o senhor pode dizer", perguntou o cavalheiro gordo, "que não se deve se preocupar com a política? É uma grande contradição!"

"Não disse isso de forma alguma. Quem sabe o que o senhor ouviu? Este cavalheiro tem toda a razão: quando o senhor fica ouvindo a conversa alheia, pode facilmente entender tudo pela metade. Não sei nem como o senhor chegou..."

"O senhor disse que..."

"Primeiro, prove para mim que o senhor está no partido. Qualquer um pode dizer isso, e qualquer um pode brincar de bisbilhotar. Mas, se tem o direito de fazer isso, essa é outra questão!"

"Não estou bisbilhotando. Estou apenas cumprindo meu dever, como todo alemão deveria fazer."

"O senhor chama ouvir a conversa dos outros de cumprir o dever? Que tipo de profissão estranha é essa? O senhor não tinha uma empresa?"

"Não lhe devo nenhum esclarecimento."

"Mas eu lhe devo, não?"

"Claro!", disse o cavalheiro gordo. "E agora me mostre seu documento do partido!"

A última frase soou como uma ordem ríspida. Relutante, o trabalhador tirou do bolso o documento de identificação do partido e o entregou para o outro.

Ele olhou o papel com cuidado. "Está tudo certo", disse, levantando-se, "mas, no futuro, controle-se um pouco, amigo! Gostaria de aconselhá-la a fazer o mesmo", disse para a moça. Então pegou sua maleta e deixou o compartimento.

Por um momento, todos ficaram em silêncio.

Foi por um fio, pensou Silbermann, por um fio. O coração batia, irregular. É sempre quando menos se espera que....

"Quero abrir a janela", disse o velho trabalhador depois de ficar com olhar amuado por um tempo. "Há um ar aqui..."

A jovem moça não disse nada. Pálida como uma folha, continuava alisando com as mãos nervosas o papel do pão com manteiga.

"Algumas pessoas são tão excessivamente zelosas", disse Silbermann numa voz com deliberada calma.

"Que tentem me atingir", explicou o trabalhador. "Estou no partido há dez anos. Que alguém tente!"

"Veja", disse o jovem trabalhador, que tinha se mantido em silêncio até agora, "é isso que acontece quando abrimos a boca para falar com um idiota como aquele."

Silbermann saiu novamente para o corredor. Olhou pela janela por alguns minutos, depois foi ao banheiro lavar as mãos. Não havia fechado a porta corretamente e de repente ouviu de novo a voz do cavalheiro gordo: "Deixe-me ver seus documentos".

Silbermann andava de um lado para o outro. Mas não podia ser com ele. O cavalheiro gordo provavelmente estava falando com alguém na frente do banheiro.

"Por que eu deveria lhe mostrar meus documentos?", perguntou a voz de um rapaz ansioso. "Eu não fiz nada."

"Polícia. Está vendo o crachá? Vamos, mostre os documentos!"

"Não tenho nenhum comigo."

"Claro que não! Para onde você está indo?"

"Estou indo para... para Aachen."

"Qual é o seu nome? Vamos lá, desembucha! Não minta! Estou te avisando!"

"Meu nome é Leo Cohn."

"Mas é claro! O que você está fazendo neste trem? Hein? Desembucha! Ou você quer que eu fique te perguntando por mais meia hora?"

165

"Meu pai foi preso e..."

"Bem feito. O que você tem na mochila? Dinheiro? Para atravessar a fronteira, não é?"

"Não, pode olhar. Só tenho comigo um terno e algumas roupas íntimas."

"Vou verificar. Pode contar com isso! E ai de você se estiver me enganando. Vamos lá."

"Mas..." Silbermann ouviu o menino engolir.

"Vamos, rapaz, vamos de uma vez", disse a voz do cavalheiro gordo.

"Vou ser levado para um campo de concentração?", perguntou o rapaz.

"Isso ainda vamos ver. Vamos, Cohn. Para frente, Cohn."

"Mas eu não fiz nada..."

"Está tentando me enganar? Vocês sempre dão um jeito de enganar! Vamos, não vou te morder, cabeça de ovo... Vamos lá... Suba!"

Os passos se afastaram. Silbermann abriu a porta. Ainda viu o cavalheiro gordo empurrando o menino de cabelos escuros, que Silbermann havia notado antes, em direção ao corredor.

6

Os holofotes desenhavam um grande campo branco de luz na escuridão à frente. A floresta, que chegava até a estrada, tinha aspecto sombrio. As árvores amontoadas, misturadas com a escuridão, fundiam-se a ela.

Franz dirigia quase na velocidade máxima. Estava nervoso e entusiasmado. Tenho que estar de volta em uma hora, pensou. Esta é a primeira vez que pego o carro sozinho, sem o chefe. Também será a última. Nunca tinha levado Gertrud para passear comigo. Mas mil marcos, mil marcos!

Um carro veio em sua direção. Ele desligou as luzes apressadamente.

Estou arriscando tudo com isto, irritou-se. Por causa de um judeu rico. Mas mil marcos. E Gertrud teria pensado que sou um covarde, embora Deus saiba que já passei por muito! Se tudo der certo, estaremos salvos. Essa garota tem mais coragem do que muito homem. E esse pobre sujeito aí atrás? É um judeu rico, mas não tem mais a vida cor-de-rosa. Sentiria pena dele se tivesse tempo. Mas agora vou pegar os mil marcos e me casar com Gertrud! Dá até vontade de pegar um judeu rico e levar para a fronteira toda semana! Por mil marcos!

E se eu for pego? Bem, então tudo acabou. Não vão me soltar novamente. Mas arrisquei a vida tantas vezes para nada, para a causa, bem, por que não deveria arriscar algo por mim mesmo?

Parou o carro. Então se virou para Silbermann, que estava sentado no banco de trás: "Este é o melhor lugar para sair. Conheço um pouco a área. Eu costumava ajudar os camaradas a fazer a travessia. Mas para eles fiz de graça".

"Claro", disse Silbermann ao sair.

"É isso mesmo", disse Franz. "Não gosto tanto assim de judeus. Já tive um chefe judeu, e não foi lá mil maravilhas. Acredite em mim: esta é a primeira vez na vida que aceito dinheiro para ajudar alguém. E, se não fosse a Gertrud para me convencer, não estaríamos aqui..."

"Está tudo bem", disse Silbermann. "Não precisa me censurar por estar me ajudando."

"Não estou censurando. Mas a Gertrud, ela tenta..."

"Franz", tranquilizou-o Silbermann, "fique feliz. Aqui está o dinheiro. E dê meus cumprimentos à sua noiva, e diga-lhe que desejo muitas felicidades."

"É melhor guardar as felicidades para si mesmo", disse Franz, amuado, e enfiou as notas no bolso, sem contá-las. "Não é tão fácil assim! Vá sempre para frente. Então o senhor chegará numa trilha, mas tem que ir sempre em frente! Até chegar à trilha, no meio da floresta. É lá que fica a fronteira. O senhor tem que andar sempre em frente! Eventualmente chegará numa estradinha pavimentada, mas continue em frente, através dos campos! Se for rápido, estará na Bélgica em meia hora.

"Era melhor ter deixado a mala em casa. Mas agora o senhor já está com ela. Cuidado com os policiais belgas e vá o mais rápido possível para a próxima cidade maior. Se eles o chamarem enquanto ainda estiver em território alemão, pare, senão pode ter certeza de que vão atirar. Pode apostar a mala nisso. Nunca vi nada assim! Alguém levar uma mala para cruzar a fronteira. Estou até me perguntando por que o senhor não está trazendo um veículo com toda a sua mudança atrás!"

Silbermann havia escutado atentamente as explicações mal-humoradas do motorista. Então perguntou: "Acha que vou conseguir?".

"Aí o senhor já está me pedindo demais", disse Franz. "Já lhe disse como é. Alguns conseguem, outros não. Mas, se o senhor já está se cagando nas calças, então definitivamente não vai conseguir. Ouvi dizer que a guarda belga do outro lado da fronteira recebeu reforços. Se for pego, mandarão o senhor de volta. Certeza. E daí vão quebrar todos os seus ossos. E, se for pego, diga a eles que veio até aqui a pé. Mas o senhor provavelmente vai me denunciar! Não é? Vocês, cidadãos, são todos iguais."

"Você já cruzou a fronteira?", perguntou Silbermann.

"Se já cruzei a fronteira?", riu Franz.

"Darei mil marcos a mais se me levar para o outro lado. Receio que esteja destinado a me perder. Afinal de contas, falta-me toda a prática..."

"E daí? O que o senhor prometeu à minha noiva?"

Silbermann anuiu com a cabeça. "Você está certo", disse, aflito. "Terei que me virar sozinho." Estendeu a mão. "*Adieu*."

"Já posso até ver como vai ser", Franz retorquiu com raiva. "O senhor vai se jogar nos braços do primeiro guarda que aparecer na fronteira. Por que deixei o senhor me convencer? Agora o pepino é meu também!"

Ele saiu do carro.

"O que está fazendo?", perguntou Silbermann com esperança.

"Não vou deixar as coisas pela metade", disse Franz, amuado. "Vamos lá."

"Você realmente quer?..."

"Não! Não quero! Mas o que o senhor quer que eu faça?"

"E o carro? Pode deixar aqui assim?"

"Tirei a chave. Tudo isso por causa de mil marcos estúpidos. Se ao menos a gente tivesse um trabalho... Ah, rapaz, rapaz."

"Darei mil marcos a mais", disse Silbermann alegremente. "Não, darei até..."

"Pegue sua mala", Franz rosnou e começou a andar.

Parecia conhecer bem o caminho, mas estava com pressa e corria mais do que caminhava. Silbermann tropeçou em raízes, esbarrou em pedras e se deparou com tocos de árvores. Ofegava de tanto esforço. A mala pesava como se fosse chumbo.

Depois de dez minutos de agitação ininterrupta — Franz só olhava para trás de vez em quando para ter certeza de que ele estava seguindo —, Silbermann disse, exausto: "Não consigo continuar. Tenho que descansar por um momento".

Franz parou. "Bem que imaginei que aconteceria algo assim", sussurrou. "Sabe o que acontece se eu chegar em casa e meu chefe tiver solicitado o carro? Ele também faz passeios noturnos e é um malandro. Ele me entregará para a polícia apenas por eu ter pegado o carro dele para dar uma voltinha. É bem a sua cara querer desistir agora. Vamos, me dê a mala de uma vez."

Mais uma vez, tomou a dianteira.

"Que horas são, aproximadamente?", sussurrou Silbermann depois de um tempo.

"Duas, eu acho. Cedo o suficiente para ser pego."

Agora a mala estava ficando pesada para Franz também. Pousou-a e resmungou suavemente para si mesmo.

"Gostaria de saber como virei seu carregador. Que coisa! Alguém deveria ter me dito que eu corria o risco de ser preso de novo por causa de um burguês."

"Você é um sujeito decente", disse Silbermann em voz baixa, contente, enquanto tirava o chapéu e limpava o suor da testa.

"Não existem pessoas decentes", retorquiu Franz. "Não de acordo com a visão materialista da história. Mas o senhor não deve entender nada disso."

"Entendo um pouco", admitiu Silbermann.

"Bem, veja", disse Franz mais graciosamente. "Então o senhor já notou que o inferno sempre são os outros? E para os trabalhadores... Mas vamos lá, cara. Se eu ficar pensando muito sobre isso, vou acabar deixando o senhor por aqui!"

Silbermann riu.

"Shhh", disse Franz, com raiva. Tinham alcançado a luz.

"Falta muito ainda?", perguntou Silbermann.

"Dez minutos, mas fique quieto agora!"

Franz ficou escutando na escuridão. Então caminhou silenciosamente, cuidando para não fazer barulho a cada passo.

Silbermann rastejou atrás dele. A parceria com o outro lhe deu tanta coragem que ele quase se esqueceu do perigo.

Finalmente chegaram à trilha da floresta.

"Eu acompanharia o senhor até mais longe, até o Lambert, um conhecido meu que tem uma pousada, mas tenho que voltar depressa para o carro agora. Continue em frente, depois verá o campo de que eu estava falando, e vá diretamente para lá. Mas faça o mínimo de barulho possível. Depois chegará a um pequeno matagal que o senhor vai cruzar, e logo estará no vilarejo. A quarta casa é a pousada de Lambert. Entre lá e deixe a mala na floresta. O senhor não é estúpido a ponto de entrar no vilarejo com a mala, não é? Então diga que Franz mandou lembranças e Lambert o ajudará. Lambert vai querer dinheiro, é claro. Mas vai conseguir levá-lo para mais longe. O genro dele tem carro. O senhor fala francês, não é?"

"Falo", disse Silbermann.

"É claro que o senhor sabe! Então, adeus, *adieu*."

"Espere. Ainda quero lhe dar dinheiro."

"Eu arriscaria o carro do meu chefe por dinheiro, mas não minha vida!"

"Mas..."

Franz já havia se virado, e Silbermann viu o homem e seu contorno ossudo por alguns momentos enquanto ele desaparecia na escuridão. Silbermann pegou a mala novamente. "Tenho sorte, afinal", murmurou.

Uma chuva leve começou a cair, atingindo Silbermann no rosto. Andava tão rápido quanto a mala permitia. Ainda conseguia sentir um pouco da sensação de segurança que a proximidade com Franz havia lhe trazido.

Vai ficar tudo bem, ansiava. Se ao menos eu tivesse deixado essa mala imensa em casa. Pensou em deixá-la na floresta, mas abrir a maleta e desembalar o dinheiro parecia muito perigoso. Como a carreguei até agora, vou continuar carregando, pensou, ao colocar a mala no chão. De outra forma, seria em vão toda essa burrice.

Tomou conta dele um cansaço tão grande que precisou se sentar por um momento.

Será que Franz terá problemas?, perguntou-se. Não sei nem o sobrenome dele. Nunca poderei agradecer. Mas que golpe de sorte. Na verdade, tenho que agradecer ao informante gordo. Foi assim que o conheci.

Bélgica, pensou então. Agora estou na Bélgica. Mal dá para perceber. Você deveria estar tão feliz, mas em vez disso tem medo. O mesmo medo que tinha há cinco minutos quando ainda estava na Alemanha. Se ao menos...

Pensou ter ouvido um barulho e escutou atentamente. Isso não era o barulho de galhos quebrando em algum lugar? Levantou-se num pulo, puxou a mala para cima e olhou em volta com os olhos bem abertos.

"Não", sussurrou, "não, não, não! Agora acabou. Não vou mais adiante! Vou ficar aqui! Vou ficar aqui, e se eles..."

Mas não havia mais nenhum barulho; deve ter se enganado. A chuva caía calmamente sobre ele. Pegou a mala e recomeçou a andar. A bolha no dedo indicador havia estourado quando puxou a mala, e agora sentia uma dor constante. Trocou a mala de mão.

Ser pego agora, pensou. Ser enviado agora de volta para a Alemanha! Não pode ser!

A fim de fazer o menor ruído possível, caminhou muito lentamente, sentindo o chão com o pé a cada passo antes de pisar.

De qualquer forma, estou na Bélgica, pensou novamente. Finalmente consegui!

A floresta foi ficando cada vez menos densa, e ele viu algo brilhante tremeluzindo. A estrada, concluiu. Voltou a correr mais rápido, sem prestar atenção aos ruídos produzidos pela quebra de pequenos galhos. Quando deixou a floresta, olhou em volta. Sentiu que deveria comemorar.

A existência sombria acabou, pensou. Agora vou me tornar um ser humano novamente!

Depois de olhar ao redor cuidadosamente e não notar nada suspeito, cruzou a estrada. À frente, estava um campo aberto.

Sempre em frente, lembrou-se, depois pulou sobre uma pequena vala e sentiu o solo macio e úmido sob os pés. Se ao menos eu não tivesse trazido esta maldita mala comigo, desejou.

De repente, ouviu ruídos vindos da floresta. Galhos racharam, uma lanterna foi acesa, depois outra, e duas figuras emergiram da escuridão a cerca de vinte metros do local por onde acabara de passar e se aproximaram.

Ao som do primeiro barulho suspeito, Silbermann havia imediatamente se jogado no chão de barro e puxado a mala, que batera no chão de forma entorpecida, ao seu encontro. Sentiu o coração palpitar, agitado. Respirava com a boca bem aberta. Aproximou o rosto do chão o máximo que pôde, considerando seu simultâneo desejo crescente de ar.

Os homens, dos quais apenas os contornos borrados eram visíveis, estavam no meio da rua, deixando que os cones de luz vindos das lanternas dançassem um de encontro ao outro.

Pareciam discordar sobre a direção que ele havia tomado; de qualquer forma, sussurraram um para o outro, depois se separaram.

Um dos dois ficou parado, enquanto o outro caminhou em direção à vala, iluminando o lugar por todos os lados até seguir na direção oposta à de Silbermann.

Nesse meio-tempo, o homem que tinha ficado acendeu um cigarro e caminhou lentamente na direção de Silbermann. A certeza absoluta com a qual se aproximava dele era quase irônica — tanto por conta do colega, que já havia andado cerca de cinquenta passos na direção errada, quanto por conta do homem que pensava que conseguiria escapar dessa.

Não pode ser, suplicou Silbermann. Não pode ser! Ele não me viu, não me viu!

Ao mesmo tempo, tinha certeza de que o outro homem, que estava a apenas dez passos dele, já conseguia ouvir sua respiração ofegante. Silbermann pressionou a mão contra a boca.

"*Eh bien*", disse com uma voz calma. "*Voulez-vous rester là?*"

A luz iluminou-lhe o rosto.

"*J'ai le trouvé*", gritou o policial para o outro, que voltou com passos apressados.

Silbermann se levantou com muito esforço. "*Je suis ...*", começou.

"*Vous avez traversé la frontière*", interrompeu o policial iluminando o rosto de Silbermann com a lanterna mais uma vez. "*Il faut retourner!*"

"*Je suis refugié*", prosseguiu Silbermann com a voz rouca. "*Je suis juif!*"

175

"*Tiens, tiens*", respondeu o guarda. "*Mais quand-même. Vous n'avez pas le droit de passer la frontière. Il faut venir avec un Visa. Alors, venez!*"[2]

Nesse meio-tempo, o outro chegou. "O senhor precisa voltar para a Alemanha", disse em alemão. "Mas sou refugiado; sou judeu. Querem me prender. Querem me encarcerar num campo de concentração."

"Não temos permissão para deixar ninguém passar. Venha", o homem o segurou pelo braço e o levava de volta para a floresta.

O guarda que encontrara Silbermann levava a mala e deixava o colega falar.

Mas Silbermann parou na rodovia. "Eu protesto!", disse. "Vou ficar aqui! Vocês não têm o direito, não podem fazer algo assim! Estou num país livre!"

"O senhor cruzou a fronteira ilegalmente."

"Mas fui obrigado. Eu estava sendo perseguido."

"Mas não dá para todo mundo vir para a Bélgica!"

"Mas eu tenho documentos. E tenho dinheiro. Esperem, vou mostrar..."

---

2. "Bem" [...] "O senhor vai querer ficar aí?"

"Eu o encontrei!"

"Eu sou..."

"O senhor atravessou a fronteira" [...] "Terá que voltar!"

"Sou refugiado" [...] "Sou judeu."

"Sim, sim" [...] "Mas mesmo assim. O senhor não tem direito de cruzar a fronteira. É necessário ter um visto! Então, venha."

"Venha!", o policial o chamou apontando o caminho.

Mas Silbermann resistiu. "Entenda", implorou. "Não posso mais voltar. Só quero ficar na Bélgica um dia. Meu filho mora em Paris. É para lá que quero ir!"

"Explique isso para o Consulado Belga na Alemanha! Temos ordens..."

"Mas eu não vou voltar! Exijo que me levem para a delegacia. Não é culpa minha que tive que cruzar a fronteira ilegalmente. Eu estava sendo perseguido."

"Não é culpa da Bélgica. Sentimos muito..."

Tinham atravessado a rodovia. Silbermann parou novamente.

"É impossível", disse. "É completamente impossível!" Voltou-se ao policial que carregava a mala.

"Não posso voltar. É impossível."

"*Mais oui, mon ami*. É possível, sim", respondeu calmamente.

Silbermann de repente se afastou deles. "Façam o que quiserem", gritou. "Vou ficar... *Je reste... je reste!*"

"Se não voltar voluntariamente, teremos que colocá-lo no trem de Herbesthal. A próxima parada é na Alemanha, e lá as autoridades alemãs..."

"Você não pode!"

"*Mais oui!*"

Por um momento, todos os três ficaram em silêncio. Então os policiais o pegaram energicamente pelos dois braços e o empurraram para frente.

"Você sabe o caminho", disse o homem que o havia descoberto. "Só não volte para cá!"

"Caso contrário, teremos que colocá-lo no trem para a Alemanha!", completou o outro.

Haviam chegado à beira da floresta, mas Silbermann estava enganado se pensou que os policiais o deixariam ir agora. Eles continuaram a acompanhá-lo. Ele parou novamente.

"Não vou embora", declarou com uma energia desesperada. "Só vou ficar aqui por um dia. Prometo-lhes que partirei imediatamente. Afinal, tenho tudo. Dinheiro, papéis. Não sou pobre. Entendam, eles querem me prender. Terei que tirar minha própria vida se não puder ficar aqui. A Bélgica era minha última esperança. Senhores, peço-lhes. Eu nunca infringi a lei!"

"O senhor tem que voltar. Não vale a pena insistir. O senhor tem que voltar!"

"*Ecoutez*", Silbermann recomeçou, voltando-se para o primeiro policial. "Posso lhe dar cinco mil marcos! Isso é uma fortuna..."

"O senhor deve estar louco! Vamos!", respondeu calmamente o policial.

"Ouça, esta é uma oportunidade para você, e para mim está valendo minha vida. Eu lhes darei dez mil. Cinco para cada!"

Então sentiu um empurrão no ombro.

"Cale a boca", disse uma voz dura, no entanto, pareceu ao Silbermann, não muito firme.

"Quinze mil", aumentou a oferta. "E asseguro que nunca mencionarei absolutamente nada sobre isso. Também é de meu interesse. Sejam razoáveis e sejam humanos também! Há dois de vocês, cada um receberá o dinheiro imediatamente. Basta pensar. Sete mil e quinhentos marcos..."

"Estamos na Bélgica aqui", disse o policial, e Silbermann não sabia se ele queria insinuar que ali as pessoas tinham uma moral mais elevada ou se o valor de troca do marco era mais baixo.

"Dez mil cada...", Silbermann aumentou a oferta. "Com isso, conseguem se aposentar e comprar uma casa, se quiserem." Tendo chegado à parte comercial da aventura, falou com mais serenidade e confiança.

Os dois funcionários ficaram em silêncio. Se ao menos não desconfiassem um do outro, Silbermann temia. Eles não conseguem se ver no rosto. Esse é o perigo.

"Podemos resolver isto muito rapidamente", disse. "Vou deixar a Bélgica, e vocês cuidam um do outro, porque ambos..."

"Fique quieto", disse o segundo policial, áspero. Talvez quisesse deixar claro ao colega que não tinha menos caráter do que o outro, que havia contrariado a proposta imediatamente.

Vou morrer por conta de um mal-entendido entre os dois, Silbermann pensou desesperadamente e recomeçou: "Cavalheiros, os senhores são...".

Mas agora o companheiro à direita o sacudiu pelo braço. "Cale-se", rosnou com raiva.

"Vamos entregá-lo aos guardas alemães se continuar falando", lembrou o policial à esquerda.

"Mas devemos confiar um no outro", implorou Silbermann, achando que tinha entendido muito bem a situação. "Dez mil, imediatamente, para cada um dos dois, acho que são cerca de cinquenta mil francos..."

Se ao menos pudessem se ver, pensou. Certamente concordariam.

"Já chega", disse o policial à direita. "Mais uma palavra e levamos o senhor para Herbesthal."

Silbermann se calou. Tinham chegado ao caminho da floresta e pararam.

"*Eh bien, Monsieur*", disse o policial, que havia carregado a mala e agora a tinha pousado, muito cruamente: "O senhor está em sua pátria. Não volte, de jeito nenhum! Voltar seria muito perigoso para o senhor!".

"Cavalheiros", Silbermann suplicou novamente. "Eu não tinha a intenção de ofendê-los. Asseguro-lhes. Mas basta pensar..."

"Se mostrar sua cara por aqui novamente...", o policial rosnou.

Então Silbermann deu meia-volta, cruzou a floresta e tropeçou numa raiz no Reich alemão.

7

Silbermann tampou os ouvidos com os polegares. Passa poste, passa poste, passa poste, passa poste, passa poste... Ah, estou ficando estúpido, temeu. O canto monótono das rodas o torturava.

Como é possível adormecer num lugar assim?, pensou, tirando com a mão esquerda a maleta que colocara entre si e o estofado porque o fecho estava começando a marcar suas costas. Havia abandonado a mala na estrada depois de pegar o dinheiro e colocá-lo na maleta. Na condição em que se encontrava após a fracassada travessia da fronteira, teria sido bastante impossível para ele transportá-la por mais tempo.

Havia caminhado durante uma hora e meia na noite passada; depois um grande veículo de carga que ele havia abordado o levou até Mönchengladbach. Os dois motoristas rabugentos o haviam lembrado Franz; as ocasionais observações secas e a visão mal-humorada porém otimista da vida o tinham feito bem e elevado seu ânimo.

Agora estava de novo num trem; desta vez, voltando para Berlim. A aventura fracassada o havia deprimido tanto que ele não queria fazer outra tentativa de entrar na Bélgica. Faltava-lhe o poder de decisão necessário para algo assim.

Abriu a janela e se inclinou para fora a fim de pegar um pouco de ar fresco. O vento forte o fez bem. Mas então uma partícula de poeira entrou em seu olho direito, e ele passou cerca de cinco minutos tentando removê-la. Quando fechou a janela, o compartimento que até então tinha sido só dele estava frio. Comeu um pedaço de chocolate e tentou voltar a dormir. Mas o barulho das rodas e o leve balançar oscilante do trem quase o levaram ao desespero.

Andou de um lado para o outro do compartimento várias vezes, leu com muita atenção as regras e os regulamentos nas paredes, sentou-se novamente, levantou-se mais uma vez e saiu ao corredor para caminhar pelo trem. Observou as pessoas que se aproximavam dele com indiferença. Mas franziu a sobrancelha involuntariamente quando viu um homem que aparentava ser judeu. No corredor da terceira classe, encontrou mais uma pessoa que poderia estar na mesma situação.

Há muitos judeus no trem, pensou Silbermann. Isso coloca a todos nós em perigo. Tenho que agradecer ao resto de vocês por isso. Se não fosse por vocês, eu poderia viver em paz. Mas, porque vocês existem, acabo fazendo parte dessa infeliz comunidade! Não há nada que me distinga das outras pessoas, mas talvez vocês sejam realmente diferentes, e eu não pertença ao mesmo grupo que vocês. Sim, se não fosse por vocês, eu não seria perseguido. Então eu poderia continuar sendo um cidadão normal. Mas, porque vocês existem, eu serei exterminado com vocês. Na realidade não temos nada a ver um com o outro!

Achava indigno pensar assim, mas era o que pensava. Quando muitas pessoas sempre lhe dizem que "você é um bom menino, mas sua família não presta para nada; seus primos, ao contrário de você, são más influências", então você acaba sendo influenciado pela opinião geral.

E foi exatamente o que aconteceu com Otto Silbermann, que em seu estado normal de espírito não pertencia de fato ao grupo dessas figuras trágicas que são chamadas de judeus antissemitas. No momento, entretanto, era incapaz de pensar claramente, e estava numa disposição tão excessivamente irritadiça que tomou a mera existência dos companheiros de viagem como um insulto.

Você me meteu nessa confusão, pensou, azedo, olhando para o homem cuja aparência o tinha levado a acreditar que estava lidando com um correligionário. Ele notou o olhar e o devolveu imediatamente, de forma muito irritada.

Deixou seu lugar na janela e se aproximou de Silbermann. "Estou lhe devendo alguma coisa?", perguntou, com raiva.

Silbermann permaneceu em silêncio, surpreso.

"Por que o senhor está me encarando dessa maneira?", perguntou o homem, obviamente um reles funcionário.

Silbermann não respondeu.

"Ei", o homem bateu-lhe no ombro. "Estou falando com o senhor!"

"Não permito que falem assim comigo", disse Silbermann, severo.

"Se não estivéssemos num trem...", o homem retorquiu, disparando olhares sugestivos.

"Então o quê?", perguntou Silbermann friamente.

"O senhor ia ver!"

Uma terceira pessoa, provavelmente um amigo do homem que se sentia ofendido, chegou à cabine e interferiu. "Está começando uma briga de novo, Max?", perguntou, balançando a cabeça.

"Não é da sua conta."

O outro colocou a mão no ombro dele. "Deixe quieto", disse.

"Não faço a mínima ideia do que o cavalheiro realmente quer de mim", explicou Silbermann.

"O senhor talvez tenha dito que ele era judeu?"

"Eu não disse nada", respondeu Silbermann, intrigado.

"Caso tivesse dito, ele provavelmente teria acertado o senhor. Porque ele não é."

"Não deixo as pessoas me encararem como se eu tivesse um baú de dinheiro e fosse vesgo", disse o homem já de forma conciliadora. "Estou no partido como qualquer outro!"

"Eu não tinha intenção de ofendê-los", assegurou Silbermann. Então virou-se e foi almoçar no vagão-restaurante. Após o almoço, sentiu-se muito melhor e, depois de muita deliberação, finalmente decidiu ir a Küstrin para discutir o futuro imediato com a esposa.

Talvez eu possa ficar lá por alguns dias até que o pior tenha passado, esperava. Também queria ligar novamente para o filho.

As minhas tentativas ilegais já bastaram por uma vida inteira, pensou. Não estou à altura. Fui feito para uma vida ordinária, e não extraordinária. Lembrou-se da cena da fronteira na floresta e a subsequente marcha de retorno. Talvez devesse ter tentado mais uma vez, pensou. Talvez tivesse dado certo. Será que ainda vou conseguir sair do território alemão?, perguntou-se. Então olhou com certa admiração para o grande esforço, ainda que inútil, do dia anterior.

Vista do vagão-restaurante, a aventura perdeu muito do drama, e o que havia sido, aos seus olhos, a luta mais brutal pela existência, agora se tornou, embora angustiante, uma memória um pouco trágica e quase cômica. Isso fez com que a derrota fosse menos desencorajadora.

Poderia ter sido muito pior, pensou, se eu tivesse sido pego por funcionários alemães. Além disso, não fui o único prejudicado pela maneira como as coisas aconteceram. Porque, enquanto isso, o dia nasceu, e os dois funcionários belgas podem agora olhar para a cara um do outro. Imaginar essa cena lhe agradou, e dedicou bastante tempo a esse pensamento. Ofereci vinte mil marcos, pensou. Eu não devia estar no meu perfeito juízo. O que teria dado ao próximo oficial que me parasse? E o próximo, e o próximo, e o próximo? Sorriu. E, de qualquer forma, pensou, sou muito mais duro do que imagino.

Pagou e saiu. Esperava não encontrar novamente o homem que tinha enfrentado seu "antissemitismo", e isso de fato não aconteceu.

A refeição gostosa e abundante tinha melhorado o humor de Silbermann, e, logo depois de ter voltado ao compartimento e ter se sentado à janela, adormeceu, para só acordar novamente em Hannover, depois de várias horas de sono. Pediu um copo de café ao garçom que passava pelo compartimento, abriu a janela e olhou para fora. Acenou a um vendedor de jornais, comprou algumas revistas, jogou-as para trás de si, no assento, e em seguida olhou os viajantes que andavam na plataforma.

Uma senhora elegantemente vestida, de pé diante de sua janela, conversando com outra senhora mais velha, chamou a sua atenção. Sem realmente ouvir, captou trechos da conversa.

"Não fale muito", disse a senhora idosa. "Quanto menos falar, melhor! Afinal de contas, você tem um advogado, não tem? Lembre-se de que o juiz vai ficar mais impressionado se não deixar a calúnia te abalar... Você não precisa fazer isso! Afinal, o culpado é ele!... E se comporte bem!... Calma e polida, sempre causa uma boa impressão. Não se envolva em nada. Qualquer acordo representa uma perda de direitos... A propósito, diga ao seu advogado que estou pronta para testemunhar a qualquer momento. Tudo o que tem que fazer é escrever. Vou direto para lá!... Sei como ele a tratou. É que... Onde está o moço para levar a sua mala? Você se lembra do número? Eu também não... Mas é sempre bom lembrar. Nunca se sabe. Aí vem ele... Espero que tenha um bom assento. Não fume muito, não é bom para a tez... Como eu disse, vou a qualquer hora. Basta escrever... E não se esqueça de dizer tudo para o advogado. Ele não tem como saber tudo sozinho... Você não deu muita atenção ao processo... Deu muito pouca atenção ao caso... Mantenha-o sob vigilância, de um jeito ou de outro! Quanto mais... Já estão chamando. Você tem que entrar... Se você me escrever, pego o trem seguinte e logo estarei lá!"

Silbermann se afastou da janela.

Tais preocupações ainda existem, pensou para si mesmo, quase espantado. É necessário ter cuidado com as mulheres briguentas ou com namoradas insatisfeitas. A Elfriede sempre me ouviu. Ele suspirou.

A porta do compartimento se abriu; um carregador entrou e colocou duas malas no porta-bagagem, depois voltou ao corredor e ficou esperando. Silbermann acendeu um cigarro e folheou uma das revistas que acabara de comprar.

Agora estou curioso, pensou.

Ouviu o rapaz agradecer, e então alguém entrou.

"Heil Hitler", saudou uma voz feminina brilhante. Silbermann olhou para cima. "Heil", disse de forma pouco gentil.

Inicialmente observou a senhora, sobre a qual já sabia tanto, com um interesse moderado. "Devo fechar a janela?", perguntou.

"Ah, pode deixar aberta", respondeu ela. Os olhos azuis acinzentados passeando de um lado para o outro de maneira muito atraente. Quando seus olhares se encontraram, Silbermann sentiu que aqueles olhos ao mesmo tempo registravam e confirmavam a existência dele.

O rosto era interessante, mas não bonito no sentido clássico. Porém os olhos, que eram capazes de fitar com uma vividez tão marcante, o absorveram a tal ponto que foi difícil formar um juízo imparcial e friamente crítico, de acordo com pontos de vista puramente estéticos. Uma mulher poderia ter notado que a boca era um pouco grande demais e o nariz um pouco curto demais, mas Silbermann não conseguia mais reunir nenhuma objetividade real. Os olhos da desconhecida haviam transferido para ele parte da eletricidade que suspeitava viver nela e desencadearam uma leve onda de calor que não lhe permitia formar uma opinião com calma.

Ela acendeu um cigarro, alisou a saia e abriu a bolsa para tirar um batom e um pequeno espelho; depois apagou o cigarro no cinzeiro, que tinha tragado apenas algumas vezes, e começou, com grande concentração, a retocar o vermelho dos lábios.

Silbermann lembrou-se de já ter desaprovado tais retoques públicos, mas agora descobriu que havia algo de agradável na visão de uma mulher trabalhando afetuosamente em si mesma. O coquetismo envolvido não é repreensível em todas as circunstâncias. Pelo contrário, em certos casos excepcionais, pode até apresentar um certo encanto, e convenceu-se de que estava sentado justamente na frente de um desses casos.

Também pensou que tinha feito bem em aparar a barba em Mönchengladbach antes da partida, embora ainda não ligasse diretamente a ação de limpeza à nova companheira de viagem. Folheou as revistas, feliz pela agradável companhia, mas sem considerar mais nada.

Porém suas preocupações, que lhe voltavam lentamente, o deixaram num estado tão distraído que, quando ela lhe perguntou algo após cerca de dez minutos, ele teve que pedir que ela repetisse, pois não havia escutado muito bem.

"Só perguntei", disse ela, e a voz tinha decididamente uma espécie de brilho quente, "se o trem ainda vai fazer alguma parada ou se vai direto para Berlim."

"Acho que para em Magdeburgo e em Oebisfelde", disse Silbermann, baixando as revistas.

"Obrigada", disse ela. Os olhos tão expressivos quanto antes. "Veja, esqueci-me completamente de obter algum material de leitura."

"Talvez eu possa colocar minhas revistas à sua disposição, madame?", perguntou Silbermann.

"É muito gentil da sua parte, mas certamente o senhor mesmo quer lê-las, não?"

"Certamente não todas. Afinal, tenho várias. Por favor."
Ele lhe entregou duas revistas. Silbermann achava o olhar
da mulher infinitamente relaxante. "É a primeira vez que a
senhora viaja por este trecho?", perguntou.

Ela suspirou do jeito que se suspira quando a experiência nos ensinou a exercer uma certa contenção e a permanecer dentro dos limites da convenção mesmo na hora de
suspirar.

Silbermann permaneceu respeitosamente em silêncio.

"Receio que não", disse ela finalmente.

"Então a senhora não gosta muito de viajar?", perguntou
de maneira simpática.

"Pelo contrário, mas há ocasiões..." Então se calou.

"Muito bem", disse Silbermann, suspirando de maneira
nada convencional. "Há ocasiões..."

Ela olhou para ele.

Seu olhar parece um fogo-fátuo, pensou Silbermann. Um
fogo-fátuo real, tremeluzente.

Então disse: "Pode-se viajar para escapar do sossego. Mas
também pode-se viajar para ter algum sossego".

Os olhos dela sorriram, disso ele tinha certeza.

"Francamente, viajo para ir a Berlim", disse ela.

Silbermann riu.

Sou casado, pensou. Estou fugindo. Não tenho tempo
nenhum para pensar em nada além das minhas tristezas, e não
posso e não vou me distrair.

"Mas fiquei feliz", disse ele, inclinando-se um pouco à frente
para estar mais perto dela, "de ter tomado este trem. Estou em
ótima companhia."

Sem lhe dar resposta, ela pegou uma revista e começou a folheá-la.

Silbermann tinha a sensação de ter se comportado de forma inusitadamente insensata. Olhou pela janela para a paisagem pouco atraente que passava e suspeitou que o rosto estivesse vermelho. Estou à procura de uma aventura romântica?, perguntou a si mesmo. Não, não poderia estar menos interessado nisso. Pode ser que... mas, não, seria absurdo.

"O senhor por acaso tem um fósforo?", perguntou ela.

"Claro", respondeu, e apressou-se a procurar fósforos nos bolsos. Finalmente, os encontrou e acendeu o fogo para ela.

"Obrigada", disse, examinando-o silenciosamente. Então, de repente, ela perguntou: "Por acaso o senhor é advogado?".

"Receio que não", disse, surpreso.

"Eu estava apenas pensando, e a ideia acabou de me ocorrer." Voltou à revista que estava lendo antes.

"Ah", ele prosseguiu. "Mas, a propósito, já quis ser advogado. Até estudei direito por alguns semestres. Veio a calhar mais tarde. Um certo conhecimento da lei não faz mal nenhum a um homem de negócios. Então, se eu puder ajudá-la com alguma informação..."

"Não foi por isso que perguntei", respondeu.

"Então só pareço ser? Tenho a aparência de arquivos, processos, tabelas de honorários e sentenças por omissão?", perguntou, sorrindo.

"Não", disse ela, "isto é, não sei. Não consigo saber a profissão de alguém só de olhar."

"Posso perguntar por que a ideia lhe ocorreu?"

"Isso tem alguma importância?"

"Me interessa, mas é claro que não vou insistir."

"O senhor me lembrou alguém", explicou.

"Espero me destacar com alguma vantagem", brincou.

Ela riu, e novamente olhou para ele livremente e de forma minuciosa. "Comparações são muito difíceis", disse ela, finalmente.

"Então a comparação parece ser desfavorável para mim?"

Ambos riram.

Algo nessa mulher é fácil, pensou Silbermann. Mas talvez eu esteja apenas imaginando isso porque sei mais sobre ela do que deveria. Em qualquer caso, há várias pessoas que insistem em ter a aparência tão moralmente justificada que são bem menos agradáveis para mim do que ela. Olhou para ela novamente. Uma febre agradável, pensou, sem saber por que essa imagem lhe ocorreu.

"Posso fazer uma pergunta?", indagou ele.

"Por que não?", disse ela. "Afinal, ainda me reservo o direito da resposta."

"Queria perguntar-lhe com quem me pareço."

"Não importa", ela disse friamente.

"No entanto, é algo que está me incomodando."

"Bem, vamos deixar as coisas assim", disse ela, olhando novamente para a revista.

Assim como?, ele se perguntava.

Notou que ela trazia a revista para bem perto dos olhos. É míope, mas vaidosa demais para usar óculos, pensou, sorrindo involuntariamente. Achou essa pequena fraqueza dupla muito simpática e quase comovente. Deu a si mesmo a aparência de estar perdido em pensamentos, mas na realidade observava-lhe o rosto relaxado enquanto lia. Não tinha uma testa muito grande, observou. Na verdade, a testa quase poderia ser chamada de pequena. Certamente não é uma pessoa muito complicada, nem excessivamente problemática, concluiu. Mas talvez... Mais uma vez suspirou. De qualquer forma, não vou experimentar nada disso, pensou, com pesar.

"A vida está tão difícil assim para o senhor?", perguntou-lhe, em parte com ironia, em parte simpática. E Silbermann pensou que havia bondade na voz, decididamente bondade feminina.

"Mais difícil do que a senhora imagina", disse. Era para parecer autodepreciativo, mas seu sorriso parecia tenso.

"Preocupado?", perguntou, num tom que era prestativo e interessado, sem se manter indiferente. "Certamente algo relacionado aos seus negócios?"

Ela balançou a cabeça com toda a graça, sem compreender o mundo das transações, conferências, incorporações e formas de pagamento.

"Não", foi tudo o que ele disse.

O interesse da dama aumentou visivelmente. As preocupações pessoais eram provavelmente mais familiares a ela, e certamente imaginou ser algo do campo emocional. Por estar tão distante do contexto interno de uma fusão de duas empresas, ela sabia bastante sobre as diferenças entre duas pessoas.

"Que tipo de preocupações um negociante pode ter, senão negócios?", perguntou.

Não houve curiosidade grosseira na pergunta. Interesse, interesse humano, Silbermann acreditou ter ouvido somente isso.

"Nem sempre se trata de dinheiro", respondeu, "embora eu seja a última pessoa a negar sua importância."

"Também não quis dizer isso", afirmou.

Ele permaneceu em silêncio. Por fim, fez um esforço visível e perguntou: "A senhora me considera um ser humano, madame?".

Ela sorriu com perplexidade e depois ficou séria, quando percebeu o tom com o qual essa pergunta tão estranha havia sido feita.

"Acho que sim", disse ela, pontuando a resposta com um aceno decisivo de cabeça.

"Também acredito nisso", respondeu Silbermann. "Não sofro com o chamado complexo de inferioridade."

"Mas por que o senhor deveria?"

A pergunta lhe fez bem.

"Sou judeu", explicou, olhando para ela quase ameaçadoramente.

"Ah...", ela registrou calmamente.

"Sou, sim! Talvez a senhora esteja se comprometendo por falar comigo."

"Mas como?", perguntou, com calma.

"Bem, foi algo que me ocorreu. Afinal de contas, não sou só um foragido, mas, de alguma forma, me transformei em pária. Não é?"

"Por quê?"

"Não sei nem por que estou lhe contando tudo isso. Quando se está em silêncio há alguns dias, a boca fala quase sozinha. Veja, estou fugindo. Não fiz nada de errado e nunca tive nada a ver com política em toda a minha vida. Mesmo assim, eles queriam me prender e destruíram meu apartamento. Não completamente, não, mas muito. Estão prendendo judeus, como a senhora sabe. Bem, isso não tem nada a ver com a questão. Desculpe-me, por favor!"

Falou tudo com uma agitação crescente. O olhar dela ainda repousava sobre o seu rosto.

"Por que o senhor precisa se desculpar?", perguntou. "Os outros que precisam pedir desculpas ao senhor."

"Agora incomodei a senhora com minha história. Uma história completamente desinteressante. Estou nervoso porque estou sendo caçado. Não estou acostumado a isso. O velho estado, a vida normal, ainda estão dentro de mim. Não sei o que fazer com tudo isso. Eu costumava ser um homem livre!"

"O senhor não poderia fugir para o exterior?"

"Mas para onde?", quase gritou, depois se controlou. "Não me deixam entrar. Esperei muito tempo, tempo demais. Sempre acreditei que as coisas não iriam tão longe. Fui soldado na linha de frente. Era um cidadão, como todos os outros. E a tentativa que fiz na fronteira belga fracassou. Fui pego e trazido de volta para a Alemanha. Desde então, tenho viajado. Na segunda classe, embora eu ainda seja um homem abastado. Quando for preso, vão conseguir comprar um canhão ou até um torpedo. Não sei bem ao certo."

"É tão ruim assim?", perguntou ela, a voz vacilando um pouco.

Ele fez um esforço para falar mais calmamente. "Talvez eu veja a situação com um pouco de exagero", disse. "Mas, quando se é decapitado sem nem se saber o porquê, suponho que se perca a calma e a sobriedade da contemplação."

"Para onde o senhor está indo agora?", perguntou ela de modo simpático.

"Adiante", respondeu. "É tudo o que sei. Estou viajando, viajando até que eles ataquem, até que um homem da SA me detenha. Foram eles que me colocaram em movimento, e são eles que vão me deter."

"Que horror", disse ela, os olhos mais inquietos do que nunca. "Como o senhor consegue suportar tudo isso?"

Ela se inclinou um pouco para frente e o observou com interesse excessivo. Parecia a Silbermann que no semblante dela se alternavam compaixão e curiosidade, simpatia e uma tensão que beirava a excitação.

"A senhora pode guardar essa pergunta para um artista da fome voluntário", respondeu com a voz um pouco rouca.

Agora que havia expressado seus problemas, estes o dominaram, e a situação parecia mais desesperadora do que nunca. Esforçou-se para manter o equilíbrio.

"Sinto muito", disse ela, "não tinha nenhuma má intenção com a minha pergunta."

"Sei que estou sendo rude, mas os últimos três dias..."

"Entendo", ela respondeu suavemente, lançando-lhe um olhar caloroso.

Uma esperança cresceu nele. Segure-se, pensou, segure-se nesta mulher, escape com ela, liberte-se. Seria preciso ignorar todas as circunstâncias para só então ser capaz de lidar com elas.

Ele olhou para ela, examinando-a e cortejando-a ao mesmo tempo, sem ter nenhuma intenção real.

"Ninguém está ajudando o senhor?", perguntou. "O senhor não tem nenhuma proteção? Nenhuma conexão? Isso ainda pode valer alguma coisa, não?"

"Meus amigos não me deixaram com tanto dinheiro para que eu possa comprar novos", disse, envergonhando-se imediatamente com o grande gesto que estava atrás dessas palavras. Ainda quero causar uma boa impressão, pensou.

"O senhor foi chantageado?"

"Fui roubado! Mas isso quase não importa mais. Os cadáveres são comidos por vermes. A regra é essa." Riu miseravelmente.

"Meu marido é advogado", disse avidamente. "Ele também está no partido e é muito bem conectado, mas infelizmente não posso falar com ele. Caso contrário, ele faria imediatamente algo pelo senhor."

"Devo confessar", interrompeu Silbermann, que tinha ficado mais calmo novamente, "que conheço os motivos disso melhor do que deveria. Sem ter a intenção, fui testemunha de sua conversa."

Isso a deixou desconcertada, e ela permaneceu em silêncio por um momento. "E daí?", disse. "Bem... Minha amiga tem a mania louvável de me dar uma aula todas as vezes que nos despedimos, o que beneficia bem menos a mim do que aos outros."

"Em todo caso, lamentei descobrir que não sou o único que tem preocupações", apressou-se em responder.

"O senhor realmente lamenta?"

"No seu caso, minha senhora, lamento muito. Embora eu suponha que devo o prazer de sua presença às suas preocupações."

"Se eu ao menos pudesse ajudá-lo", dirigiu a conversa de seus assuntos para os dele.

"Por favor, acredite que já é uma grande ajuda para mim poder falar com a senhora."

"Sério?" Ela parecia pronta para acreditar nele.

"Com certeza", assegurou-lhe.

"Não entendo por que seus correligionários estão sendo atacados", disse agora, e ele sentiu uma certa benevolência nas palavras. "Já tive uma amiga judia. Se não me engano, ela emigrou para a Palestina. Mas não era isso que eu queria dizer. Eu tinha pensado em outra coisa. O senhor parece tão ariano. Isso não o ajuda?"

"Eu me chamo Silbermann!"

"Ah, sim. Este não é um nome muito feliz para estes tempos, não é?"

"Não. Mas também não me serviria de nada se meu nome fosse Meier. Há um grande J vermelho no meu passaporte."

"Mas o quê!", disse, indignada. "Por quê? Vai parecer um pouco estranho, e normalmente não se diz isso, mas achei o senhor muito simpático."

Ele fez uma pequena reverência para ela, depois riu. "Infelizmente, o governo não concorda. Não me acham, de forma alguma, simpático. Simplesmente dizem: 'você, Silbermann, é judeu!'. Com isso, afirmam que minhas características como pessoa são completamente insignificantes. O que importa é ser judeu ou não judeu, não simpático ou antipático. É o título que decide. O conteúdo é completamente irrelevante."

"Que horror", ela suspirou, e Silbermann pensou que ela já parecia um pouco cansada do assunto da conversa.

Ele ficou espantado e irritado com sua própria solidão. O que estou fazendo, perguntou-se, contando a uma mulher sobre mim mesmo, uma mulher com quem não tenho nada a ver, que não tem nada a ver comigo, que na melhor das hipóteses poderia estar vagamente interessada no estranho destino de um companheiro aleatório de viagem? Será que me ajuda ficar desabafando para ela? E, mesmo que eu confundisse sua curiosidade com um interesse genuíno, de que me serviria isso? Mulheres dizem "que horror" para tudo. Ela diria o mesmo sobre um acidente ferroviário, se um conhecido torcesse o pé, se ela mesma não conseguisse chegar ao bonde. Que horror!

Meu destino virou uma expressão idiomática. Isso é tudo!

Foi imediatamente tomado pelo desejo de explicar que não precisava de piedade e que só havia contado a história pelo prazer de contá-la, de ouvir sua voz, de compreender melhor a própria situação, mas de maneira alguma para obter um "que horror". Certamente não tinha esse interesse. Poderia muito bem passar sem isso.

"Por que o senhor está olhando para mim com tanta amargura?", perguntou ela com um sorriso.

"Perdão?"

"O senhor parece irritado. Posso entender o motivo, mas o senhor deve saber que não tenho nada a ver com nada disso. Quero dizer internamente. Não sou antissemita."

"E se a senhora fosse?", perguntou, ríspido. "O que mudaria?"

Um olhar de raiva encontrou os olhos dele. "O senhor tem todo o direito de estar irritado", respondeu, magoada, "mas devo insistir..." Sem saber como continuar, ficou em silêncio por um momento e depois disse, não mais de todo brava, mas com um sorriso peculiarmente ingênuo. "Se eu fosse antissemita, poderia causar-lhe muitos problemas, não poderia?"

"Não tenho medo", declarou Silbermann, quase com nojo. "Não, não, não tenho mais medo", repetiu, como se quisesse se convencer.

"O senhor realmente não tem?", perguntou, e o sorriso dela não lhe pareceu tão inofensivo assim.

"A senhora está tentando me assustar, madame?", perguntou ele, sorrindo também.

"Não", disse suavemente, e seus olhos agora tinham um brilho quase úmido.

"Não é preciso muito hoje em dia", disse ironicamente, "para fazer o papel de predador de judeu."

Predador? Sentiu como se ela estivesse tentando parecer inofensiva da maneira mais perigosa possível.

"Vejo que tenho que pedir desculpas novamente", disse ele, pensando: e você se sentindo lisonjeado.

"Mas não, por quê? Como assim? Eu? Uma predadora?"

Ele balançou a cabeça em negação.

"Não, isso não me ocorreria", garantiu. "Isto é, a beleza do predador, a elegância perigosa com que ele...", suspirou. "Nem consigo mais fazer um elogio direito!", disse, e soou tão patético que ela não conseguiu parar de rir.

"Por que os judeus aturam tudo isso?", ela perguntou com seriedade. "Quero dizer, por que não se defendem? Por que só fogem?"

"Se fôssemos românticos", contra-argumentou, orgulhoso de sua lógica, "teríamos tido dificuldades para sobreviver aos últimos dois mil anos."

"Sobreviver é tão importante assim?"

"Claro que é importante! Sobreviver é superar. Não é uma arte se jogar na primeira geleira, mas subir e atravessar montanhas é. A vida requer coragem. O suicídio requer apenas desespero." Fez uma pausa e procurou por mais comparações. "É muito mais difícil empurrar a carroça do que abandoná-la", terminou então.

"E será que se deve viver apenas para empurrar uma carroça? Não é pouco? Na verdade, admiro cada vez mais as pessoas que transformam a vida em festas de tiro ao alvo. Que fazem o que lhes convém, não o que os outros esperam delas."

Ele riu de forma arrogante e benevolente. "Encantador", disse então. "Bastante encantador! O que a senhora faria se estivesse em meu lugar? Pense por um momento que a senhora é um judeu, um judeu ainda abastado, em fuga. O que a senhora faria?"

"Bem, sinceramente, eu me divertiria muito", assegurou, radiante. "Simplesmente viveria cada dia como se fosse o último, e cada dia seria mais para mim do que um ano inteiro para qualquer outra pessoa. Eu faria... mas o senhor está rindo de mim. Por que está rindo?" Ela franziu a testa com raiva.

"Como seria isso em detalhes?", perguntou, tornando-se sério novamente. "A senhora realmente acha que se divertiria se seu apartamento tivesse sido invadido há três dias? Se soubesse onde seus parentes estão, mas não pudesse ir vê-los? Se tivesse que ter medo de todos os homens da SA porque um deles pode prendê-la se quiser?"

"O senhor é casado?", perguntou sem responder às perguntas dele.

"Sou, de fato..." Caiu em silêncio. Talvez já não seja mais, pensou. Talvez só tenha sido eu. Afinal de contas, estou sozinho. Afinal, agora estou sozinho!

"E sua esposa?"

"Fugiu para a casa do irmão. Ele é ariano", respondeu mecanicamente.

"Que horror", ela disse, tirando uma pequena barra de chocolate da bolsa. Abriu o papel prateado, olhou para o chocolate pensativamente, ofereceu-o a Silbermann e depois quebrou um quadradinho, que colocou na boca e mastigou lentamente.

"Mas você não pode se defender de alguma maneira?", ela perguntou novamente, depois de mastigar em silêncio por um tempo.

"Sim, posso me jogar na frente do trem para pará-lo. Ficará parado por cerca de dois minutos, até que meu cadáver seja afastado. A senhora realmente acha que eu, Otto Silbermann, poderia interferir na história do mundo? A senhora é romântica."

Mas, na verdade, a conversa estava começando a cansá-la.

"O senhor deve ver o lado engraçado da questão", sugeriu agora.

Ele olhou para ela, intrigado. "Não", disse decisivamente, "é demais para mim. Que lado engraçado? Quem poderia esperar que eu risse da minha própria infelicidade? A senhora ri quando quebra a perna? A senhora tem tanto senso de humor assim?"

"Talvez", respondeu. A agitação de Silbermann a impressionou mais do que suas palavras.

"Não acredito muito que a senhora faria isso", objetou. "Em qualquer caso, não consigo imaginar que a senhora pense que é uma piada muito engraçada quando alguém cospe em você."

"Certamente não!", disse, indignada. "O senhor tem cada ideia!"

"Não são minhas, mas vamos deixar quieto."

Observavam-se em silêncio. "Até que há uma certa semelhança", disse ela suavemente. "Ele também tem essa respeitabilidade seca."

"Quem? Ah, o advogado?"

Ela não respondeu. Então pegou um cigarro, que foi aceso por Silbermann. Ao fazer isso, aproximaram-se, e os olhos se encontraram novamente. Ele voltou ao assento.

"Se eu", disse quase casualmente, "não fosse judeu e, é claro, não fosse casado, diria que a senhora se sente atraída por mim."

"Sério?", ela perguntou, rindo. "E por que o senhor diz isso se não quer realmente dizer?"

"Não sei", respondeu Silbermann. "Acabou saindo."

"Por que o senhor não arranja outro passaporte?", ela mudou de assunto. "Se o senhor tivesse um passaporte com o nome de Gottlieb Müller, então tudo seria muito simples. Vi uma vez num filme que um homem mudou de identidade. É assim que se diz? Então é realmente apenas uma questão... técnica? Ninguém pensaria que o senhor é judeu se não se apresentasse como Silbermann. Na verdade, é muito simples."

"Falta-me a prática do impostor", declarou, bastante irritado com o jeito com que ela brincava de fazer perguntas sobre a vida, sobre as preocupações mais sérias. Ele a observou com um olhar ao mesmo tempo ofendido e ofensivo.

"Mas por quê? Afinal de contas, seria autodefesa. Você poderia viver e trabalhar com esse nome. Estaria livre de preocupações."

"Que sorte que seu conhecido, o advogado, não possa ouvi-la agora. Os cabelos dele certamente ficariam de pé!"

"Sim, meu marido também é assim, horrivelmente burguês. Sempre andando na linha, só fazendo o que outros já fizeram antes. Mas suponho que no momento é difícil para o senhor viver de acordo com as leis, não?"

"Em todo caso, qualquer chance que eu tinha de viver do meu jeito foi tirada de mim. Mas o fato de que estão sendo cometidos crimes contra mim ainda não me dá o direito de tomar tais medidas."

Ela o observou com um olhar zombeteiro. "Sim, sim, eu sei", disse. "Que o homem seja nobre, prestativo e bom. Aliás, se tem medo dos outros, então não há mais nada que possa fazer."

"Não é uma questão de medo, nem mesmo de moralidade, é uma questão de inteligência e senso de responsabilidade. Na maioria das vezes, os alcoólatras acabam indo a um sanatório, os impostores à prisão e as pessoas decentes ou sensatas..."

"... acabam em fuga", ela o ajudou a completar a frase e o olhou.

Ele teve que rir. "Estou fugindo há apenas três dias", disse. "Não se esqueça disso. Um criminoso foge a vida inteira, mesmo que talvez seja apenas para cometer crimes novos. Uma pessoa normal luta pela estabilidade na vida e tenta superar situações emergenciais, mas sem transformar a vida num estado de exceção. Ninguém está à altura disso a longo prazo."

"Mas alguém que vive às margens também pode..."

"Talvez", interrompeu. "Em qualquer caso, não sou assim. Não posso e não vou sair da minha pele. Nasci cidadão e vou morrer cidadão. Talvez como fugitivo, mas como cidadão. Isso é certo."

"De acordo com sua boa moral, o senhor deve ter economizado grande parte de sua fortuna", disse ela.

Não soube imediatamente o que responder. "Isso não tem nada a ver com o resto", disse finalmente.

"Tem tudo a ver", afirmou. "Afinal, em algum momento o senhor vai ter que arriscar. Não vai conseguir fugir da aventura para sempre."

"Vou, vou, sim!", retorquiu com firmeza. Depois acrescentou calorosamente: "Gosto muito, muito da senhora. Acho que a senhora não pode imaginar o quanto eu gosto. Mas acho que a senhora entende da vida, do ato de viver, tanto quanto eu entendo de ficção. Não fique brava comigo".

Ela balançou a cabeça. "Vocês todos não têm nenhum impulso interno", disse, sem demonstrar nenhuma mágoa com as palavras que ouviu.

"Impulso? A vida me educou em circunstâncias normais. Preciso de ordem! Clareza! Se a senhora preferir: método. É necessário ter crescido no tumulto para estar à altura de uma situação como essa."

"Fique feliz por ser forçado a sair da própria pele pelo menos uma vez", disse com alegria ponderada. "É claro que aconteceu por conta de um infortúnio, mas imagino que isso traga consigo um aumento da vontade de viver."

Silbermann riu até tossir. "A senhora é muito comovente", enfim afirmou. "A pessoa pode estar à beira da morte, e a senhora ainda consegue parabenizar o moribundo por conta de suas sensações."

Inclinou-se e colocou a mão sobre a dela, que descansava levemente sobre o joelho. Ela deixou acontecer, mas o sorriso se desvaneceu. Agora olhava para ele com olhos lânguidos, sem movimento, esperando. Ele lhe acariciou várias vezes a mão antes de beijá-la.

"Como você se tornou interessante", disse ele, e a voz era uma mistura de verdadeira admiração, leve ironia e calor genuíno.

8

Eu não deveria ter feito isso, pensou Silbermann. Não tenho o direito de fazer isso. Afinal de contas, amo minha esposa! A culpa é das circunstâncias, com certeza. Mas são justamente as circunstâncias que deveriam obrigar uma disciplina maior. Eu já poderia estar em Küstrin, já deveria estar lá faz tempo!

Olhou o relógio. Eram vinte para as sete.

Um *rendezvous*, pensou, há quanto tempo eu não tinha um *rendezvous*? E justo agora... Queria encontrá-la no Café do Zoológico às seis e meia.

Desacelerou os passos.

Chegarei tarde demais, decidiu. Então tudo estará terminado antes mesmo de ter realmente começado e assim não restará nem mesmo a desagradável sensação de perda. Porque ela pode até não ter vindo. De qualquer maneira, não há como saber.

O que essa Ursula Angelhof pode significar para mim? Uma aventura? Como se eu precisasse disso. Já tenho bastantes problemas.

Andou ainda mais devagar. Então viu a Igreja Memorial e parou.

Devo usar toda a minha razão, propôs-se. Tenho que manter as circunstâncias em mente. Vou voltar!

Continuou indo adiante.

Essa mulher não significa nada para mim de fato, pensou. Já a conheço bem demais.

A marcha se acelerou. Eram dez para as sete.

Ela certamente já deve ter partido, pensou, sem saber se isso o aquietava ou o inquietava. Na verdade, estou contando com o fato de ela já ter ido embora!

Parou novamente.

Estou me fazendo de bobo, pensou. Ela não é nada além de uma pequena caçadora de sensações. Cabe a mim ser uma sensação para ela dessa vez? Vale a pena arriscar o destino da minha própria família por causa de seus olhos?

Entrou no café.

"Espero que sim", murmurou, sem saber exatamente o que queria dizer com isso. Andou pelo espaçoso café, procurando-a em todas as direções. Não a viu. Ela não deve ter vindo, disse para si mesmo. Uma pequena experiência do trem expresso. Foi tudo. Mas isso também não lhe agradava, e ele não queria ter vindo em vão. Poderia ter me poupado deste trecho, pensou com raiva, e depois se sentou numa mesa e pediu café.

A orquestra o irritou muito.

Ainda consegui me fazer de palhaço para mim mesmo, refletiu. Esperava que ela viesse ao mesmo tempo em que dizia a si mesmo que esperava que não, e ainda acreditou em ambos.

Colocou uma moeda em cima da mesa e se levantou.

Adieu, Ursula Angelhof, despediu-se com estilo, estou muito contente que tudo tenha saído desta maneira. Que você não tenha vindo. Se eu quiser vê-la novamente, consolou-se ao sair do restaurante, posso sempre encontrar seu endereço na lista telefônica. Mas, na realidade, não me importo.

Foi para a estação. No caminho, censurou-se por pensar muito pouco na esposa durante os últimos dias.

Já a conheço, justificou-se. Escrevi para ela, telegrafei para ela. Também pensei nela, muitas vezes! Mas na verdade deveria ter pensado mais. Três dias nos separam. Por fora a família está dividida, mas por dentro deve estar unida. Bem, vivemos juntos, viveremos juntos novamente, mas é difícil imaginar que tudo será como era antes, como era há quatro dias.

Será possível reencontrar a paz interior, mesmo que haja paz exterior? Tudo mudou. Você perdeu a segurança interior, e a vida consiste apenas de coincidências das quais você está à mercê. Passamos de sujeito para objeto.

Havia chegado à estação e conseguido um bilhete para Küstrin.

Como poderia ter sido bom, pensou em Ursula Angelhof novamente ao subir os degraus de pedra da estação. Por que cheguei tarde demais? Tive saudades dela de propósito, e ela poderia ter sido tanta coisa para mim. Poderia ser uma conexão com esses tempos, afinal, ela pertence a esse período, o aceita e tem capacidade de enfrentá-lo. Sim, pensou com raiva: brutalidade mais romantismo. Ignorância mais arrogância. Ela tem a alma do filme, o carácter do tempo, mas é encantadora! E isso já não é uma coisa que se pode dizer sobre esses tempos.

Quando tomou assento no trem e se inclinou para trás na almofada macia, lembrou que havia esquecido de ligar para a irmã. Vou telefonar a ela de Küstrin, decidiu. Depois leu o jornal.

Após ter descido do trem em Küstrin, ficou parado na plataforma, indeciso.

Antes de mais nada, pensou, vou ligar para Ernst. Mas, se não estiver em casa, talvez eu tenha que me explicar para os criados.

Perguntou onde ficava a cabine telefônica ao chefe da estação, que andava para cima e para baixo na plataforma com as mãos às costas, uma expressão vazia mas importante, e não queria se deixar interromper nesta tarefa, tanto que Silbermann teve que acompanhar seu passo. Precisou repetir a pergunta antes que o funcionário saísse da névoa de suas funções e lhe mostrasse o caminho.

Ele acompanhou Silbermann até a pequena casinha onde ficava o aparelho. Silbermann tirou-o do gancho, colocou uma moeda de dez *pfennig* e discou o número. Então se virou e viu, através da janela de vidro, que o homem ainda estava de pé na sua frente, olhando para ele com olhos azuis insípidos.

Quando o olhar de Silbermann o encontrou, ele se recompôs, o saudou batendo na boina vermelha e retomou a ronda.

Que estranho, Silbermann pensou, e sentiu uma sensação desagradável no estômago. Será que eu não deveria ter perguntado? Quem sabe?

O cunhado atendeu o telefone.

"Aqui é o Otto", disse Silbermann com entusiasmo. "Boa noite, Ernst. Suponho que minha ligação o surpreende? Acabo de chegar em Küstrin. Como está? Como está Elfriede?"

Ernst Hollberg não respondeu imediatamente. Finalmente disse: "E aí? Sim, obrigado, estamos bem. Elfriede também, é claro. Ela acabou de ir à cidade com Hilde para fazer compras. Saíram há meia hora. Que pena, senão você mesmo poderia falar com ela".

"Ela já se acalmou? Não aconteceu nada com ela?"

"Não, não precisa se preocupar. E com você, aconteceu algo?"

Hollberg nunca fora uma pessoa particularmente sensível; no entanto, Silbermann não gostou nem um pouco da impassibilidade na voz dele.

"Você talvez consiga imaginar", respondeu com censura.

"Bem... bem... e o que pretende? Não que eu tenha algo a ver com isso, é claro. E nem quero saber muito! Mas o que está pensando sobre o futuro?"

"Se lhe convém, eu gostaria de ficar na sua casa por alguns dias, para retomar a consciência. Faz três dias que não durmo numa cama."

"Mesmo? Sabe, isso infelizmente não vai acontecer, entende? Não precisa se preocupar com a Elfriede. Ela pode ficar conosco o tempo que quiser, mas você não. Infelizmente é impossível. Entende? Se o partido vier aqui, eu estaria acabado. Mas se viesse a precisar de dinheiro — se for muito, não consigo de uma hora para a outra — mas é claro que consigo uns duzentos marcos para você."

"Quero falar com a Elfriede!", quase berrou Silbermann. "Ela não vai ficar nem mais uma hora com vocês. Isso é loucura! Agora que preciso de você e peço um favor pequeno, ridículo, você me rejeita! Já esqueceu tudo que fiz para você?"

"Por favor, não se inquiete, Otto", disse Hollberg, com uma voz tão impassível que só se ouvia desgosto. "Não posso aniquilar a minha existência para que você fique aqui dois ou três dias! Ninguém pode exigir que eu acabe com minha vida porque você já me ajudou no passado. Se o partido descobrir que sou aparentado pelo casamento da minha irmã com um judeu e que ainda por cima o deixo vir morar comigo, posso muito bem já começar a fazer as minhas malas."

"Faz ideia do que já passei?"

"Veja, Otto! Não tem por que você manter esse tom dramático. Fique feliz que a Elfriede está bem cuidada. Para onde ela deveria ir? Quer arrastar ela com você? Ficar indo para lá e para cá pela Alemanha? Seja razoável. Acho muito egoísta da sua parte querer colocar sua mulher em perigo só porque você está correndo risco. Só porque não pode ficar aqui, então ela também não deve ficar. Não, Otto, eu considerava você mais homem que isso."

"Quer falar de caráter? A Elfriede é casada comigo há mais de vinte anos. Por favor, pergunte a ela se alguma vez a expus a algum perigo."

"Eu sei disso, Otto. Não fique amargurado. Perceba, não vai dar! Você está nos comprometendo. A Elfriede pode ficar. Afinal de contas, ela é minha irmã, mas você... você é diferente."

"*Adieu*", disse Silbermann antes de desligar.

"Estou comprometendo", murmurou, impotente. "Estou comprometendo." Repetiu essas palavras até perderem o sentido. Depois saiu correndo da cabine na direção do chefe da estação.

"Quando sai o próximo trem para Berlim?", gritou Silbermann.

"Em dez minutos", disse o oficial, que permaneceu parado observando Silbermann, como se esperasse esclarecimentos por um comportamento tão desagradável.

Silbermann não lhe deu atenção. Atravessou a barreira de controle e correu para o balcão de atendimento.

"Um bilhete para Berlim", gritou. "Um para Hamburgo, outro para Colônia. Um para... Para onde mais? Sugira alguma coisa!"

O oficial olhou-o, assustado.

Silbermann atirou-lhe uma nota de mil marcos e gritou: "Bilhetes, bilhetes! Entendeu? Eu quero bilhetes!".

"Segunda classe para Berlim?", perguntou o oficial, tentando amenizar a situação.

"Tanto faz, me dê logo os bilhetes!"

O oficial olhou em volta, buscando ajuda.

Acha que estou louco, pensou Silbermann. Talvez esteja certo, talvez eu já esteja. Ele mesmo se controlou e tentou rir.

"Por favor, me dê o bilhete para Berlim", disse com dificuldade, porque o funcionário olhava como se estivesse prestes a pedir ajuda a qualquer momento.

Sacudindo a cabeça, começou a providenciar o bilhete de Silbermann.

"Por que o senhor está gritando assim?", perguntou, carrancudo, convencido de que o suposto maluco era inofensivo.

"Bebi um pouco demais", explicou Silbermann, parando e se dando conta da situação perigosa na qual se encontrava.

"Não é motivo para sair gritando com as pessoas. O senhor não tem trocado?"

Silbermann tinha.

Ao sair do balcão e caminhar em direção à plataforma, fez um esforço para não andar em linha reta enquanto ainda estava no campo de visão do oficial. Como tudo isso é estúpido, pensou, como é estúpido. Em seguida, a decepção e a raiva o dominaram novamente.

Todos traidores, pensou, todos, todos. Ninguém resiste. Baixam a cabeça e dizem: é porque temos que baixar, mas a verdade é que também querem baixar. O que seria das oportunidades sem aqueles que se aproveitam delas? Por que a Elfriede está ficando com o irmão? Será que ela não sabe que estou comprometendo-o? Será que nunca lhe ocorreu falar com ele sobre me acolher temporariamente também? Ou será que ela concorda com essa atitude? Não, é impossível! Mas o que é impossível a esta altura?

Estou viajando, e o irmão dela está lá com todos os seus argumentos razoáveis. Talvez ela já tenha se arrependido há muito tempo de ter se casado com um judeu. Os tempos realmente mudaram! Quando uma pessoa é um negócio para os inimigos, torna-se um perigo para os amigos. O infortúnio finalmente se torna culpa. O que mais tenho a oferecer?

Um bilhete de trem expresso, nada mais.

Em muitas ocasiões, posso não ter me comportado como se desejava. Pensei que isso tinha sido esquecido, mas agora se lembram de tudo! Hesitei antes de ser fiador do Ernst? Hesitei, mas no fim eu fui. Ele esqueceu que o ajudei, mas não esquece minha hesitação ou a espera. E podem me acusar de muitas outras coisas, na maioria das vezes trivialidades, mas se somadas inevitavelmente se tornam uma característica judaica. Não tenho o direito de ser uma pessoa comum. Exigem muito mais de mim.

Com raiva, jogou fora o cigarro que tinha acendido. O que quer que eu tenha feito no passado, pensou, será visto hoje com novos olhos, porque hoje sou uma pessoa suspeita, um judeu.

Embarcou no trem que havia chegado nesse meio-tempo.

Isso vai durar para sempre? A viagem, a espera, a fuga? Por que nada acontece? Por que não sou pego, preso, espancado? Eles nos levam à beira do desespero, e depois nos deixam lá.

Viu passar voando pela janela um pequeno vilarejo rural limpo e charmoso.

Isso é apenas um pano de fundo, pensou. A única coisa real é a caçada, a fuga.

Ele se inclinou para trás.

Por que cheguei tarde demais?, perguntou-se, triste. Eu poderia ter sido um ser humano de novo pela última vez. Imaginou o rosto dela, seus olhos. Tenho que vê-la novamente, pensou, e decidiu que iria descobrir o endereço e ir vê-la assim que chegasse a Berlim.

Mas, assim que deixou a estação em Berlim, foi abordado. "Silbermann", disse uma voz familiar. "Ainda está vivo?"

Ele se virou. "Ah", disse, não muito satisfeito. "É você, Hamburger."

Apertaram as mãos.

O sr. Hamburger tinha cerca de sessenta anos. Não ouvia muito bem e sempre mantinha a cabeça um pouco recuada, o que lhe dava a impressão de simpatia, mas ao mesmo tempo de zelo excessivo. Parecia bastante judeu e já havia sido esbofeteado uma vez na rua por um membro da juventude hitlerista porque não havia levantado o braço quando o estandarte do partido passou. Como ele se defendeu, os dois últimos dentes da frente lhe foram arrancados. Desde então, estava muito nervoso, e o rosto irônico expressava uma grande prontidão. Agarrou-se ao braço de Silbermann.

"E se eu viver até os cem anos, Deus me livre", disse ele, "não esquecerei a alegria."

"Que alegria?", perguntou Silbermann.

"De ter encontrado você. Você parece um gói. É possível estar seguro com você. Venha, Silbermann. Vamos tomar um café juntos. A propósito, prenderam o Heinz."

"Que Heinz?"

"Ora, meu filho."

"Ah! Mas logo devem soltá-lo novamente."

"Acha mesmo?"

Saíram da estação, e Silbermann captou o olhar de um homem da SA que estava observando Hamburger. "Por favor, não fale tão alto", pediu.

Mas o sr. Hamburger não ouvia muito bem. "O que você disse?", perguntou, em voz bem alta. "E, afinal, como está? Você parece ter tido sorte! Os outros, em sua maioria... bem, você sabe! Diga-me, para onde está indo? Sabe de uma coisa? Vamos ficar juntos."

Entraram num café. Hamburger atraiu muitos olhares. Depois de terem se sentado, moveu a cadeira para perto da de Silbermann e disse o mais silenciosamente possível: "Essa diversão me custou dois mil marcos".

"Que diversão?"

"É que me abordaram na rua. Desde então, o que foi que eu não fiz. Ontem eu estava em Duisburg, em Essen, anteontem eu estava em Munique. Prenderam meu cunhado também. Ai, céus. Foi para isso que cheguei aos sessenta anos de idade! Para isso."

"E o que você fez com a empresa?"

"Empresa? Que empresa? Isso não existe mais! Não me atrevo nem a ir ao banco pegar dinheiro. As pessoas chamam a polícia. E então vou fazer o quê? Garçom, um café com leite. Tem algum jornal aqui? Talvez o *Frankfurter*?"

"Não", disse o garçom, e Silbermann sentiu que o homem olhava Hamburger com um certo assombro.

"E o que posso oferecer ao senhor?", perguntou o garçom de maneira muito mais amigável para Silbermann.

"Traga-me um prato de frios!"

"Para mim também", acrescentou Hamburger. "O que está fazendo agora, Silbermann?", perguntou. "Deixaram você livre de problemas?"

"Eu escapei. Estou viajando..."

"Sabe de uma coisa? Vamos viajar juntos. Eu me sinto seguro com você. Não somos mais tão ágeis aos sessenta anos. Meu Deus, isso tudo é necessário, pergunto eu? Viver até os sessenta para ter os dentes arrancados por um malandro? Eu deveria ter sido enterrado há muito tempo. Perdi o momento certo. Rosa era uma mulher inteligente. Ela morreu na hora. Você estava no funeral. Outono, trinta e quatro anos de idade. Lembra? Desde então, tudo virou uma porcaria. De qualquer maneira, ela não perdeu nada. Mas eu sempre digo", Hamburguer agora já voltara a falar muito alto, "ainda estou muito contente de ser um homem velho. Sinto pena dos jovens de hoje, pelo menos eu tenho..."

"Claro, claro", Silbermann o interrompeu, irritado. "Me dê licença por um momento. Preciso fazer um telefonema."

Ele se levantou.

"Nem acredito que encontrei você", disse Hamburger novamente. "Ao menos assim se pode conversar de novo. Mas vá em frente."

Silbermann correu para a cabine telefônica. O encontro com Hamburger o deixava cada vez mais desconfortável. Chamou a atenção de todos para si mesmo e assim também para mim, pensou, e ainda com essa conversa fiada sem graça e cansada. Já estou com um humor sombrio o suficiente, não preciso ficar ouvindo isso.

Abriu a lista telefônica e procurou na letra A. "Dr. Hermann Angelhof, advogado e notário", leu. É o marido dela, pensou. Não posso ligar para ele para perguntar o endereço dela. Pediu no balcão uma lista de endereços, mas eles não tinham. Ficou irritado com o fato de que a presença do velho Hamburger o impedia de continuar a pesquisa naquele momento.

Quando Hamburger o viu reaparecer, gritou por sobre várias cabeças: "Por favor, Silbermann, veja se não consegue encontrar um jornal em algum lugar".

Silbermann não respondeu ao pedido. Aproximou-se da mesa e sentou-se com uma expressão fechada.

Hamburger segurou o pão com a mão. "O que foi?", perguntou, a cabeça ainda mais inclinada do que o normal. "Aconteceu alguma coisa?"

Em seguida, bateu com a mão na testa. "Eu não deveria ter dito seu nome", disse em voz alta. "Ainda acho que tudo é como antes, quer dizer, sempre esqueço como as coisas são agora. Sou apenas um velho. Agora, a coxa de ganso é excelente. Eles sabem o que estão fazendo. Tenho que admitir."

Silbermann jantou com um apetite muito moderado.

Era com ela que queria estar, pensou, e olha só com quem estou! Viu Hamburger mastigando com as mandíbulas caídas e emitindo estalos. Quase se sentiu enjoado.

"Essa coxa de ganso", disse Hamburger com uma aparência melhor, "faz você esquecer muitas coisas!"

Alguns minutos depois, deu uma palmadinha no ombro de Silbermann. "Vamos ficar juntos", disse, de bom humor.

"Você está me comprometendo", gemeu Silbermann, nervoso e desanimado.

Hamburger olhou para ele. Seu rosto perdeu a expressão de satisfação que a comida lhe tinha dado. Os olhos se alargaram, e a boca se abriu como se quisesse dizer algo, mas permaneceu em silêncio. Inclinou a cabeça até quase encostá-la sobre o ombro direito. Depois se levantou, sem dizer nenhuma palavra, pegou o chapéu e o casaco, que estavam na cadeira ao lado, e se vestiu.

"Hamburger", disse Silbermann. "Não foi isso que quis dizer. As palavras simplesmente saíram. Eu gostaria muito de ficar com você. É claro. Era apenas uma brincadeira. Não queria ofendê-lo, de verdade. Mas, Hamburger, não seja tolo, fique. Realmente acho que você estará mais seguro comigo. Não leve..."

Hamburger deu um sorriso distorcido. "Você está certo", disse. "É claro que estou comprometendo o senhor. Mas, é claro, sempre pensamos primeiro em nós mesmos. Adeus."

Estendeu a mão. Silbermann segurou-a firmemente.

"Fique", implorou. "Estou tão sobrecarregado. Ouvi esse mesmo comentário hoje. Há apenas algumas horas. Agora vejo que não há diferença entre mim e os outros. Sente-se. Fique."

Hamburger balançou a cabeça. "Não, não", disse muito silenciosamente. Então tocou de leve o chapéu e disse: "Fica para uma próxima...".

Silbermann viu o outro partir.

Não devo mais reclamar, pensou. Becker, Findler, Hollberg não se comportaram com menos decência do que eu mesmo. Não tenho direito sequer à indignação moral; acabei de perder esse direito. Deveria correr atrás do velho, me agarrar a ele, ficar com ele. Minha frase desagradável poderia facilmente ser a gota d'água. Para um homem sensível, sou bastante bruto. Permaneci sentado, vendo-o partir e, apesar de tudo, fiquei um pouco feliz em me livrar dele.

Olhou ao redor do restaurante com uma expressão perturbada. O que é que me separa de vocês, pensou. Nós nos parecemos de uma forma quase assustadora.

Terminou a refeição, pagou e deixou o restaurante.

Olhos de fogo-fátuo, olhos de fogo-fátuo, tentava pensar na mulher. Os olhos realmente eram... Mas, de repente, não estava mais interessado nela. Imaginou o velho Hamburger diante de si, seu andar cansado, seu jeito animado de comer, e pensou ter ouvido: "É para isso que cheguei aos sessenta anos!"

Silbermann já estava de pé novamente em frente à estação.

Queria ver a agenda de endereços, lembrou-se. Mas, quando se deu conta, já se encontrava na frente da bilheteria. As pessoas estavam de pé à frente e atrás dele. Para onde?, refletiu.

"Um bilhete de segunda classe para Munique, por favor."
Deixou o balcão, segurando o bilhete, e sorriu.
Pelo menos estou conhecendo a Alemanha.

9

Silbermann andou à toa pelo trem, depois parou em frente a um compartimento de terceira classe e ouviu dois soldados tocarem acordeom.

O trem chega a Dresden às duas e meia, pensou. Se eu me apressar, ainda consigo pegar a conexão para Leipzig. Mas não preciso me apressar. O que vou fazer em Leipzig? Voltar para Berlim, para Hamburgo, e de Hamburgo... Mas por que vou me preocupar com isso agora? Talvez eu troque de trem no caminho. Quanto mais se troca de trem, mais seguro se está. Na verdade, eu deveria ter comprado um bilhete para toda a rede. Já me tornei uma parte da Companhia Ferroviária do Reich.

O homem, com quem já havia esbarrado três vezes e que tinha um jeito que lembrava o do senhor gordo do trem de Dortmund a Aachen, aproximou-se novamente. Silbermann abriu a porta do compartimento onde estavam os soldados, entrou e se sentou.

"Sempre alegrando as coisas", disse, com uma voz enérgica, "não é?"

Os dois soldados sorriram e pararam de tocar. Silbermann viu aparecerem as costas do homem suspeito. Este se encostou na janela em frente ao compartimento.

"É", disse Silbermann avidamente. "Os tempos de exército; há algo muito bonito neles."

Olhou para as costas do homem.

"Quando eu ainda era soldado — vocês deviam estar nascendo naquela época —, também passei por muita coisa. Lutei na Batalha de Verdun. Não dá nem para imaginar. Uma fileira de artilharia, pessoal, isso é alguma coisa!" Riu.

Os dois soldados olharam para ele, sem saber o que fazer ou como responder.

Silbermann manteve as costas do homem à vista.

"Vocês eram só bebês naquela época", disse com raiva. "Bebês, e agora são a geração que está no poder. Deixe-me dizer-lhes uma coisa", continuou seu discurso um tanto incoerente. "Vocês também deveriam experienciar uma guerra... Vocês têm esse direito. Mas não se esqueçam de se divertir muito agora, depois será tarde demais. Haha... Éramos quatro amigos em nossa companhia... dois morreram, dois ainda estão vivos... Becker e eu... Mas foi uma experiência e tanto... a guerra foi uma experiência... não vou deixar que tirem isso de mim... Uma experiência, sim... mas só se você não for morto. Vocês vão ver... Vocês vão ver. Da guerra se sai homem ou cadáver. Sim, uma experiência... Também lutei na batalha de tanques em Cambrai. Um tanque daqueles é bem mais estável... muito mais do que um espelho pendurado no corredor... Vocês vão ver! Eu gostaria de ir junto... Gostaria de ir novamente, só para ver como vocês... haha... Não é tão fácil assim enfiar uma baioneta na barriga de um cara... pelo menos não quando ele também tem uma baioneta. Porque há dois tipos de balas... as que você atira e as que você recebe de volta... é, como eu disse... Talvez vocês passem por isso... os contra-ataques... eu não. Mas por que não tocam, rapazes? Por que não tocam... Sempre teve música na minha companhia, sempre! O Becker tinha uma gaita... Rapazes, ele podia tocar algo que nos fazia esquecer que estávamos na guerra... Toquem, toquem!"

O trem desacelerou. As costas do homem tinham desaparecido da janela.

"Tenho que baldear", disse Silbermann. "Que pena... Eu poderia ficar falando horas com vocês... Eu estava lá... na Rússia, também. O avanço de 14... Trincheiras, escavações... fui gravemente ferido duas vezes... Sim, mas tenho que baldear... Tenho que trocar de trem com muita frequência... Haha."

Saiu do compartimento, passou rápido pelo corredor e saltou do trem antes mesmo que parasse. Agarrando firmemente a maleta, correu através da plataforma.

"O trem para Leipzig?", perguntou a um carregador enquanto corria. O rapaz apontou a direção.

Gente legal, Silbermann lembrou dos soldados. O que eu disse para eles mesmo? Bem, dá na mesma. Tenho certeza de que não entenderam uma palavra. Agora quero ir para Leipzig, mas poderia muito bem voltar para Berlim, não importa. Não sou obrigado a ir a Leipzig! Nunca gostei tanto assim dos saxões.

Novamente parou um carregador de bagagem. "O trem para Berlim?", perguntou.

"Parte em vinte minutos."

Silbermann agradeceu-lhe quase efusivamente, depois desceu as escadas, correu à bilheteria e comprou um bilhete para Berlim. Depois deixou a estação a fim de respirar um pouco de ar fresco. Dresden, pensou. Já vim para cá tantas vezes. A sede da Solm & Co. não é aqui? Bons clientes. Eu poderia simplesmente aparecer lá para dar bom-dia. Melhor não, e não eram tão bons na hora de pagar. Sempre com nota de câmbio, sempre! Só de pensar no que aconteceu com a Fanter & Sohn já fico tonto. Dezesseis mil marcos perdidos de uma vez só. O que estavam pensando? Uma empresa sólida e antiga e de repente...

Voltou à estação. Como já era de hábito, foi direto para o balcão de atendimento. Mas então se lembrou que já havia comprado um bilhete. Tirou-o do bolso com uma bagunça de cédulas. Na verdade, eu deveria ter um desconto da Companhia Ferroviária, pensou. Depois se sentiu doente. O salão da estação começou a girar. Viu trens chegando e partindo, ouviu buzinas, sinos, rodas, palavras mais próximas e palavras mais suaves, distantes...

Caiu.

Uma mulher gritou. Os oficiais vieram correndo, e as pessoas se apressaram para ir vê-lo. Um cavalheiro se dobrou sobre ele, abriu o casaco, o paletó, o colete e camisa de Silbermann e colocou a orelha em seu peito.

"O coração está funcionando", disse calmamente. "É apenas uma fraqueza temporária."

Então os socorristas chegaram, pegaram Silbermann e o levaram para uma ambulância.

Quando Silbermann voltou a si, viu-se num quarto de hospital. Espantado, endireitou-se, olhou em volta, colocou a mão na testa, pois sentiu uma dor incômoda, e perguntou-se onde poderia estar.

Eu estava viajando, lembrou-se. Estava em Munique... não, voltei para Berlim... depois estava em Dresden... depois... Não, ainda devo estar em Dresden.

Como se essa suposição o deixasse mais tranquilo, escorregou para dentro dos lençóis. Tirando a dor de cabeça, estou bem, constatou, não insatisfeito. Depois se ergueu novamente.

"Onde está minha maleta?", perguntou em voz alta.

Viu uma corda de sino pendurada ao lado da cama. Apertou o botão duas ou três vezes. Uma enfermeira idosa entrou.

"Enfermeira, onde está minha maleta?", perguntou Silbermann imediatamente, endireitando-se.

"Acalme-se", respondeu, estendendo as duas mãos para ele.

"Quero saber onde está a minha maleta", exigiu Silbermann.

"Certamente está em segurança no depósito."

"Enfermeira, gostaria de chamar a sua atenção para o fato de que aquela maleta contém cerca de trinta e cinco mil marcos!"

"É mesmo?", perguntou, surpresa.

"Mesmo!", urrou, agitado. "Trinta e cinco mil marcos. Não vou abrir mão deles tão facilmente. Não ache que vou!"

"Não faça tanto barulho!"

"Exijo ver o diretor imediatamente!"

"Que diretor? O senhor quer dizer o médico?"

"Bem, tanto faz. Quero minha maleta de volta! De qualquer forma, estou saudável e..." Esticou as pernas para fora da cama. "Não vou ficar aqui", declarou.

A enfermeira juntou as mãos. "Pronto, pronto", disse com um tom de repreensão.

"Exijo minha maleta", repetiu Silbermann com veemência.

"Se ela estiver lá, será devolvida ao senhor."

"E o meu terno", exigiu. "Eu quero ir! Talvez a senhora possa pedir uma comida para mim antes. Simplesmente me esqueci de comer, só isso. Posso pagar por tudo!"

"Por favor, volte para a cama", pediu-lhe a enfermeira com energia.

Ele obedeceu.

"Mas quero ver o médico imediatamente", disse. "Estou com a saúde perfeita. E não tenho mais tempo. Tenho reuniões, reuniões importantes! Por favor, mande-o vir imediatamente!"

"O senhor está num hospital, não num hotel! E não grite tão alto. Tenha consideração pelos outros pacientes."

"Ninguém tem consideração nenhuma por mim aqui", respondeu Silbermann de maneira muito mais discreta.

"Se o senhor estava com uma maleta", continuou a enfermeira, "ela será devolvida. O senhor está agindo como se tivesse caído num covil de ladrões. Ninguém está segurando o senhor aqui."

"Por favor, deixe-me comer algo", pediu Silbermann novamente, "e eu também gostaria de uma garrafa de vinho tinto. Sempre me curo com vinho tinto." Dessa vez falou com muita calma.

"Mas o senhor terá que ficar aqui por mais alguns dias", disse a enfermeira.

"Tenho que o quê?", perguntou, agitado novamente. "Tenho que... Alguém pode me obrigar? Afinal, não estou tão indefeso assim! De qualquer forma, quero minha maleta de volta o mais rápido possível!"

A enfermeira colocou as mãos na cintura. "Agora deixe-me dizer uma coisa ao senhor", disse, irritada. "O senhor foi salvo, ou ao menos tentaram ajudá-lo. O senhor foi trazido aqui não para ser roubado, mas para receber ajuda, e o senhor se comporta..."

Silbermann saltou da cama. "Não quero ajuda nenhuma", exclamou, fitando-a furiosamente. "Não quero absolutamente nada! Só quero ir embora! Eu recuso — socorro!" Arremessou a palavra para ela como se fosse um insulto.

Ela deixou o quarto, e ele se deitou de novo na cama.

Calma!, disse para si mesmo. Preciso sem falta ficar mais calmo! Alcançou o pulso. Não tenho febre, declarou. Eu deveria ter comido alguma coisa. Comi muito pouco e de forma muito irregular. E ainda a agitação dos últimos dias.

Puxou o edredom até o queixo.

Na verdade é muito bom ficar aqui deitado, pensou. Eu deveria ficar aqui por alguns dias. Olhou novamente a sala. É bonito e limpo, pensou. Realmente deveria ficar. Não! Não! Isto é uma prisão! É uma parada preliminar à prisão! Cuidam de você aqui para açoitarem lá.

A enfermeira retornou. Tinha uma grande folha de papel e um lápis na mão. Silbermann olhou-a com desconfiança.

"Sua maleta e seu dinheiro estão, obviamente, lá", disse.

"Aqui está a lista de seus pertences. Por favor, olhe e me avise imediatamente se encontrar alguma coisa que esteja faltando."

Silbermann pegou a lista e a estudou sem muito interesse, sabendo que seu bem mais importante havia sido encontrado e estava guardado.

"A propósito, o médico também acha que o senhor pode partir", acrescentou a enfermeira.

"Isso é bom", disse Silbermann, aliviado. "Obrigado."

A enfermeira se preparou para sair da sala, mas depois voltou e falou pelo vão da porta. "O senhor é judeu?", perguntou.

"E se eu for?", perguntou ele de volta.

"Não, nada. Acalme-se. Ninguém vai machucá-lo aqui. Se o senhor quiser, pode ficar mais alguns dias. Mas talvez seja melhor..."

"Quero ir embora", disse Silbermann rapidamente. "Tenho certeza de que a senhora tem boas intenções, mas quero ir. Já estou bem. Foi apenas uma pequena fraqueza. Vai passar."

Ela já havia saído do quarto.

O que acontecerá agora?, ponderou Silbermann. Será que realmente vão me deixar ir embora? Será que vão devolver meu dinheiro? Ou?... Tudo pode acontecer. Não se deixa escapar um judeu com dinheiro. Saiu da cama, foi descalço até a porta, abriu-a e olhou o corredor. Caí na armadilha, pensou. Agora me pegaram! E ainda por cima têm o meu dinheiro! Tudo isso faz parte do mesmo sistema, até mesmo este hospital! É um Estado totalitário e está se voltando contra mim, contra mim!

Viu um ajudante virar no corredor e afastou-se apressadamente da porta, escapando de volta à cama.

Talvez eu ficasse em paz, no fim das contas, se continuasse aqui, pensou. Mas será que se pode ter paz quando não se sabe o que acontecerá com você? E, quanto mais tempo eu ficar, maior será o perigo! O dinheiro me tenta...

Pegou um jarro de água na mesa de cabeceira, serviu um copo e bebeu. Estou com fome, pensou. Por que não me trazem algo para comer? O que vão fazer comigo?

Outro ajudante veio e colocou as roupas de Silbermann sobre uma cadeira.

Por que não trouxe a maleta?, pensou Silbermann. Pôs a mão nos bolsos. Estavam vazios.

"Onde está meu passaporte? Onde está meu dinheiro?", disse para a enfermeira assim que ela chegou carregando uma bandeja com a refeição.

"Serão entregues para o senhor depois", ela o tranquilizou. "O senhor está entre pessoas honestas aqui. O que o senhor acha que está acontecendo?"

"Este é um hospital federal?", perguntou, desconfiado.

"Não. É municipal."

"Então tá!", disse, e começou a comer. No meio da refeição, parou de repente. Estou literalmente encorajando as pessoas a me roubar, pensou com medo. Além disso, estou parecendo suspeito. Quem sabe o que pensam de mim? Apressou-se em comer o resto da refeição. Isso não deve acontecer comigo de novo. Desmaiar em território inimigo.

Meia hora depois, deixou o hospital. Tinha recuperado todos os pertences, e isso o deixara tão surpreso, quase tocado, que tentou dar cem marcos para a enfermeira. Ela só aceitou o dinheiro quando ele ficou seriamente ofendido pela recusa.

Depois de apenas alguns passos, arrependeu-se muito de ter deixado o hospital, pois ainda se sentia fraco e atordoado. Primeiro foi aos correios, onde enviou dois mil marcos para a esposa e outros dois para a irmã. Então se sentiu aliviado, pois não só achou que havia cumprido seu dever, como também reduziu o risco caso a maleta fosse perdida — diminuindo também seu senso de responsabilidade por ela.

Considerou se deveria voltar para Berlim agora mesmo ou ficar em Dresden por um tempo, e então decidiu pela segunda opção. Depois de andar sem destino pela cidade, embarcou no funicular e se dirigiu até o bairro Wießer Hirsch. Lembrou-se do conselho de Ursula Angelhof: eu me divertiria muito se estivesse no seu lugar! E, mesmo tendo fortes dúvidas sobre a capacidade de colocar uma ideia assim, tão estranha a ele, em prática, pensou que poderia ao menos dar mais sentido à inutilidade esmagadora destas viagens se ao menos tentasse conhecer um pouco dos lugares para os quais este vento maligno o soprava.

Já estive em Dresden uma dúzia de vezes, lembrou. Mas nunca vim até o Weißer Hirsch. Deve ter uma vista muito bonita de lá.

Na subida, pensou alternadamente na esposa e na conhecida do trem. Preciso vê-la novamente, pensou, sentindo um grande anseio por ela. Por sua simpatia, por sua indiferença, seu conselho tolo, seu jeito brincalhão. Ela não é de ficar suspirando. Graças a Deus. E de repente tinha novamente um plano, ou melhor, a intenção de encontrá-la a qualquer custo.

Quando chegou ao Weißer Hirsch, tentou se comportar como um turista normal. Olhou Dresden, que já começava a escurecer e só era reconhecível por conta de algumas luzes acesas, e se esforçou muito para se maravilhar com o que via.

Que pena que a Elfriede não está aqui, pensou. Ela adora belas paisagens, e certamente teria gostado muito da curta viagem de funicular. Suspirou. Ela é, afinal, a única pessoa que tem algum significado real para mim.

Depois entrou num restaurante, sentou-se a uma mesa e pediu cartões-postais. "Uma garrafa de Mosel", ele tranquilizou o garçom, que provavelmente já temia que os cartões-postais seriam o único pedido da mesa.

Ainda estou vivo, pensou Silbermann agora, tentando sorrir.

Tirou a caneta-tinteiro do bolso e pensou no que deveria escrever para a esposa. Devo dizer a ela que estou sentado no Weißer Hirsch, com uma garrafa de Mosel na minha frente e tentando desesperadamente imaginar que estou num clima aconchegante? Quando o irmão dela vir o cartão, dirá: "Está vendo? Tudo indica que ele está bem!". Talvez ela até fique mais tranquila depois disso.

Mas não quero tranquilizar ninguém!

Furioso, rasgou os cartões-postais. "Não adianta", murmurou. "Não vou fingir que vim aqui para fazer excursão!" Chamou o garçom, pagou e saiu.

Em seguida, pegou o funicular de volta para Dresden. Na cidade, correu para tomar um bonde até a estação Dresden-Neustadt, onde esperava pegar o trem para Berlim.

Os compartimentos ainda são mais confortáveis, pensou, ao entrar no trem um minuto antes da partida. Estava viajando novamente na segunda classe. Além de si mesmo, havia dois cavalheiros e uma senhora mais velha no compartimento.

Silbermann começou imediatamente a ler o romance que havia comprado na banca. Ficou cansado depois de apenas meia hora. Inclinou-se para trás, fechou os olhos e logo adormeceu. Só acordou em Berlim.

Os dois senhores já haviam deixado o compartimento; apenas a senhora idosa, que o tocava timidamente no braço para acordá-lo, ainda estava presente. "Muito obrigado", disse Silbermann, ainda sonolento e se erguendo com dificuldade. A senhora saiu do compartimento, e Silbermann vestiu sem muito jeito o casaco, colocou o chapéu e se preparou para segui-la, quando de repente teve a sensação de que estava se esquecendo de algo. Esforçou-se por um momento e lembrou-se da maleta. Correu de volta para seu assento, mas ela não estava lá. Subiu rapidamente num assento para olhar por cima dos porta-bagagens, mas só viu jornais. Silbermann saiu correndo do compartimento.

Será que a deixei em Dresden?, tentou se lembrar. Não, ele tinha guardado o romance que havia comprado na estação dentro da maleta. Então roubaram no trem!, concluiu, enquanto corria em direção à saída da estação.

A senhora idosa?

Mas então ela provavelmente não o teria acordado. Além disso, além da bolsa de mão, ela tinha apenas uma pequena maleta consigo.

Então os dois cavalheiros!

Qual era a aparência deles mesmo? Um deles tinha bigode, achou que se lembrava, um bigode loiro. As pessoas com bigode loiro são bastante raras.

Parou um oficial. "Fui roubado", exclamou. "Um cavalheiro loiro me roubou! Minha maleta, meu dinheiro!"

"O senhor terá que informar isso à polícia da estação", disse o oficial seguindo seu caminho.

Se ao menos eu tivesse memorizado melhor a aparência deles, pensou Silbermann em desespero. Nem sei como eles eram, essas pessoas malditas que se parecem com todo mundo.

Apressou-se em atravessar a barreira de controle, mas parou logo depois.

Talvez os ladrões ainda precisem passar, teve esperanças. Vou esperar aqui. Mas então se deu conta de que eles devem ter sido mais rápidos. Correu pelo salão da estação e decidiu ficar na saída. Mas a estação tinha várias saídas, e não conseguia decidir qual delas vigiar. Apenas alguns retardatários ainda estavam passando, a maioria dos passageiros já havia partido. Sem coragem, se sentou num banco.

É inútil, pensou. Um ladrão não fica esperando até que a pessoa roubada acorde e vá atrás dele. Com certeza já foi embora faz tempo.

Um policial passou por ele vagarosamente. Silbermann se sobressaltou e correu atrás dele.

"Fui roubado", explicou com voz hesitante. "Roubaram cerca de trinta e um mil marcos no trem de Dresden até aqui. Uma maleta, uma maleta de couro."

O policial ficou parado, surpreso, olhando-o, desconfiado por um momento, mas depois pareceu acreditar nele.

"O senhor conferiu se a maleta — o dinheiro estava numa maleta, não estava? — não foi entregue ao maquinista? Não sou responsável por essas questões. O senhor deve falar com a polícia ferroviária. Está vendo aquela placa? Vá direto para lá e relate a perda. O senhor também deve ir para os achados e perdidos."

"Polícia ferroviária?", perguntou Silbermann discretamente.

"É claro! Estão ali para isso. Não demore muito. Vá logo."

Tinham caminhado lado a lado e agora estavam de frente para a sala da guarda.

"Isso", disse Silbermann lentamente, "claro, eu provavelmente deveria contatar a polícia ferroviária. Obrigado."

"Entre logo", repetiu o guarda, apontando para a porta. "Não fique perdendo tempo com preliminares. Preste logo sua queixa."

"Não sei", disse Silbermann com uma voz forçada e indecisa.

"O que o senhor não sabe?", perguntou o policial, desconfiado. "O senhor tinha ou não tinha uma maleta?"

"É claro que eu tinha. Com trinta mil marcos dentro! Mas talvez seja melhor perguntar mais uma vez na plataforma se ela não foi entregue."

"Mas isso o senhor pode fazer depois. Alguém que se dê o trabalho de roubar trinta mil marcos não vai devolver a maleta tão cedo."

"Mas talvez alguém tenha encontrado."

O policial olhou mal-humorado para ele. "O senhor acabou de dizer que ela foi roubada! Como pode ter sido encontrada?"

A situação de Silbermann tornava-se cada vez mais crítica. No momento, não tinha menos medo da polícia ferroviária do que tinha de perder a maleta.

Se eu apresentar uma denúncia, pensou, não só terei perdido meu dinheiro, como também perderei minha liberdade. Mas, se não apresentar a queixa, não tenho chance nenhuma de voltar a ver a maleta e o dinheiro. E daí também estarei acabado. Afinal, esse era meu último recurso. Mas então voltou a ter a esperança improvável de a maleta ter sido encontrada e entregue, no fim das contas.

"Quero perguntar novamente", disse, deixando o policial, que continuou o acompanhando com os olhos enquanto ele voltava para a plataforma.

Somente quando chegou à barreira de controle percebeu que havia negligenciado a compra de um bilhete para acessar a plataforma, mas, para seu grande alívio, viu que o trem ainda estava parado ali. Lançou-se à máquina de bilhetes, pegou o cartão, correu para a plataforma e perguntou ao maquinista do trem.

"Encontraram uma maleta?", gemeu, ainda sem fôlego de tanto correr. "Perdi minha maleta. Ela continha mais de trinta mil marcos!"

O maquinista encheu as bochechas de ar, surpreso. "Trinta mil marcos", disse, impressionado. "Nossa!"

"Entregaram a maleta?"

"Para mim, não. Mas é preciso comunicar a perda ao escritório de achados e perdidos. Mas, se o senhor quiser minha opinião, não vejo o porquê. Trinta mil marcos podem facilmente transformar um homem honesto num malandro. Em que compartimento o senhor estava?"

"Na segunda classe", disse Silbermann, que agora, de repente, tinha a esperança de não ter visto a maleta quando revistou o compartimento. Eles entraram no trem, mas Silbermann não foi capaz de identificar exatamente onde estava sentado. Assim, procuraram em todos os vagões de segunda classe para fumantes, sem encontrar nada.

"Um cavalheiro de bigode loiro", explicou Silbermann quando perguntado sobre os companheiros de viagem. "Ele me pareceu um pouco suspeito imediatamente, mas talvez seja apenas minha imaginação posterior. Havia dois senhores e, como eu disse, um tinha bigode loiro."

"E a senhora?", perguntou o maquinista. "O senhor não perguntou à senhora, então?"

"Ah!", disse Silbermann, infeliz. "Não pensei nisso. A senhora poderia facilmente ter dado uma descrição mais detalhada dos dois ladrões."

"Com certeza", concordou o maquinista. "O senhor deveria ter perguntado à senhora."

"Mas eu consigo descrevê-la. Ela estava vestindo cinza..."

O maquinista olhou para o relógio.

"Vá até a polícia ferroviária e ao escritório de achados e perdidos", sugeriu. "Como o senhor pôde ver, fiz o meu melhor, e isso é tudo o que posso fazer. Se o senhor quiser, posso fornecer um oficial para acompanhá-lo."

Ele se inclinou para fora da janela e olhou em volta.

"Não, não", Silbermann agradeceu apressadamente. "Não é necessário. É muito gentil, mas conheço o caminho. Adeus."

Saiu do compartimento, desceu do vagão, agarrou-se às barras com as mãos fracas e caminhou lentamente em direção à saída.

Na verdade, só perdi algum tempo de vida, tentou se convencer. Nada mais do que isso. O dinheiro não teria me ajudado de nenhuma maneira decisiva. Já aprendi.

Mas tais considerações não trouxeram nenhum consolo. Pois estava ciente de que este fora um momento decisivo, de que junto com o dinheiro lhe roubaram a capacidade de resistir, sua única base de apoio. Diante desse golpe, que, acreditava, iria decidir o resto de sua vida, todos os outros perigos que enfrentava pareciam insignificantes.

Só agora aconteceu algo que não pode mais ser remediado, pensou, e, mesmo que tentasse fugir para a indiferença como mecanismo de autodefesa, não conseguiu se convencer. Desceu os degraus de pedra. Agora não tenho mais tempo, pensou. Com o dinheiro, perdi também todo o tempo que ainda havia na minha conta.

Estava na frente da porta com a placa: Polícia Ferroviária.

Silbermann segurou a maçaneta, abriu a porta e olhou para dentro da sala.

"Heil Hitler", o saudou uma voz grosseira.

"Já volto", disse, virando-se e andando devagar na direção do banco onde havia se sentado anteriormente.

Devo prestar queixa?, ponderou. Denunciar o ladrão? A quem? Riu, impotente e cruel. Vão prender a vítima, vão levar a vítima à julgamento, não os ladrões!

Inclinou-se para trás, e o banco estalou. As mãos repousavam sobre o assento, os dedos esticados. Estou acabado, pensou. Completamente acabado! Então levantou-se num salto e andou alguns passos até chegar à polícia. "Denunciar", murmurou, "vou denunciar o roubo ao ladrão!"

A porta se abriu, e um guarda saiu. Este olhou interrogativo para Silbermann: "O senhor quer alguma coisa?".

Em silêncio, Silbermann deu meia-volta.

Preciso refletir melhor, pensou. Não tenha pressa. Voltou ao banco e se sentou novamente. O policial olhou-o por um momento e depois retornou. Silbermann o acompanhou com os olhos.

"Minha maleta", sussurrou para si mesmo. "Quero minha maleta de volta! Não pode ser! Eu estava com ela há uma hora!"

A cabeça afundou no peito.

Não pode ser, pensou novamente. Estou imaginando tudo isso. Há uma semana eu ainda era o proprietário da Becker Schrott Ltda... há algumas horas eu era um homem com mais de trinta mil marcos... um homem que ainda tinha muitas perspectivas, apesar de tudo, tinha, sim. Com trinta mil marcos no bolso, você ainda era uma pessoa perfeitamente viável. Ainda tinha inúmeras possibilidades... você só tinha que fazer uso de uma delas! As viagens, as lutas, as preocupações, os tormentos, os aborrecimentos... tudo foi em vão. Toda a minha vida foi em vão, tudo o que já consegui... Você andou por Berlim como o empresário Otto Silbermann... Tinha uma família... amigos... estava se dando bem na vida... estava se dando muito bem na vida... tinha criado raízes... Não, uma pessoa não tem raízes, apenas imagina ter... esta é a vida real, a verdadeira... Aqui, neste banco... os bolsos vazios... a polícia à qual não se ousa ir... esta é a verdadeira existência de Silbermann... Eu me sento num banco... no meio do nada, e, quando a estação fechar, vão me expulsar daqui também.

A mão acariciou o assento de madeira.

Foi isso o que consegui agora, pensou. Foi para isso que me esgueirei pela fronteira e implorei a dois guardas por um pouco de ar. Ah, se eu tivesse tentado de novo!, suspirou desesperadamente.

Então se levantou mais uma vez.

"Quero meu dinheiro de volta", rosnou. "Meus trinta mil marcos!"

Caminhou novamente até a polícia. Vocês vão saber quem eu sou, pensou em fúria indefesa, só para parar de novo na frente da porta.

Pegou a carteira para ver quanto dinheiro lhe restava. "Duzentos e vinte, duzentos e trinta, duzentos e quarenta", contou em voz alta e apressada. Ainda tinha duzentos e oitenta marcos em notas.

Amanhã, decidiu, e se afastou da polícia em direção à saída. Amanhã...

Um funcionário de baixo escalão vive vários meses com duzentos e oitenta marcos. O que o ladrão vai fazer com meu dinheiro? Nem sabe que se trata de dinheiro judeu, e é por isso que terá medo e pensará que está sendo perseguido, e talvez a minha maleta viaje com ele pelo país.

Parou novamente na saída da estação.

Quando abrimos a empresa Seelig & Silbermann em 1919, lembrou-se melancolicamente, meu depósito era de trinta mil marcos. Vinte mil de meu pai, e o Bruno me emprestou os outros dez mil. Portanto, esses trinta mil marcos foram meu verdadeiro começo! E agora são meu fim. Até agora só perdi o que havia adquirido, mas agora também perdi o que usei para adquirir mais e que poderia usar para adquirir novamente no futuro.

Isso não deveria ser tão trágico, pensou melhor, porque tudo o que realmente perdi foi o último pedaço do meu passado, que já não me pertencia mais. O dinheiro me ofereceu segurança?, tentava se consolar com a perda. Não! Somente a ilusão de segurança.

Ah, que bobagem, era mais, muito mais! Era todo o meu futuro. Perdi vinte anos de vida, vinte anos! Como tenho sido ingrato. Em toda a minha vida, minha fortuna foi um muro entre mim e a miséria. Durante alguns dias, ela não foi capaz de me ajudar — ao menos eu não soube aproveitá-la. Mas agora perdi minha existência! Agora roubaram minha existência! Sou um homem morto — completamente morto — completamente!

Deixou a estação, foi até o ponto de táxi e deu ao motorista o endereço de seu apartamento, pois havia decidido dormir em sua cama pelo menos mais uma vez antes de cometer suicídio, que era como entendia a queixa de roubo que pretendia fazer no dia seguinte.

Enquanto o carro passava por uma cabine telefônica, Silbermann, que tinha tido uma nova ideia, bateu com o dedo contra a divisória. "Pare", exclamou. O motorista parou o carro cerca de cem metros depois da cabine, e Silbermann desembarcou. Pagou e correu de volta para a cabine. Entrou, abriu a lista telefônica e procurou a letra A. Quando encontrou o nome do advogado Angelhof, sublinhou-o com lápis azul, seguindo um hábito antigo, e discou o número.

Teve que esperar bastante tempo. Finalmente, uma voz adormecida respondeu: "Sim, quem é?".

"Falo com o sr. Angelhof, o advogado?", perguntou Silbermann com a maior calma que pôde.

"Sim, é Angelhof aqui, mas..."

"Posso falar com sua esposa?"

"Minha esposa? A esta hora da noite? Quem é o senhor? O que o senhor acha que está fazendo?"

"Preciso falar urgentemente com sua esposa", declarou Silbermann, enfático. "É muito, muito importante!"

"Bem, mas o senhor não vai nem me explicar primeiro quem é e o que quer? Afinal, ligar assim para alguém no meio da noite é algo que nunca me aconteceu na vida."

"Sua esposa deixou a bolsa no trem", Silbermann mentiu, ignorando a primeira pergunta, pois teria tido dificuldade em informar um nome falso. Como inventei assim uma bolsa perdida?, perguntou-se. Ah, minha maleta, é claro. "Encontrei a bolsa", continuou lentamente. "Gostaria de entregá-la."

"Então, por favor, passe em meu escritório amanhã e entregue", sugeriu o advogado, com uma voz um pouco mais suave.

"Infelizmente estou apenas de passagem. Minha estada será curta."

"Mas hoje à noite? Já é muito tarde. O senhor não poderia ter ligado mais cedo?"

"Infelizmente não, tinha meus próprios assuntos a tratar", disse Silbermann com ousadia.

"Certamente... Entendo... É muito gentil da sua parte... mas talvez o senhor possa passar por aqui amanhã de manhã?"

"Amanhã de manhã? Sim, seria possível. No entanto, parto para Hamburgo às nove e vinte." Já decorei todos os horários de partida, impressionou-se Silbermann. Em alguns casos, como este, isso pode ser bastante útil.

"Então o senhor faria a gentileza de passar na minha casa amanhã de manhã às oito?", sugeriu o advogado com uma voz muito educada.

"Onde o senhor mora?", perguntou Silbermann.

"Na Kurfürstendamm, 65."

"Sim, já tenho o endereço da lista telefônica. Mas na bolsa há uma carta enviada à sua esposa com outro endereço. Talvez eu deva..."

Permaneceu em silêncio, mas a esperança de que o advogado daria o outro endereço não se cumpriu.

Ele só rosnava de má vontade. "E daí?"

"É...", disse Silbermann. "Estou em uma posição delicada. Não sei o que fazer. Sua esposa deixou escapar, durante a nossa conversa, que vocês estão separados."

"Então por que o senhor está ligando para mim?"

"Bem, também não sei. Não estou muito bem informado sobre sua situação familiar, o que, afinal, não é da minha conta. Só estava me perguntando onde eu deveria levar a bolsa agora. Devo entregá-la à sua esposa."

"Basta entregá-la no meu escritório pela manhã."

"Não sei se devo, considerando que..."

"Então me deixe em paz! Faça como quiser. Não me importo se quiser levar a bolsa até ela. Provavelmente vai ser melhor assim."

"Vou deixá-la nos achados e perdidos", Silbermann fez uma última tentativa. "Nem sei se o endereço ainda está correto. O escritório de achados e perdidos pode então procurar por sua esposa."

"Para mim tanto faz, mas talvez você possa entregá-la na pensão Weler, se não quiser confiá-la a mim. Qual endereço consta na carta?"

Silbermann abriu rapidamente a lista telefônica.

"Vou conferir", disse. "Quem sabe dê tempo."

"Qual endereço consta na carta?", perguntou novamente o advogado.

"Vou ter que olhar de novo", disse Silbermann. "Me desculpe a interrupção. Adeus."

Desligou o telefone e folheou a lista telefônica com alguma esperança. Talvez eu devesse ter pedido o nome da rua, pensou. Se a pensão não estiver aqui, não vou poder ligar de novo. Mas encontrou o endereço e o anotou. Então, saiu novamente à rua. Aventura, pensou quase com raiva. Aventura!

Alugou um carro. Quando chegou à pousada, teve que tocar a campainha várias vezes antes que alguém aparecesse à porta.

"Gostaria de falar com a sra. Angelhof", disse.

A empregada, vestida com um roupão, olhou para ele com espanto. "Agora?", perguntou com incredulidade.

"Sim, agora", disse com firmeza. "Estou apenas de passagem e tenho algo para entregar", acrescentou, esclarecendo.

"O senhor não pode deixar comigo então?"

"Não", disse Silbermann, tirando a mão do bolso e lhe entregando uma moeda de três marcos. "A senhora poderia me anunciar, por favor?"

A moça o deixou entrar e o levou para a sala de leitura. Quando Ursula Angelhof entrou cerca de dez minutos depois, Silbermann tinha quase adormecido na poltrona confortável em que havia sentado. Ela olhou para ele com calma. Parecia que não estava nem satisfeita nem particularmente surpresa, apenas um pouco espantada. Silbermann se levantou.

"Boa noite", ele a cumprimentou, sem saber exatamente por que tinha vindo.

Ela também parecia não entender.

"Queria ver você novamente", explicou. "Não a encontrei naquele dia porque cheguei tarde demais."

"Mas como o senhor tinha meu endereço?", perguntou ela.

"Consultei seu marido."

"Ah", disse, e Silbermann acreditou ter visto um sorriso de aprovação. Mas então ela ficou séria. "Você não deveria ter feito isso. Você sabe a nossa situação", ela disse, voltando a chamá-lo de *você*.

"Mas eu queria voltar a vê-la", disse ele suavemente.

"Por quê?", perguntou ela. "Não adianta. Foi por isso que não fui ao nosso encontro."

Silbermann teve que sorrir. É claro que ela não tinha ido.

"Talvez você esteja certa", ele disse.

Ela balançou a cabeça espantada. "E?", perguntou.

"É que... não sei mais como continuar. Não tenho a mínima ideia do que fazer. A mínima ideia! Estou acabado. Roubaram meu dinheiro no trem de Dresden para Berlim."

Os olhos dela se arregalaram com o susto. "O seu dinheiro?", perguntou.

"Já não sei por que vim aqui... Queria ver você... Mas... não faz sentido... É tudo... não sei."

Ele se levantou, pegou a mão dela, olhou-a nos olhos e finalmente a beijou.

"Adeus", disse.

"Mas não entendo", disse ela, "você queria algo. O que você queria? Quer dizer, quer ajuda..."

"Não, não, não", interrompeu quase irritado, balançando a cabeça. "Você não pode me ajudar." Suspirou.

Aproximou-se da porta lentamente. De repente, sentiu a mão dela no ombro. Virou a cabeça e olhou-a espantado.

"Quer ficar aqui?", sussurrou.

Ele a observava com um olhar vazio.

"Não sei", disse então. "Acho que... talvez seja melhor... eu vou embora."

"Como quiser", ela respondeu silenciosamente. "Mas o que você vai fazer?"

"Não vou fazer mais nada", respondeu antes de ir.

10

Silbermann estava andando pelo zoológico com a família. Na verdade, queria ter ido para Potsdam e visitado novamente o Palácio e o Parque Sanssouci, mas Eduard, que estava planejando remar no Lago Novo, finalmente o convenceu a abandonar o plano original.

Considerando que tinha convencido o pai, além de ter acabado de receber permissão para visitar o circo, Eduard estava de bom humor, e Silbermann também estava bastante satisfeito por ter ficado em Berlim, pois tinha reuniões importantes marcadas para segunda-feira e, portanto, queria ir para a cama cedo.

O tempo estava muito bom, e eles falavam sobre a próxima viagem de verão.

"Eduard ainda precisa de um terno novo", disse a sra. Silbermann, com os olhos no filho.

"Quando eu era menino", assegurou Silbermann, "eu cuidava melhor de minhas coisas. A propósito, já fez o trabalho da escola, Eduard?", disse se virando para o filho.

"É", disse ele, olhando em outra direção.

"Isso por acaso é resposta?", questionou Silbermann. "Não se esqueça de me mostrar ainda esta noite o que fez."

Eduard ficou em silêncio por um momento, depois disse: "Não entendi bem o problema de matemática".

"Mas agora chega", Silbermann ficou indignado. "E você ainda se atreve a ir dar uma caminhada pelo parque? E hoje à noite quer ir ao circo? O que você está pensando? Não pode ir ao circo conosco até que tenha resolvido o problema de matemática."

"Mas ele trabalha tanto", interpelou a sra. Silbermann.

A campainha da porta tocou. Silbermann se assustou.

"Eduard fará o que...", disse ele, atordoado. Depois olhou em volta. Estava deitado em seu quarto, mas sozinho.

"Ah, é", disse e voltou a fechar os olhos.

A campainha tocou novamente. Saiu da cama, devagar, colocou os chinelos e, tirando o sono dos olhos, foi até a porta.

Chegaram na hora certa, pensou. Pois supôs que vinham buscá-lo. Abriu a porta.

"Vim cobrar o leite", disse uma voz feminina.

Silbermann observava a mulher, pensativo.

"Então", disse ele, alongando as sílabas. "Então a senhora veio cobrar o leite?"

"Sim", respondeu a mulher. "Já estive aqui quatro ou cinco vezes. Mas ninguém atendeu. Hoje fiz questão de vir na porta da frente pois pensei que a campainha de trás podia não estar funcionando mais." Olhou para ele como se o tivesse condenado por algum mal contra ela.

"São nove marcos e setenta e cinco", disse enfaticamente, entregando-lhe o pedaço de papel.

"Espere um minuto, por favor", disse ele.

Foi ao quarto pegar algum dinheiro.

"Devo continuar a entrega a partir de agora?", perguntou a leiteira quando ele retornou. "Porque as garrafas dos últimos dias ainda estão do lado de fora da porta dos fundos. Há três dias que eu não..."

"Não precisaremos mais", ele a interrompeu, "mas a senhora ainda pode me deixar com a garrafa de hoje."

"Devo anotar os trinta e quatro centavos?", perguntou. "Por outro lado, se o senhor não for querer mais nada..."

"Trinta e quatro centavos", disse. "É muito dinheiro."

"É o preço do leite em qualquer lugar", respondeu, amarga, provavelmente com a honra comercial ofendida.

"Sem dúvida", disse, assustado.

Depois pagou, fechou a porta e levou a garrafa de leite para o quarto. Como as pessoas são sensíveis, refletiu. A leiteira já está profundamente magoada porque supõe que as pessoas pensam que o leite dela é um centavo mais caro que o dos outros. E ela não tem que aturar. Enquanto isso eu... eu...

Abriu a garrafa e tomou um gole grande.

Agora quero tomar café, pensou, enquanto limpava a boca e entrava no banheiro. Ligou a água quente e ficou olhando a banheira encher sem pensar em nada. Depois se despiu e tomou banho.

Eu realmente estava sentindo falta disso, pensou, enquanto se esticava confortavelmente na água. Permaneceu no banho por meia hora, depois se barbeou e se vestiu com calma. Quando estava colocando a gravata, ouviu novamente a campainha, desta vez a da porta dos fundos.

É a conta do pãozinho?, pensou, quase se divertindo.

E era, de fato, a conta do pãozinho. Pagou e alguns minutos depois deixou o apartamento para tomar café numa confeitaria do outro lado da rua. Tomou um café da manhã bastante longo.

Quando terminou, decidiu seguir o caminho que não tinha sido capaz de tomar na noite passada. Aparentava calma ao entrar na delegacia de polícia.

"Gostaria de prestar uma queixa", explicou, sem devolver o "Heil Hitler" do oficial. Aproximou-se do balcão e se apoiou com as duas mãos.

"Do que se trata?", perguntou um oficial com uma voz desaprovadora.

"Fui roubado."

"Não sou responsável por isso. Só faço os registros imobiliários."

Silbermann esperou um momento, e então disse: "Mas talvez o senhor decida me dizer quem é o responsável".

O oficial tomou um susto. Ele conhecia esse tom. Observou Silbermann, perguntando-se se era apropriado que aquele homem o tratasse dessa maneira e depois, aparentemente aceitando, disse muito mais educado: "Por favor, vá até a sala três".

"Onde fica?", perguntou Silbermann.

O oficial levantou-se, aproximou-se do balcão, apontou para uma porta e disse: "Ali, no corredor, é a primeira sala".

Silbermann lhe agradeceu e alguns momentos depois estava em frente à sala três.

Bateu à porta.

"Entre", disse uma voz rouca.

Silbermann entrou. Sentado atrás da mesa estava um homem corpulento com roupas civis, que agora pousou o jornal que folheava para pegar um pacote de arquivos.

"Vim prestar uma queixa", disse Silbermann, aproximando-se.

"Heil Hitler", o comissário o cumprimentou, tentando coagi-lo com o olhar.

"Bom dia", respondeu Silbermann. "Como eu disse, vim prestar uma queixa."

"O senhor é alemão?", perguntou o comissário, olhando para o arquivo.

"Claro!", respondeu Silbermann.

"Então o senhor também deve cumprimentar com a saudação alemã. É a regra aqui!"

"Eu sou judeu."

"Então o senhor não é alemão!" O comissário fechou o arquivo e olhou para ele.

"Vamos deixar isso para a próxima vez", respondeu Silbermann, lutando para se controlar. "Vim prestar uma queixa!"

O homem coçou o queixo. "O senhor está ciente de que denúncias falsas são passíveis de punição?"

"Não tenho a intenção nenhuma de fazer denúncia falsa."

"Em qualquer caso, aconselho-o a pensar cuidadosamente no que diz."

"O senhor não quer ouvir minha queixa antes?", perguntou Silbermann.

"Mas o senhor é judeu!", observou o comissário, acenando a cabeça.

"Vim aqui para prestar uma queixa", repetiu Silbermann pela quarta vez.

253

"É meu dever fazer com que o senhor saiba que será punido se..."

"Roubaram minha maleta no trem", Silbermann interrompeu; o rosto pálido ficou gradualmente avermelhado. "Continha trinta mil marcos. O senhor quer registrar?"

O comissário colocou uma grande folha de papel diante de si. "Como o senhor conseguiu trinta mil marcos?", perguntou, mergulhando a pena no tinteiro, dando uma batidinha leve para tirar o excesso de tinta e inclinando-se para trás. Observou Silbermann por um tempo, depois se inclinou novamente para frente e começou a escrever.

"Nome?"

"Otto Silbermann."

"O senhor tem documento de identidade?"

Silbermann entregou-lhe o passaporte.

"Bom", disse o comissário, copiando o número do passaporte e outras informações.

"O endereço permaneceu o mesmo", esclareceu Silbermann.

O comissário tomou nota sem falar nada. Então olhou para cima e disse claramente: "Eu lhe perguntei como o senhor conseguiu o dinheiro. O senhor não quer me responder?".

"Foi o que restou da minha fortuna", respondeu Silbermann. "Eu costumava ser um homem rico."

"E o senhor estava carregando o dinheiro por aí numa maleta? Muito estranho! Em que trem isso supostamente aconteceu?"

"No trem de Dresden para Berlim. Num compartimento de segunda classe para fumantes."

"O senhor apresentou uma queixa à polícia ferroviária?"

"Não, mas informei o maquinista do trem."

"Por que o senhor não denunciou isso para a polícia ferroviária?"

"Porque eu queria relatar aqui."

"Estranho. Então, o senhor alega que no trem de Dresden a Berlim, num compartimento de segunda classe para fumantes, uma maleta e o conteúdo de trinta mil marcos foram roubados."

"Não estou alegando. Aconteceu."

"Isso eu não tenho como saber. O senhor tem alguma suspeita em particular?"

"Eu estava viajando com uma senhora idosa e dois senhores. Um dos cavalheiros tinha um bigode loiro."

O comissário riu ou tossiu; era indistinguível. "O senhor só sabe isso?", perguntou. "Reconheceria essas pessoas?"

"Acredito que sim."

"Como era a maleta?"

"Era de couro marrom e tinha uma fechadura de aço. Licença, aqui está a chave."

"O senhor se lembra do número do trem?"

"Não, receio não ter pensado nisso."

"A que horas supostamente aconteceu?"

"Acredito que foi o último trem para Berlim."

"O senhor acredita! Que horas o trem chegou a Berlim?"

"Em torno de uma."

"Isso é tudo que o senhor pode dizer? O senhor afirma ter perdido uma maleta no último trem de Dresden para Berlim..."

"Ela foi roubada!", interrompeu Silbermann.

"Não precisa ser rude! Não sou surdo."

"E o que o senhor vai fazer agora?", perguntou Silbermann.

"Ainda vou ver."

"Gostaria de oferecer uma recompensa de dez por cento do valor que for devolvido para quem encontrar os culpados."

"Primeiro, o senhor teria que recuperar o dinheiro. Segundo, o senhor teria que tê-lo perdido. E terceiro..."

"O senhor não parece levar minha denúncia a sério! O senhor por acaso acha que isso é uma piada?", interrompeu Silbermann, sentando-se ao mesmo tempo na cadeira em frente à escrivaninha, já que estava até agora esperando um convite.

O comissário viu nessa ação um desrespeito por sua pessoa, mas não soube o que responder. "Por favor, deixe-me terminar", exclamou. "Minha opinião não está em questão aqui. O senhor apresentou uma denúncia e cabe a mim examiná-la e encaminhá-la. O senhor gostaria de me explicar por que está viajando por aí com trinta mil marcos na mala?"

"Quem disse que eu estava viajando por aí?"

"Em todo caso, o senhor estava em Dresden."

"Não tenho o direito de ir a Dresden?"

"Não tenho que responder! Mas o que eu quero saber do senhor..." Ele fez uma pausa, olhou para cima e perguntou: "O senhor queria levar o dinheiro para o exterior?".

"O senhor quer encontrar o ladrão ou suspeitar da vítima?", perguntou Silbermann de volta, já que esse ataque não era de todo inesperado.

"Não quero absolutamente nada. Já lhe disse isso antes. Eu não sou eu mesmo aqui. Sou um funcionário. Caso contrário, o senhor ficaria muito surpreso!"

"Eu não sou eu mesmo", repetiu num escárnio Silbermann, cuja raiva não podia mais ser contida. "Então quem o senhor é se não é o senhor mesmo? Desde quando os funcionários públicos alemães têm sofrido com essa divisão de almas?"

O comissário bateu o punho na mesa com raiva. "Como o senhor se atreve?", rugiu. "O senhor acha que pode vir aqui e fazer essas piadas de judeu?"

Silbermann se levantou.

"Talvez seja uma piada de judeu", gritou, "que eu apresente uma queixa de roubo àqueles que estão roubando todos os meus direitos. Em qualquer caso, é a realidade alemã que, em vez de procurar o ladrão, o senhor é impertinente com quem foi roubado. O senhor... senhor comissário... eu quero meu dinheiro de volta... Meus trinta mil marcos... Quero de volta o mais rápido possível... Providencie... Apresentei uma queixa... E quero apresentar outra queixa imediatamente... Bandidos roubaram meu apartamento, quebraram meus móveis, machucaram meu amigo Findler... aqui..." Colocou a mão no bolso e tirou a insígnia com uma suástica. "Os criminosos deixaram isso para trás... Por favor, faça o registro. O que o senhor está esperando?... Este segundo relatório é ainda mais importante, muito, muito mais importante. Por que o senhor não está escrevendo?... Não olhe para mim dessa maneira. O senhor não acha realmente que destruí meu próprio apartamento, acha? Anote: Findler, Theo Findler... Ele é minha testemunha, ele estava lá... e foi ferido. Ele estava prestes a me roubar... Mas o que o senhor está esperando? Por que não está escrevendo? O senhor é o comissário aqui. O senhor acabou de me dizer isso. O senhor precisa proteger por lei todos os cidadãos... Roubo, invasão de propriedade, senhor comissário, cometido em minha casa... Ataque ao Findler... Em 9 de novembro, uma grande quadrilha de criminosos não invadiu só minha casa... não, foi por todos os lugares... mas por que o senhor não está escrevendo? Eu lhe digo: assassinos, comissário, assaltantes... invasores..."

A raiva aumentava enquanto falava.

"Será que sou suspeito por conta das minhas viagens? É isso? Estava fugindo de criminosos, comissário, não se esqueça disso, por favor. Com certeza é um direito do cidadão fugir dos criminosos, não é? E o cidadão também tem o direito de levar seu dinheiro consigo, não tem? Mas ele está autorizado a apresentar uma queixa? Pergunte ao Findler, basta perguntar ao Findler... Ele estava lá. Ele confirmará. Ele é uma testemunha. Marque uma vistoria em minha casa... Verifique... Confirme... Nas casas de outras pessoas também... não só na minha... privação de liberdade... lesão corporal... E a polícia? Não intervém? Por que não intervém? Quero lhe dizer o porquê..."

Olhou o comissário como se estivesse prestes a ser atacado a qualquer momento. A boca espumava, e a saliva escorria pelo queixo. Dois policiais o agarraram e o levaram para uma cela.

"Ladrões", gritou. "Quero meu dinheiro de volta! Vocês estão encobrindo crimes! Todos vocês... Receberam suborno... Corruptos... Criminosos... Cúmplices... Trinta mil marcos... Vocês vão dividir meu dinheiro... Meu dinheiro!... Exijo que a polícia... Há... Existem leis..."

Os oficiais trancaram a porta da cela. Silbermann bateu com os punhos contra a grade.

"Abram", rugiu, completamente fora de si. "Exijo ver o comissário. Tenho queixas a fazer... Tenho testemunhas... Tenho testemunhas!" Chutou a porta. "Devolvam o meu dinheiro", gritou. "Estou emigrando! Prometo-lhes... Estou saindo do país... mas quero minha maleta de volta!"

A porta foi escancarada.

"Cale a boca", disse um guarda, agarrando-o e sacudindo-o indignadamente. Silbermann permaneceu em silêncio. O guarda o soltou e deixou a cela. Silbermann cambaleou contra a parede, atirou-se no catre e chorou. Ficou deitado ali por cerca de dez minutos. Então levantou-se novamente, correu para a porta e gritou: "Existem leis! Existem leis!".

Continuou repetindo essas duas palavras. Finalmente, a porta foi reaberta.

"O senhor enlouqueceu?", gritou uma voz para ele.

"Existem leis", repetiu Silbermann, acuado e bem mais baixo.

"O senhor será levado para um manicômio se não se calar logo!"

No dia seguinte, Silbermann foi levado à presença do mesmo comissário para o qual havia apresentado a queixa — e que também tinha sido alvo de seu ataque de raiva. Como precaução, o comissário manteve dois policiais na sala.

"O senhor sabe", ele começou em voz seca, sem tirar o olho dos papéis, "que ontem o senhor foi culpado por insultos horrendos, não só contra mim, mas também contra todo o serviço público. Além disso, o senhor fez acusações caluniosas que insultam o povo alemão como um todo." Então olhou para cima. "O que o senhor tem a dizer sobre isso?", perguntou.

Silbermann permaneceu em silêncio.

"O senhor quer ser enviado a um campo de concentração?"

Silbermann permaneceu em silêncio.

"Será iniciado um processo contra o senhor!"

Silbermann permaneceu em silêncio.

O comissário se levantou. "O que o senhor está pensando?", rosnou. "O senhor fará a gentileza de abrir a boca?"

"Eu apresentei uma queixa", disse Silbermann com a voz tensa. "Roubaram trinta mil marcos de mim! Invadiram meu apartamento!"

O comissário se sentou novamente. "O senhor não quer ouvir a razão?", perguntou em voz baixa. "O senhor não vai chegar a lugar nenhum com essa teimosia. Reconheça."

Silbermann olhou pela janela atrás do comissário.

"Se eu quiser, posso transferir o senhor imediatamente para um campo de concentração. O senhor está quase me forçando a fazer isso. Eles lhe ensinariam maneiras por lá!"

"O senhor deu seguimento à minha queixa?", perguntou Silbermann. "O dinheiro foi encontrado?"

"O senhor está começando de novo? Não fale nada a menos que eu tenha pedido!"

Pegou o registro de serviço militar de Silbermann, que havia sido retirado dele ontem junto com os outros pertences.

"Então o senhor era um soldado", disse o comissário de forma mais branda. "Imagino que trabalhava na administração, não é?"

"Por acaso é isso que consta no documento?", perguntou Silbermann.

"Documentos podem ser falsificados."

Silbermann encolheu os ombros sem responder.

"Não disse que são falsos. Só disse que podem ser falsificados", explicou o comissário. "Então, o que o senhor quer que eu faça agora? Qual é a sua sugestão?"

"Exijo que o paradeiro da minha maleta seja investigado."

"Isso é imprudente", disse o comissário, e houve um tom de reconhecimento nessa declaração. "Por isso, vou mandar o senhor para um campo de concentração! Lá o senhor provavelmente voltará a si e aprenderá como um judeu deve se comportar hoje em dia! Só não pense que eles não vão saber lidar com o senhor."

"Pelo contrário", respondeu Silbermann. "Estou convencido disso."

"Então por que o senhor está agindo assim?"

"Perdi uma maleta com trinta mil marcos. Vim aqui para prestar queixa."

"O senhor foi impertinente e... vou prender o senhor!"

"Foi o que pensei", disse Silbermann calmamente. "Eu sabia que isso ia acontecer antes de vir para cá."

"E então por que o senhor veio?", perguntou o comissário, curioso.

"Porque já não me importo com o que acontece comigo. Porque sempre paguei impostos em dia durante anos e exijo que a polícia também cumpra seu dever comigo."

"A polícia não está disponível para o senhor!" O comissário o olhou com atenção. "Front ocidental?", perguntou então. "Por quanto tempo?"

"Por que isso importa?"

O inspetor riu. "Vá para o inferno", disse com uma voz vigorosa. "Mas não ouse mostrar a cara aqui novamente. Vá, saia daqui!"

"Roubaram minha maleta com trinta mil marcos dentro."

"Aí não!", disse o inspetor. "O senhor não consegue mesmo manter a boca fechada. Meier, leve o homem de uma vez. E eu tentando colocar a misericórdia na frente da justiça..."

"Vamos lá, judeu, vamos lá", disse o policial, agarrando-o pelo braço.

Silbermann tirou a mão. "O senhor se refere a mim?", perguntou. "Meu nome é Silbermann. Não tolero..."

"Hahaha", riu o comissário. "Ele te pegou aí, Meier! Leve o cara lá para a porta de uma vez. Deixe-o ir. Soldados da linha de frente: isso ainda importa, mesmo sendo um judeu."

O oficial acompanhou Silbermann até a porta.

"Mantenha essa sua boca imunda calada", ele o aconselhou. "O senhor não terá tanta sorte da próxima vez."

Silbermann o olhou, irritado.

"Diga ao seu califa Harune Arraxide aí dentro para dar seguimento à minha queixa. Eu voltarei."

Lançou um olhar amuado e partiu.

"Que pena", murmurou para si mesmo. "Agora tenho que me matar com minhas próprias mãos, bem que eles já podiam ter feito isso."

Vagou ao acaso pela cidade durante uma hora. De repente, se viu em frente à casa onde seu advogado morava. Entrou, pegou o elevador até o segundo andar e tocou a campainha.

O próprio Löwenstein abriu a porta. "É você", disse. "Eu estava começando a pensar que a polícia..."

"Achei que estivesse preso", respondeu Silbermann, amuado.

"Então por que veio me ver?", Löwenstein quis saber e deixou-o entrar. "A propósito, fui libertado hoje."

"E o que vai fazer agora?", perguntou Silbermann, tentando tirar o casaco.

"Meu trem parte para o exterior em uma hora."

"Tem o visto?"

"Não. Mas tenho o endereço de um homem que pode me ajudar a cruzar para a Holanda. Por que não se junta a mim, Silbermann?"

"Já fiz isso! Além do mais, só me restam duzentos marcos. Roubaram trinta mil de mim no trem. Quando passei por sua casa, pensei que talvez Löwenstein saberia como conseguir o dinheiro."

"Mas se você foi roubado... Deus nos livre. Como se pode roubar trinta mil marcos! Tem que ter cuidado. Por outro lado, todos perdem o próprio dinheiro um dia. Ao menos não terá que morrer por isso. Fique feliz com a maneira como as coisas estão. Você vem?"

"Estou farto de viajar", disse Silbermann lentamente.

"E acha que eu gosto? Por favor, decida logo. Não tenho tempo. Tenho mil coisas para fazer, e meu trem parte em uma hora. E?"

"Já não tenho dinheiro suficiente."

"Eu lhe emprestarei um pouco. Você ainda vale mais do que duzentos marcos."

"Muito gentil da sua parte. Adeus."

Löwenstein o segurou com firmeza. "Afinal?", perguntou. "O que é isso?"

"Desejo-lhe boa sorte", respondeu Silbermann. "Mas estou até aqui de viajar, sabe. Já estou entediado."

O advogado olhou para ele, sem entender.

"Qual é o seu problema?", perguntou. "Entediado! Quem que já ouviu falar de algo assim? Sua vida está em jogo, meu caro. Você se deu conta disso?"

Silbermann olhou para trás.

"Quero meu dinheiro de volta", disse. "Trinta mil marcos! Eu exijo... Eu... Vou ter que pensar sobre tudo... Não quero segurar você."

"Você não está bem", disse Löwenstein.

"Não", disse Silbermann calmamente. "Tenho cada vez mais a sensação... o mundo está louco... isto é, não sei mais o que fazer com ele... O que quer dizer que eu mesmo..."

"Ah, vamos lá", Löwenstein o interrompeu apressadamente. "Um homem razoável como você. Então, como é isso? Você vem comigo? Tem que se decidir logo, infelizmente."

Silbermann sacudiu a cabeça, depois apertou a mão de Löwenstein e disse adeus.

Ao descer lentamente as escadas, perguntou-se o que deveria fazer agora. Seria preciso viajar, pensou. Mas sozinho... Löwenstein fala demais. Irei apenas até Hamburgo. Esse sempre foi um bom caminho. Sempre me senti mais confortável nas cabines para Hamburgo. Mas eu também poderia voltar para Dortmund. Ao menos é possível ter uma boa noite de sono no caminho.

Parou na porta da frente.

Löwenstein vai conseguir, pensou. É um homem capaz... Não vai sair dessa desmoralizado. Na verdade, eu deveria ir com Löwenstein... Mas e meu dinheiro? O que vai acontecer com o meu dinheiro? Talvez ainda encontrem... E então eu estaria no exterior sem nada!

Embarcou num bonde.

Vou até a empresa, pensou. Preciso verificar a correspondência que chegou nesse período. Não cuidei dos negócios... é uma leviandade condenável.

Desembarcou do bonde.

Negócios? Isso não existe mais, ele se lembrou.

Chamou um táxi e informou ao motorista o endereço de Becker.

Talvez ele me dê algum dinheiro, uns dois mil marcos. Quem sabe?

No cruzamento seguinte, pediu para o motorista parar o carro e desembarcou.

É inútil, pensou. Tudo isso é inútil!

Entrou num bonde que passava ali naquele momento.

"Para onde está indo?", perguntou ao condutor.

"Praça Adolf Hitler."

Comprou um bilhete.

E o que é que vou fazer lá?, perguntou-se.

Passou por duas paradas e depois desembarcou.

Para onde?, pensou com medo. Para onde? Enlouqueci. Deveria ter ido com o Löwenstein. Mas estou tão farto de viajar!

Entrou num bar, sentou-se e pediu um copo de cerveja.

Estou louco, pensou novamente. Talvez seja a melhor decisão para mim agora, o mais sensato. Estes tempos são suficientes para deixar qualquer um maluco. Mas estes e outros pensamentos similares finalmente o levaram à convicção de que, no fim das contas, tinha permanecido são e que não podia escapar da obrigação de pensar racionalmente.

Como alguém consegue lidar com tudo isso, desesperou-se. O suicídio é a saída mais sensata. Mas ainda quero viver! Apesar de tudo, quero viver! Para isso é necessário ter todo o juízo possível. Mas nem isso basta porque meu juízo vai contra minha própria vida. A sensatez nega minha existência. Então por que eu deveria ter juízo? Porque eu entendo, pensou, infeliz, e é justamente isso que me desespera. Ah, se ao menos eu pudesse não entender. Não aguento mais. E não tenho mais nada além de uma lista com as minhas perdas.

"E o que resta?", perguntou tão alto que as poucas pessoas que estavam no bar voltaram a cabeça para ele. "O que resta?", perguntou Silbermann novamente em voz alta.

A cerveja chegou. Ele se levantou e pagou.

Vou ser preso, pensou. Voltarei para a delegacia. Eles deveriam me prender. O Estado já me assassinou. Vou deixar que me enterrem também.

Voltou à rua e acenou para um carro. "Para a delegacia de polícia mais próxima", disse. Mas, assim que entrou, arrependeu-se da decisão.

Talvez, pensou, talvez... nunca se sabe... Será que eu não deveria ir com Löwenstein? Bateu na janela e informou ao motorista o endereço do advogado. Ele provavelmente já partiu, pensou Silbermann.

Quando o carro parou, o motorista teve que acordá-lo, porque Silbermann havia cedido ao cansaço e adormecido. Voltou a entrar no elevador.

"Ele provavelmente já partiu", pensou, ao apertar a campainha.

Após apenas alguns momentos, Löwenstein abriu a porta. Estava vestido e tinha uma pequena mala na mão.

"Mudou de ideia?", perguntou, saindo do apartamento e trancando a porta atrás de si. "Deu sorte. Ainda estava resolvendo algumas coisas. Venha!"

Entraram no elevador e desceram.

"Demorei muito tempo", explicou o advogado com raiva no caminho.

"O que vai acontecer com suas coisas agora? Seu dinheiro?"

"Não adianta chorar pelo leite derramado", Löwenstein respondeu com muita calma.

Essa atitude despertou muito a admiração de Silbermann. Quando chegaram ao andar térreo, notaram dois homens esperando na frente do elevador. Silbermann saiu primeiro, passou por eles, deu cinco ou seis passos, presumindo que Löwenstein o seguiria. Então ouviu de repente a palavra "preso". Ele se virou.

Justo então um dos dois senhores colocou um par de algemas no advogado, cujo rosto tinha ficado completamente pálido. Com os olhos, sinalizava que Silbermann deveria continuar.

Silbermann parou. "O que está acontecendo?", perguntou calmamente.

Alguém imediatamente o agarrou pelo braço. "O senhor conhece o cavalheiro?"

"É claro. Era meu advogado."

"Então venha comigo até a delegacia de polícia. O senhor também é judeu?"

"Sou", disse Silbermann.

Eles foram levados para longe.

11

"Meu nome é Schwarz", disse o prisioneiro e veio até Silbermann para apertar sua mão. "Sou perfeitamente normal", acrescentou imediatamente. "E o que o senhor andou aprontando?"

"Nada", disse Silbermann, sentando-se na cama.

Schwarz o seguiu. "Esse é o seu truque", respondeu. "É claro."

Silbermann franziu a testa. Não gostava muito do companheiro de cela. Até mesmo seu rosto, esponjoso, sem estrutura, com os pequenos olhos vermelhos, despertou nele uma certa relutância.

"Meu truque?", perguntou, deitando-se.

"Bem, é por isso que o senhor está aqui. Todo mundo está fingindo. Eu também estava fingindo! Eu sou perfeitamente normal."

"Muito provavelmente", respondeu Silbermann, fechando os olhos.

Schwarz o sacudiu pelo ombro. "Querem me esterilizar", disse temerosamente.

"Querem o quê?", Silbermann se endireitou.

"É, querem me esterilizar. Roubei uma bolsa de mão e depois me fiz de louco. E agora querem me esterilizar! Mas não vou deixar. Não sou esquizofrênico. Eu sou normal! Tenho uma noiva. Eu..." Schwarz andou de um lado para o outro da cela.

Silbermann pressionou as mãos nas têmporas. "Estou com dor de cabeça", disse.

Schwarz interrompeu o movimento. "Esse é o seu truque", assegurou. "Mas vão esterilizar o senhor mesmo assim!"

"Que besteira", disse Silbermann calmamente.

"Não é besteira! O que o senhor andou aprontando? Me diga, o que o senhor andou aprontando?"

"Nada, de verdade", repetiu Silbermann, novamente irritado. "Sou judeu, se você realmente precisa saber."

"Esse é o seu truque", explicou Schwarz. Depois se levantou na frente de Silbermann. "O senhor cometeu contaminação racial?", perguntou com um sorriso idiota.

Silbermann virou-se para a parede. O guardião abriu a porta e empurrou a refeição para dentro da cela.

"Ei, você", disse Schwarz. "Este cara aqui é judeu. Não vou tolerar isso! Sou um nacional-socialista. Não quero ficar trancado na mesma cela que um judeu..."

"Fique quieto", respondeu o guardião. "Você logo está saindo para a esterilização."

"Não!", rugiu Schwarz. "Não!"

O guardião fechou a porta, rindo. Schwarz recomeçou a andar de um lado para o outro da cela. Em seguida, ficou em frente à porta e bateu contra ela.

"Fora, judeu!", rugia. "Fora, judeu!"

O grito foi acolhido por outros loucos, e de repente dezenas de vozes rugiram juntas: fora, judeu! Fora, judeu!

Silbermann se levantou da cama. "Cale a boca!", gritou.

Schwarz olhou para ele com medo e calou-se. Mas os outros continuavam a gritar: "Fora, judeu! Fora, judeu!"

"Eles vão esterilizá-lo", sussurrou Schwarz e ao mesmo tempo se espremeu temerosamente num canto. "Vão esterilizá-lo, com certeza!"

A chave do guarda se chocou contra a fechadura.

"O que está acontecendo aqui?", perguntou.

"Não quero ficar com um judeu..."

"Você não tem que querer ou não querer nada."

O prisioneiro se calou. Quando o guarda deixou a cela novamente, Schwarz retomou a gritaria: "Fora, judeu! Fora, judeu!".

Silbermann se deitou de novo. Enfiou os polegares nos ouvidos. "Vou embora em breve", disse em voz alta.

"O que vai fazer?", perguntou Schwarz, aproximando-se. "O que vai fazer?"

"Por que vocês fazem tanto barulho aqui?", perguntou Silbermann, baixinho.

"Idiotas, são todos idiotas", explicou Schwarz. "Mas querem me esterilizar!"

Silbermann se levantou. "Não quero ficar aqui", disse. "Quero ir embora! Às sete horas, há um trem para Aachen... às oito e dez, um trem para Nuremberg... às nove e vinte, um para Hamburgo... às dez, um para Dresden... Há tantos trens... tantos trens... Eu quero ir!"

"Esse é o seu truque", disse Schwarz, convencido. "Vamos, gritem junto: Fora, judeu..."

POSFÁCIO DA EDIÇÃO ALEMÃ

Em 29 de outubro de 1942, Ulrich Alexander Boschwitz estava a cerca de 700 milhas náuticas a noroeste dos Açores, a bordo do M.V. Abosso, quando esse navio de passageiros fretado pelo governo britânico foi acertado por torpedos do submarino alemão U-575, afundando finalmente às 23 horas, horário da Europa Central. Ulrich Boschwitz tinha apenas 27 anos quando sua vida — e a de outros 361 passageiros — foi extinta. Carregava consigo o último manuscrito que escreveu.

Algumas semanas antes, numa última carta para a mãe, Martha Wolgast Boschwitz, escreveu em detalhes o que gostaria que, em caso de morte, acontecesse com seus textos já publicados ou com os manuscritos que havia mantido a salvo. Essa carta, datada de 10 de agosto de 1942, também menciona o romance *O passageiro*. Ele informa à mãe que acaba de revisar completamente o livro, publicado pela primeira vez na Inglaterra em 1939 e depois nos Estados Unidos em 1940, e que as primeiras 109 páginas do original corrigido estavam a caminho dela por meio de um ex-prisioneiro que se dirigia à Inglaterra. A segunda parte do texto revisado ainda estava pendente.

Ulrich Boschwitz aconselha a mãe a recorrer à ajuda de alguém com experiência literária para fazer as correções e está convencido de que as mudanças melhorarão consideravelmente o romance. E, com isso, as chances de publicação no que ele espera que em breve seja uma Alemanha livre. As instruções, escritas em inglês, terminam com as palavras: "I really believe there is something in the book, which may make it a success".[3] Aparentemente, Martha Wolgast Boschwitz nunca recebeu as correções do filho; pelo menos elas não fazem parte dos escritos do autor, arquivados atualmente no Centro de História Judaica do Instituto Leo Baeck, em Nova York. A sobrinha e parente mais próxima, Reuella Shachaf, também não tem informações sobre o paradeiro.

Tive contato com Reuella Shachaf em dezembro de 2015, depois que Avner Shapira, crítico literário do diário israelense *Haaretz*, pediu-me uma entrevista por ocasião da tradução hebraica de um livro que eu havia relançado — o romance *Blutsbrüder* [Irmãos de sangue], de Ernst Haffner, editado em 1932. Após a publicação da entrevista, ela escreveu um e-mail que me foi encaminhado por Avner Shapira. No texto, contava que o tio, o berlinense Ulrich Boschwitz, cujos livros haviam sido publicados em vários idiomas, nunca fora editado em sua língua materna. E um livro em particular seria, possivelmente, tanto do meu interesse como editor quanto de interesse para a editora: era o romance *O passageiro*, escrito em 1938, cujo texto original em alemão não estava em Nova York com o resto do espólio do autor, mas no Arquivo

---

3. "Realmente acredito que há algo no livro que pode fazer dele um sucesso." (N. T.)

do Exílio da Biblioteca Nacional Alemã, em Frankfurt, desde o final dos anos 1960. Tudo isso soou tão interessante que eu fui a Frankfurt alguns dias antes do Natal de 2015 e passei um dia lendo a primeira e única cópia datilografada da obra.

Fui rapidamente cativado pelo texto, mas também era óbvio que aquela versão nunca havia sido editada e que o livro ganharia em qualidade se recebesse esse cuidado. E, considerando que o próprio Ulrich Boschwitz via a necessidade de se fazer isso — e, como acabo de descrever, chegou até a revisar o romance novamente após a publicação na Inglaterra e nos Estados Unidos —, decidi, depois de cuidadosa consideração, obter o consentimento da família e rever o manuscrito para a primeira edição em língua alemã, da mesma forma que faria com qualquer outro texto que publicasse. Somente com a diferença de que, neste caso, não seria possível consultar o autor durante o processo. Mas eu ainda estava sentado numa sala pequena e sem adornos da Biblioteca Nacional, de resto impressionantemente grande, lendo pela primeira vez o romance e seguindo o destino de Otto Silbermann, que, impressionado pelos pogroms de novembro, vagueia assustado e sem rumo pela Alemanha, sempre correndo risco de ser pego ou denunciado.

Quando deixei a biblioteca no final da tarde, já estava escuro, chuviscava e tudo o que percebi no caminho para o hotel, localizado no bairro da estação ferroviária de Frankfurt, parecia incrivelmente sombrio e reforçou meu estado de espírito, embasado pela grande tristeza que a leitura havia desencadeado. De volta ao hotel, comecei a refrescar meus conhecimentos sobre os terríveis acontecimentos ocorridos na Alemanha e na Áustria entre 7 e 13 de novembro de 1938, e rapidamente quis saber mais sobre Ulrich Boschwitz, cujo romance foi provavelmente a mais antiga documentação literária sobre essas atrocidades.

Hoje já está amplamente documentado que os excessos de violência não foram uma expressão de raiva popular que, segundo Joseph Goebbels, irrompeu depois da morte do secretário da embaixada alemã em Paris, Ernst Eduard vom Rath, baleado por um judeu polonês em 7 de novembro de 1938, tendo sucumbido aos ferimentos dois dias depois. O atentado cometido pelo jovem de dezessete anos, Herschel Grynzpan, foi apenas um gatilho para instruir os membros da SA e da SS de todo o país a queimar, disfarçados de civis, sinagogas, saquear lojas judaicas e, após o progressivo afastamento dos judeus, iniciar a perseguição sistemática.

Se observarmos a imprensa internacional, que noticiou os pogroms a partir de 10 de novembro de 1938, torna-se clara a pouca credibilidade dada aos pronunciamentos oficiais do regime nazista já mesmo naquela época. Em 1938, muitos estrangeiros ainda estavam na Alemanha, e jornalistas, funcionários de embaixadas, empresários e outras testemunhas oculares reportavam diretamente a seus países de origem. A indignação era geral, mas não levava, como se poderia pensar, a um aumento na vontade de ajudar os judeus a migrar para o exterior. Bem ao contrário.

Quando ficou evidente aos judeus que permaneciam na Alemanha que só a fuga poderia lhes salvar a vida, todas as portas já estavam se fechando. A entrada legal em países europeus como França, Inglaterra ou Suíça se tornara quase impossível para eles. Mesmo vistos para os Estados Unidos ou para países sul-americanos eram quase impossíveis de se obter, além dos custos altíssimos envolvidos numa fuga para tão longe. É justamente nessa situação desesperadora que se encontra a personagem do romance, Otto Silbermann. Por meio desse herói, Ulrich Boschwitz não apenas ilustra a armadilha na qual caíram centenas de milhares de judeus na Alemanha, mas também escreve desesperadamente contra seu próprio destino e processa partes da história de sua família.

Otto Silbermann é um negociante rico de origem judaica, mas de ascendência alemã, que vive em Berlim. Lutou como soldado na Primeira Guerra Mundial, tendo recebido por isso uma Cruz de Ferro; e, antes de os nazistas tomarem o poder, era um membro respeitado da burguesia de Berlim. O pai de Ulrich Boschwitz, que morreu algumas semanas antes do nascimento do filho em 1915, também era um comerciante abastado. As origens judaicas, que moldaram o destino da família a partir de 1933, nunca haviam desempenhado um papel até então; ele havia até mesmo se convertido ao cristianismo. Ulrich e a irmã, Clarissa, cresceram sob esses preceitos, numa casa de pais protestantes. A mãe, a pintora Martha Wolgast Boschwitz, veio da família Plitt, em Lübeck, que produziu vários senadores e teólogos importantes. A exclusão arbitrária da sociedade, a estigmatização e a crescente perseguição aos judeus, à qual Ulrich e Clarissa Boschwitz também foram expostos, foi, portanto, um grande choque.

Depois que os nacional-socialistas tomaram o poder, Clarissa Boschwitz voltou-se conscientemente para suas raízes judaicas e fugiu de Berlim à Suíça num trem noturno em 1933, juntando-se ao movimento sionista. Ela se mudou para a Palestina e viveu inicialmente num kibutz. Ulrich e a mãe permaneceram na Alemanha até 1935. Imediatamente após a promulgação das Leis Raciais de Nuremberg, deixaram o país, emigrando à Suécia, e no ano seguinte, a Oslo. Lá, Ulrich Boschwitz escreveu seu primeiro romance, *Menschen neben dem Leben* [Pessoas próximas à vida], que foi publicado pela editora sueca Bonnier, em versão traduzida, no verão de 1937, sob o pseudônimo de John Grane. A obra foi recebida com entusiasmo pela imprensa sueca.

O sucesso do livro lhe permitiu ir a Paris, onde estudou na Sorbonne por alguns semestres. No romance, o filho de Otto Silbermann também vive em Paris e tenta em vão obter uma autorização de residência para o pai e para a mãe ariana. Por conta dessa tentativa falha, Otto Silbermann tenta passar ilegalmente pela fronteira e é detido por funcionários belgas. Essa cena também é obviamente baseada em suas próprias experiências. Reuella Shachaf lembra que a família foi informada de que Ulrich Boschwitz, que também passou um tempo em Bruxelas e Luxemburgo durante e após a estada em Paris, foi ele mesmo preso por funcionários da alfândega na fronteira de Luxemburgo.

Grande parte deste romance apresenta, portanto, traços biográficos próprios ou familiares. O desespero e a desesperança que tomaram conta de Otto Silbermann também foram transmitidos a Ulrich Boschwitz quando soube dos pogroms de novembro. Como se estivesse tomado por uma febre, escreveu *O passageiro* em apenas quatro semanas e teve a obra publicada em inglês pela editora Hamish Hamilton, em Londres, na primavera de 1939, sob o título *The Man Who Took Trains* [O homem que andava de trem], e nos Estados Unidos em 1940 como *The Fugitive* [O fugitivo] pela editora Harper, de Nova York. Ulrich Boschwitz, ao que parece, usou a escrita para combater o sentimento de impotência e para dar testemunho literário dos crimes que estavam acontecendo na Alemanha e na Áustria e aos quais a comunidade mundial mostrava uma indiferença ou ao menos uma passividade chocante.

O protagonista, Otto Silbermann, dá forma a várias vítimas sem nome. Mas ele também reflete o conflito interno de Ulrich Boschwitz. Otto Silbermann não é uma pessoa totalmente solidária — às vezes até despreza os semelhantes em sofrimento —, assim como nem todos os alemães que encontra durante a fuga são cruéis. Ele encontra os mais diversos arquétipos da sociedade alemã: aqueles que assumem ativamente a culpa e cometem crimes, simpatizantes, pessoas assustadas que se esquivam, corajosos que oferecem ajuda, cheios de empatia. Essa é sua visão do país e do povo ao qual ainda tem um grande sentimento de pertencimento.

O espólio de Boschwitz apresenta alguns poemas satiricamente amargos, escritos em 1936. Dizem, por exemplo: "Enquanto houver alemães alemães, a Alemanha será livre novamente". Uma esperança que obviamente ainda não havia desistido de ter naquele momento; mas Ulrich Boschwitz também descreve os alemães menos alemães. Num poema intitulado "Der Verein der Biedermänner" [O clube dos homens íntegros], lê-se na primeira estrofe:

Olhos fiéis, mãos fiéis,
queixo duplo e peitos largos
robustos como paredes cruéis
têm sentido como alemães fardados

Outro é dedicado a Joseph Goebbels. No final de "Josephslegende"
[A lenda de Joseph], diz:

Joseph era um desempregado,
pequeno editor de difamações.
Hoje, metamorfoseado,
Ele é um multimilionário.

E seu espírito aleijado
fertiliza a elite da nação.
A lenda se tornou história.
O salário esforçado a benção.

Todas essas são tentativas igualmente raivosas e desajeitadas
de expressar os sentimentos conflitantes. Também não faltam
linhas em que fala para si mesmo de coragem:

Somente os que têm esperança podem sobreviver,
pois aqueles que já não veem nada à sua frente
já desistiram do espírito
antes mesmo de partir.

Nessa época, tinha 21 anos. Um jovem sentado sozinho em Paris, escrevendo desesperadamente contra a catástrofe iminente. Morte ou vida — ambas as opções são igualmente prováveis, e ele está muito consciente disso. Mas, antes que a cortina desça, o destino tem algumas reviravoltas terríveis e absurdas reservadas para ele.

Em 1939, pouco antes do início da Segunda Guerra Mundial, Ulrich Boschwitz seguiu a mãe ao exílio na Inglaterra. Como quase todos os alemães que fugiram do regime nazista, ele e a mãe foram internados. Somente na Ilha de Man foram 25 mil pessoas. Em julho de 1940, Ulrich Boschwitz foi levado a um campo de internação australiano no antigo navio de transporte de tropas *Dunera*. As condições no navio completamente superlotado, no qual havia prisioneiros de guerra alemães e italianos, bem como refugiados judeus e políticos, são catastróficas. O navio não só está superlotado, mas a tripulação também maltrata os passageiros e os rouba. A travessia de 57 dias se tornou uma provação para os passageiros e uma grande infâmia para a história britânica. Entre os "Dunera Boys" estão muitos intelectuais judeus. Numa carta a Reuella Shachaf, um dos companheiros de prisão de Ulrich Boschwitz descreve a vida no campo, no qual a cultura desempenhou um papel importante.

A partir de 1942, alguns dos internados reconquistaram a liberdade. No início, principalmente aqueles que estavam dispostos a se alistar no exército britânico e lutar contra a Alemanha nazista. Ulrich Boschwitz hesitou por um longo tempo por medo da guerra e da longa travessia, e possivelmente por outras razões que não foram passadas adiante. Ele escreve incessantemente, e confidencia a um companheiro de prisão que teme ainda mais a perda do último manuscrito do que a perda da própria vida.

Ulrich Boschwitz acabou morrendo em outubro de 1942, e o original foi perdido. No entanto, o autor pode agora ser descoberto no mundo de língua alemã, e com ele seu romance *O passageiro*, que, como importante documento literário contemporâneo à sua época, retrata uma parte obscura da história alemã. Um romance impressionante, surpreendentemente maduro e bem construído, que pode ser lido como um apelo por mais humanidade, e agora se torna finalmente acessível aos descendentes do povo a cujos avós e bisavós se dirigia, aos "alemães alemães" que se comprometiam aos ideais do humanismo.

Não faltaram tentativas para que o livro fosse publicado na Alemanha após a guerra. É um fato bem conhecido que a obra foi rejeitada pela Fischer Verlag, uma das maiores editoras alemãs. Ninguém menos que Heinrich Böll insistiu que o romance fosse publicado, como pode ser visto numa carta mantida no Arquivo do Exílio junto ao manuscrito original e a outros documentos. Böll tinha recomendado o trabalho ao editor da Middelhauve Verlag, que publicou a coleção de contos *Der Zug war pünktlich* [O trem chegou na hora], a segunda publicação de Böll, em 1949. Na missiva, consta: "Você não deve permitir que uma pessoa se sinta humilhada por sua causa". Na Alemanha do pós-guerra, Heinrich Böll foi um dos mais apaixonados defensores de uma sociedade humana e contrário ao esquecimento. Mas nem mesmo sua recomendação levou à publicação do livro. Passaram-se décadas antes que este romance pudesse enfim ser publicado. Gostaria de agradecer a Reuella Shachaf por me mostrar a obra e por confiar em mim para publicá-la na forma atual.

Estou convencido de que revisei o original com muito respeito à proposta. E espero que não me engane neste julgamento e que eu possa apresentar o romance de Ulrich Boschwitz aos leitores numa versão que realce todas as qualidades deste trabalho impressionante.

PETER GRAF
EDITOR

FONTES
Fakt e Heldane Text

PAPEL
Pólen Natural

IMPRESSÃO
Lis Gráfica